KB155381

유수流水 역사 판타지 장편소설

WISHBOOKS HISTORICAL FANTASY STORY

업어키운 여포 2

유수流水 역사 판타지 장편소설

초판 1쇄 찍은 날 | 2020년 3월 6일
초판 1쇄 펴낸 날 | 2020년 3월 13일

지은이 | 유수流水
펴낸이 | 권태완 우천제

기획 | 위시북스
편집책임 | 한준만
편집 | 위시북스

펴낸곳 | ㈜케이더블유북스
등록번호 | 제25100-2015-43호
등록일자 | 2015. 5. 4
KFN | 제2-23호

주소 | 서울시 구로구 디지털로31길 38-9, 401호
전화 | 070-8892-7937 팩스 | 02-866-4627
E-mail | fantasy@kwbooks.co.kr

ⓒ유수流水, 2020

ISBN 979-11-293-5044-2 04810
       979-11-293-5042-8 (set)

업어 키운 여포

2

유수流水 역사 판타지 장편소설

WISHBOOKS HISTORICAL FANTASY STORY

목 차

1장
누가 왔다고?

"예상했던 그대로야."

어두운 밤하늘, 그 아래에 있는 세양성의 모습을 응시하며 주유가 말했다.

성벽이 굳게 닫혀 있고, 적지 않은 숫자의 병사들이 경계를 서고 있지만 딱 그 정도일 뿐이다.

전투에서 승리하고 살아남았다는 사실에 성안의 병사들이 주연을 즐기며 기뻐하는 그 소리가 꽤 멀리 떨어진 이곳에서도 선명하게 들려오고 있었다.

"공근. 자네가 보기엔 어때?"

"간자가 전해온 그대로일세. 밀고 들어가도 괜찮을 것 같군."

"그렇단 말이지?"

손책이 씩 웃으며 고개를 돌리자 그 뒤에서 병사들을 이끌고 따라오던 정보와 한당, 황개 세 장수가 다가왔다.

"돌입입니까?"

"돌입이다. 나와 공근이 선봉을 이끌고 들어갈 것이니 그대들은 유벽이 성을 빠져나가지 않도록 밖에서 지키도록. 계획대로만 하면 된다. 무슨 의미인지 알겠지?"

"확실히 이해했습니다."

"그대들만 믿겠다. 가세, 공근."

손책이 말의 배를 걷어차며 움직이기 시작했다.

이미 늦은 것을 떠나 깊고도 깊은 새벽의 와중이고, 달빛은 약하며 구름까지 짙게 낀 세상은 어둡기 그지없다. 때문에 성벽 위에서 적들의 접근하는 걸 발견해야 할 병사들은 그들이 성으로부터 꽤 가까운 곳에 접근할 때까지 알아차리지도 못하고 있었다.

"저, 적습이다! 적들이 쳐들어 왔다!"

둥- 둥- 둥-

초병들이 뒤늦게 손책과 그 휘하 병력을 발견하고서 소리치며 북을 울리기 시작했지만 이미 늦어도 한참이나 늦어 있는 상태.

손책은 주유 그리고 병사들과 함께 그대로 성문을 꿰뚫어 버리기라도 할 것처럼 성을 향해 달렸다.

그리고 그들이 성문 근처에까지 도착했을 때.

끼이이이익-

반갑기 그지없는 소리와 함께 굳게 닫혀 있었던 성문이 활짝 열리기 시작했다.

"돌입한다! 이놈들은 황건의 잔당이다! 모조리 베어 없애라!"

"와아아아아아아!"

손책과 주유가 이끄는 일만 오천 명의 병력이 일제히 성문 너머 성안 쪽으로 달려 들어갔다.

그런 와중에서 손책은 확신하고 있었다.

'이 전투는 승리했다.'

그것도 그냥 승리가 아니라 대승이다.

이곳에서 유벽을 참살하고 여남군이 지배하던 영역의 반절 이상을 집어삼키며 자신의 영향력을 확대할 수 있으리라.

꿈에도 그리던 그 밝고 희망한 미래가 눈앞에 펼쳐지는 것 같았다.

그랬는데.

"뭐지?"

성 내부가 조용해도 너무 조용하다.

시끌벅적하던 병사들의 목소리도 언젠가부터 들려오질 않는다. 술에 취해 휘청거리며 돌아다녀야 할 병사들 역시 없다. 겁에 질린 채 집안에 틀어박혀야 할 백성들도 없다.

성안이 텅 빈 것처럼, 자신들이 달리며 내는 소리 이외엔 그 어떤 소음도 존재하질 않았다.

킁킁, 킁킁킁킁.

그런 손책의 옆에서 웬 병사가 코를 킁킁거리는 소리가 들려왔다.

"주, 주공. 냄새가…… 냄새가 이상합니다."

"냄새가 이상하다니? 그 무슨……."

"퇴각하라! 전군 퇴각하라!"

손책이 채 말을 끝내기도 전에 안색이 창백하게 변한 주유가 소리쳤다.

"고, 공근! 도대체 왜 그러는 겐가?"

"퇴각해야 하네! 우리가 역으로 함정에 빠졌어!"

"뭐라고?"

손책이 반문한 바로 그 순간.

끼이이이익- 쿵!

저 뒤에서 활짝 열려 있던 성문이 다시 굳게 닫히는 소리가 들려왔다.

그리고 그때.

쐐애애애액-!

성벽 위쪽에서 뭔가가 하늘 높이 날아오르는 게 손책의 시야에 들어왔다.

수도 없이 많은 무언가가 불꽃을 머금은 채 어두운 하늘을 밝히며 그들을 향해 날아오고 있었다.

화르르르르-!

📱

"모조리 퍼부어라!"

"있는 대로 다 쏴버려! 전부 다 쓸어버려라!"

사방에서 여남군 쪽 장수들이 소리를 질러댄다. 그 목소리에 맞춰 성벽 위 곳곳에 숨어 있던 병사들이 몸을 일으켜, 패닉에 빠져 이러지도 저러지도 못하는 원술군을 향해 화살을 난사해 대고 있었다.

　하지만 그 이전에 원술군은 이미 사방에서 타오르는 불길의 열기에 폐가 익어버리고, 숨을 쉬지 못해 질식하며 쓰러져 가는 중이다.

　불길 사이에 있는 놈들에겐 굳이 화살을 쏠 필요조차 없을 것 같다. 성 밖으로 빠져나가겠다며 성문 쪽으로 달려오는 놈들만 때려잡으면 나머지는 화마의 안내를 받아가며 저들끼리 황천의 망자가 되어 전입 신고를 하게 될 터.

　그렇게 생각하고 있을 때.

　솨아아아아아아아~!

　거센 바람이 불어오기 시작했다. 순식간에 성안의 수천 개나 되는 가옥이, 창고로 옮겨붙은 불꽃이 강력한 열기를 뿜어내며 뜨겁게 달군 공기를 저 하늘 높은 곳으로 밀어낸다.

　그 와중에서 불꽃은 더욱더 거세게 주변으로 퍼져 나가고, 두꺼운 천이나 가죽 따위로 얇은 목판을 덮어 만든 갑옷을 입은 병사들을 집어삼킨다.

　절명한 병사들을 연료로 불길은 더욱더 거세지고, 그것을 피하고자 성벽 쪽으로 물러나다가 대기하고 있던 여남군 병사들이 퍼붓는 화살에 쓰러져 또 다른 연료가 된다.

　불꽃과 연기로 가득 찬 그 안쪽에서 손책과 주유는 어떻게

든 불길을 피해 성을 탈출하고자 움직이고 있지만 택도 없는 짓이다. 이게 누가 세운 계책인데.

"저것들의 마무리를 부탁드립니다, 선생."

진궁에게 뒷일을 맡기며 난 조심스레 성벽을 내려와 문을 열고 밖으로 나왔다. 그런 내 앞에 위월과 후성, 그리고 천 명의 기마를 이끄는 형님이 서 있었다.

"어서 와라. 저것들을 때려잡아야 해."

필사적으로 달려오고 있는 손책의 부하, 황개를 비롯한 장수들과 병사들을 방천화극의 끝으로 겨누며 형님이 말했다.

내가 고개를 끄덕이며 말에 올랐다.

"그런데 다른 놈들은 진짜 안 오는 거냐? 먼저 물러난 원술의 본대가 있잖아?"

"그들도 함께 격파하고 싶으신 겁니까?"

"당연한 것 아니겠느냐? 천 리 길도 한 걸음부터라 하였다. 이렇게 착실하게 하나하나 전공을 쌓아야 항우에 필적하는 장수가 될 것 아니냐."

"본대와 마주하는 일은 없을 겁니다. 저것들이 다 잡히고 나면 사실상 이만 명이 증발한 것이나 마찬가지인 꼴인데 그 정도면 타격이 어마어마할 테니까요. 원술의 입장에선 당장 자기가 차지하고 있는 영역을 지키는 것만으로도 벅차게 될 겁니다."

"그러니까 싸움을 포기하고 물러날 거라고?"

"예."

"하여간 명문가라는 놈들은 근성이 없다니까. 위기 상황에

처했으면 제일 먼저부터 나서서 위기를 타개할 생각을 해야지."

형님이 마음에 안 든다는 듯 중얼거린다. 근성이 아니라 원술이 퇴각할 것이라는 얘기가 마음에 안 드는 거다. 격파해야 할 적들이 줄어드는 거니까.

진짜 이 양반은 가만히 보면 싸우기 위해 태어난 것 같다.

'항우도 이런 성격이었을까?'

내가 그렇게 생각하고 있을 때.

"공격하라! 주공을 구하자!"

헐레벌떡 전속력으로 우리를 향해 달려오는 원술군 병사들의 사이에서 중년인이 소리쳤다. 황(黃)과 정(程), 한(韓)의 깃발이 휘날리고 있다.

"정보에 황개, 한당인가?"

무릉도원에서 봤던 이름들이다.

오늘의 전투에서 우리를 제물로 삼아 승리를 거둔 손책이 추후 원술을 격파하며 강동에서 오나라를 세우는데 혁혁한 공을 세웠다던 장수들.

"그게 누군데?"

"어, 들으셨습니까?"

"응. 쟤들 보니까 한가락씩은 하겠는데? 어떤 애들이야?"

"손책 휘하의 맹장들입니다."

"오, 그래? 맹장이란 말이지?"

형님이 씩 웃는다.

'아 설마?'

"형님. 안 됩니다."

"내가 뭘 할 줄 알고?"

"모르지만 어쨌든 안 돼요. 확실히 막아야 한단 말입니다."

"확실히 막기만 하면 상관없는 거잖냐. 그러니까 너흰 내가 부르기 전까지 여기에서 얌전히 있어. 위월, 알겠지?"

"예, 주공."

"문숙, 너도."

어차피 나야 꼭 해야만 하는 상황이 아니면 안 나서고 싶은 상황이니 상관은 없다지만……

'아니, 저 양반이 진짜.'

"형님! 혼자 나가서 뭘 하시려고요!"

말 그대로 형님이 혼자서 적토마를 몰고 적들을 향해 달려가기 시작했다. 그것도 선두에 서 있는 황개와 정보, 한당을 향해.

단기필마로 달려오는 모습에 그들도 뭔가 이상하다는 것을 느낀 모양이다. 세 장수가 잠시 병사들을 멈춰 세우고선 자신들끼리만 앞으로 나오고 있었다.

"웬 놈이냐!"

"나? 여포. 너희랑 싸우러 왔다!"

"뭐라고?"

쇠로 된 몽둥이 두 개를 든 장수, 황개가 황당하다는 듯 반문하기가 무섭게 형님이 그대로 달려들어 방천화극을 휘두른다.

부웅-!

멀리에서도 들려오는 그 파공성에 황개가 기겁하며 뒤로 물러섰다. 형님이 씩 웃으며 그들을 쳐다보고 있었다.

"이거 완전 미친놈이 아닌가. 네놈은 우리가 상대해 주마!"

그러면서 황개가 곁에 서 있는 두 명의 장수와 함께 형님을 향해 달려든다.

다른 것도 아니고 오나라의 역대급 맹장 세 명이다. 그들이 형님을 에워싸고서 공격을 퍼붓는데 저거 완전······.

"할 만해 보이네?"

세 장수가 세 방향에서 동시에 공격을 퍼붓는데 형님이 방천화극을 휘두르며 그걸 모조리 다 막아내고 있다.

어떻게 하는 건지 모르겠다. 무슨 등 뒤에 눈이라도 달린 것 같다.

그들이 공격해 오면 그대로 쳐내고, 밀쳐낸다. 그렇게 생겨나는 틈을 이용해 역으로 그들을 향해 공격하기까지.

히히히힝-!

그런 와중에서 적토마까지 마치 형님과 혼연일체라도 되는 것처럼 그 움직임에 맞춰 이리저리 공격을 피해내며 발길질을 하고 있다. 그리고 그 발길질에 황개가 탄 말이 강타당하며 힘없이 비틀거리더니 쓰러지고 있고.

진짜 보고 있으면 말이 나오질 않는다. 사람이나 말이나 그 주인에 그 말이란 말이 절로 나올 정도.

내가 그렇게 감탄하고 있을 때, 형님의 방천화극이 허공을 꿰뚫으며 한 방향을 향해 찔러져 들어간다. 그 방천화극의 창끝이 중년 장수의 가슴팍을 꿰뚫었다.

"크, 크윽!"

"하, 한당 장군!"

"좋아. 한 놈 잡았고. 위월!"

형님의 그 목소리에 위월이 병사 몇 명을 이끌고 앞으로 달려간다.

아직 멀쩡한 황개와 정보가 한당을 지키고자 움직였지만 허사일 뿐이다.

낙마한 채 제대로 움직이지도 못하며 고통스러워하는 한당의 옆에서 형님은 혼자의 몸으로 족히 오천 명은 되어 보이는 적군 전체와 아직 몸 성한 장수 둘을 막아내며 접근을 차단하고 있었다.

"데리고 가라."

"자, 장군! 장군!"

"네놈! 이게 뭐 하는 짓이란 말이냐!"

그런 상황에서 위월과 우리 쪽 병사들이 제압당해 움직이지 못하는 한당을 병사들과 함께 끌고 가자 황개와 정보가 소리쳤다.

"쓰러진 적장을 포로로 잡았다. 문제될 게 있나? 불만 있으면 날 이겨라. 날 이기면 저자도, 성내에 갇혀 있을 손책과 주유도 넘겨주마."

"크으윽. 죽어라!"

황개가 말을 갈아타고선 정보와 함께 형님에게 달려들었다.

하지만 삼 대 일로도 안 되던 싸움이 이 대 일이 되어서 잘

풀릴 리 만무하다.

"으으윽!"

"크헉!"

형님이 방천화극을 휘두르기가 무섭게 황개가 쓰러지고, 곧이어 정보 역시 피를 철철 흘리며 말에서 떨어졌다. 그때마다 뒤에서 대기하고 있던 위월이 무슨 전리품이라도 챙기듯 그들을 제압해 오라로 묶어 데려오고 있었다.

"문숙."

"예?"

갑자기 난 왜 불러?

뭔가 싶어 가보니 형님이 손으로 앞을 가리킨다.

자기들을 지휘하던 장수 세 명이 모조리 생포당했는데도 적들은 사기가 떨어지기는커녕 전의를 불태우며 나와 형님을 노려보고 있다.

특히 개중에서도 선두에 서 있는, 좀 전에 사로잡힌 세 명의 부장인 듯한 아홉 명이 사나운 기세를 뿜어내며 당장에라도 달려들 것 같은 모습을 하고 있었다.

"미안하다."

"갑자기 뭐가 미안해요?"

"너도 손맛을 보고 싶었을 텐데 나 혼자 세 놈이나 잡았잖느냐."

"예?"

손맛을 보고 싶어 한다고? 낚시도 아니고 사람 때려잡는 손맛을? 내가?

"그래서 말인데 저놈들은 네게 양보해 주마. 어떠냐?"

형님의 손가락이 부장들 아홉 명을 향한다.

그들이 날 쳐다보고 있었다.

"우리가 저 장군을 이기면 우리 장군님들을 돌려주실 겁니까?"

덩치가 말도 안 되게 큰, 무슨 WWE 프로 레슬러라고 해도
믿을 수 있을 거한이 말을 몰아 앞으로 나오며 말했다.

형님이 씩 웃으며 고개를 끄덕이고 있었다.

"돌려주마."

"혀, 형님!"

"그럼 감사히 승부하겠습니다."

아니, 쟨 뭘 또 감사하대? 형님한테 자기네 장군들이 다 잡
힌 꼴인데 배알도 없어?

"하하. 나 혼자 다 해 먹으면 네게 미안해지질 않겠느냐. 전
에도 말했다시피 네 형은 공정한 군주다."

"아닙니다! 전 괜찮아요. 그러니까 형님이 다 하십쇼. 전에
도 말씀드렸잖아요. 저는 어디까지나 형님의 위엄을 드높이기
위해 봉사해야 하는 신하라고요."

그러니까 제발 이런 것 좀 하지 말라고요, 이 양반아. 쫌!

"진짜 괜찮겠느냐?"

"괜찮다니까요."

"역시 우리 문숙밖에 없다. 문숙밖에 없어!"

형님이 그렇게 말하며 방천화극을 고쳐 쥐고 앞으로 나가려

는 찰나.

번쩍-! 쿠르르- 쾅-!

성 안쪽에서부터 굉음이 들려왔다. 번개가 치며 하늘이 번쩍이고 천둥소리가 사방으로 울려 퍼진다.

갑자기 이게 왜 이래? 왜 비가 와?

"뭐, 뭐냐? 이거."

"모르겠습니다. 일단 형님이 저것들 맡아주십시오. 후성! 성으로 들어가 봐야겠다!"

"예, 장군!"

후성이 내 목소리를 듣고선 성 쪽으로 달려갔다. 우리가 있던 남문 쪽 문지기가 살짝 성문을 열어주고 있었다.

그 틈으로 들어가서 보는 안쪽의 모습은…….

"씨바. 이게 뭐야?"

폭우가 쏟아지고 있다. 없는 기름을 나눠가며 사방으로 뿌리고, 머리를 쥐어뜯어 가며 불이 잘 타도록 적당한 위치에 세팅해 놓기까지 했는데 폭우가 내리고 있다.

'시발?'

"장군! 위속 장군! 진궁 선생께서 장군을 찾고 계십니다!"

"어! 알았다!"

진궁도 황당할 거다.

"후성. 지금 당장 밖으로 나가서 형님한테 여기 상황 전해. 여유 부리고 있을 시간 없다고. 손책이랑 주유 둘 중 하나라도 놓치면 골치 아파진다. 여기에서 둘 다 생포하든 죽이든 해야 해."

"알겠습니다."

난 후성을 내보내고서 곧장 성벽 위쪽으로 올라가 말을 타고 달려 진궁이 있을 동문의 누각으로 향했다.

"모조리 쓸어버려라! 어떻게든 저들을 섬멸시켜야 한다!"

"적들이 올라오고 있다! 지원, 지원이 필요해!"

"으아아악!"

동문이 가까워지면 가까워질수록 거센 전투의 함성이 선명하게 들려오기 시작했다. 아직도 죽지 않고 살아남은 원술군 수천 명이 손(孫)의 깃발과 함께 움직이는 손책과 동문을 돌파하고자 필사적으로 공격해 오고 있다.

놈들의 움직임이 날래기 그지없다. 화공으로 다 죽을 것으로 생각하다가 갑자기 비가 내리니 기세가 오른 거겠지.

시발. 하필이면 왜 성안에만 비가 와? 이게 말이 돼?

"위 장군!"

"공대 선생! 부르셨다고 들었습니다!"

누각 한가운데에서 가림막도 없이 지휘봉을 휘두르며 고래고래 소리를 지르고 있는 진궁이 날 발견했다.

진궁의 얼굴에는 의아함이 가득했다.

"내가? 위 장군을 불렀고 하였소이까?"

"예? 선생이 절 부르셨다고 아까 전령이 와서…… 설마?"

"아무래도 그 설마가 맞는 모양이외다."

소윤과 그 일파를 일소하며 성내에 남아 있는 적들과 내통하는 자들은 전부 다 제거했다고 생각했는데 아무래도 그게 아니었던 모양.

진궁이 이를 악물며 아래쪽을 노려보기 시작했다. 장군기 아래에서 눈에 띄는 붉은 갑옷을 입은 채 보란 듯이 버티고 있는 장수를.

'저 새끼 저거……'

"손책이 아닐 겁니다."

"나도 그렇게 생각하오."

"그럼 손책이 도망치고 있다는 얘기인가?"

정신없이 전투를 지휘하고 있던 유벽이 우리들 쪽으로 다가왔다. 유벽의 얼굴에도 당혹스러운 기색이 가득했다.

"위속 장군이 계속 자유롭게 움직이고 있으면 자신들의 계책을 간파할지도 모른다고 여겼겠지요. 그래서 사람을 보내 위속 장군을 동쪽으로 끌어내고, 자신들은 서문이나 북문 쪽으로 빠져나가고 있을 겁니다."

"내 즉시 추격대를 보내겠네."

"주공께도 사람을 보내 이 사실을 알려라! 무슨 수를 써서라도 그들을 잡아야 한다!"

"예, 선생!"

진궁의 명령에 전령들이 분주히 움직이기 시작했다.

그런 와중에서 유벽은 더욱더 거세게 적들을 몰아붙였다.

동문에서의 전투가 거의 마무리되었을 즈음.

우리 앞에 남아 있는 건 장렬하게 전사한 수천 명의 원술군과 그 사이에서 장군기를 직접 손에 쥐고 서 있는 장수, 그리고 열 명도 안 되는 나머지 병사들일 뿐이었다.

"손책은 확실히 아니었군."

10m나 될까? 코앞이나 마찬가지의 거리에서 장수의 모습을 살피던 진궁이 한탄했다.

나 역시 마찬가지.

그래도 혹시나, 정말 혹시나 하는 마음에 손책이지 않을까 기대하고 있었는데 저건 중년인이다. 덥수룩하게 자른 수염을 급하게 잘라 버린 듯 꼴이 요상하기는 했지만, 이제 겨우 20대 초반인 손책의 얼굴로는 볼 수 없을 모습이었다.

"흐흐흐흐…… 네놈들은 절대 공자를 찾지 못할 것이다."

"그거야 보면 알겠지. 이미 여남군 수천 명과 적토마를 탄 내 주공께서 네 주공을 추격 중이시다."

"하루에 천 리를 달린다는 적토마라고 해도…… 공자의 곁에는 주공근이 있다. 절대 잡히지 않는다."

확신에 가득한 어조다.

망할. 그 혼란의 와중에서도 주유는 주유다 이건가?

"투항하라. 이미 싸움은 끝났다."

내가 인상을 찌푸리고 있는데 유벽이 병사들과 함께 앞으로 걸어 나오며 말했다.

손책의 장군기 아래에서 장수가 피식 웃으며 지금껏 단 한 번도 뽑아 들지 않았던, 자신의 검을 꺼내고 있었다.

"나 조무, 지금껏 한평생 손가의 충신으로 살아왔다. 그러니 앞으로도 그러할 것이다."

"끝까지 무의미한 저항을 계속하겠다는 것인가?"

"충신으로서 절개를 지키는 것이 어찌 무의미한 저항이겠는가!"

조무가 걸걸하기 그지없는 목소리로 외치며 우릴 향해 달려오려고 할 때, 유벽이 손을 들었다. 그와 동시에 우리 주변에서 화살을 시위에 건 채 대기 중이던 여남군 병사들이 활을 쏘았다.

족히 이백 개는 될 화살이 조무를, 그리고 그와 함께 산화하겠다며 달려들던 원술군 생존자들을 향해 쇄도해 그들이 원하는 최후를 만들어주고 있었다.

"쯧."

뒷맛이 쓰다. 이렇게 장렬한 최후를 맞이하는 미담이나 만들어주고 끝낼 전투가 아닌데.

"아직 소식이 들어온 건 없나?"

"주공께서 적의 흔적을 발견하셨다는 소식이 있었습니다."

"오, 그래?"

'이러면 희망이 생기겠는데?'

📱

"후아……. 확실히 집이 좋긴 좋구만."

21세기의 농부로서 살아가던 시절, 그때의 내가 인지하던 내 집과는 좀 다른 곳이기는 하다. 내 명의로 된 것도 아니고, 그냥 형님의 관사쯤 되는 곳에 셋방살이하는 것이나 마찬가지이니.

그렇기는 해도 내 집이라 인지하며 정붙이고 지내던 곳이기 때문일까? 집에 들어오는 것만으로도 피로가 눈 녹듯 사라지는 것 같다.

침상에 드러누운 채 온몸을 쭉 펴고선 이불까지 덮고 천장을 쳐다보고 있으니 정말 극락이 따로 없다. 추운 겨울날 이불만 덮고 귤을 까먹던 그때와 같은 기분이다.

그렇게 한참을 누워 있는데 익숙한 목소리가 들려왔다.

"장군, 장군. 일어나십시오."

후성이었다.

"왜. 무슨 일 있어?"

"주공께서 베푸시는 연회가 이미 시작된 지 한참입니다."

"어, 연회? 벌써 시간이 그렇게 됐어?"

"벌써가 아니라 이미 그렇게 된 겁니다. 무슨 잠을 그렇게 주무십니까? 코까지 골며 아주 곯아떨어지셨더이다."

나도 모르게 깜빡 잠들었던 모양이다.

급히 몸을 일으켜 후성과 함께 내당으로 향했다.

4월을 지나 5월이 되어가는 내당의 정원에 아름다운 꽃들이 흐드러지게 피어나 있다.

형님은 그런 정원의 한가운데에 연회장을 만들어놓고선 상석에 앉아 헐레벌떡 달려오는 나와 후성의 모습을 지켜보고 있었다.

"주인공이 오시는군."

"하, 하하. 늦었네요. 죄송합니다, 형님."

"죄송은 무슨. 앉거라."

형님이 턱짓으로 자신의 앞을 가리켰다.

정원엔 계단식으로 세 단계에 걸쳐 자리를 구분해 두었는데 가장 위에 있는 게 형님의 상석이고 그다음으로 딱 두 개, 나와 진궁의 자리가 만들어져 있다. 그리고 그 아래로 족히 서른 명은 앉을 수 있을 자리들이 주르륵 놓여 있었다.

"제가 이런 자리에 앉아도 되는지 모르겠네요."

일단은 형님이 앉으라고 하니 가서 앉기는 하는데 좀 묘하다.

산양에 남아 내정을 책임지고 있던 제갈근, 진궁을 대신해 잠시 진류를 맡았던 사마랑과 별가 종사를 맡아 남쪽으로의 방비를 튼튼히 하던 최염, 거기에 학맹과 성렴 허저를 비롯한 수많은 장수까지. 모두가 자리에서 일어나 내가 앉는 모습을 지켜보고 있다.

그들이 다시 자리에 앉은 건 내가 앉은 다음이었다.

"문숙. 네가 그 자리에 앉지 않으면 누가 앉을 수 있다고?"

"주공의 말씀이 백번 옳습니다. 맞습니다. 동민에서 조조가 펼치던 계책을 꿰뚫어 본 것도 위속 장군이시며, 병사 천 명으로 여남군의 고난을 해결해 식량 위기를 해결한 것도 위속 장군이십니다."

"그게 그랬었나?"

"이뿐만이 아닙니다. 진류에서 반란이 나는 것을 예견하여 진궁 선생을 구한 것 역시 위속 장군이시고, 여남군의 평안 장군 유벽을 구원하며 손책의 계책을 간파해 원술군을 섬멸시킨 것 역시 위속 장군이시지요. 그런 장군이 아니면 도대체 누가 그 자리에 앉을 수 있단 말입니까?"

"이야, 후성. 너 엄청 잘 빨아주는데? 헐겠다, 헐겠어. 크크크."

가만히 듣고 있던 형님이 웃음을 터뜨린다. 다른 장수들 역시 마찬가지.

"와, 듣고 보니 내가 진짜 일을 많이 하기는 했네."

살아남아야겠다고 정신없이 발버둥 친 것일 뿐이었는데.

이러니까 무릉도원에서도 내 이름을 올려놓고 떠드는 놈들이 나오지.

문득 이런 얘기들을 듣고 있으려니 이천 년 뒤, 삼국지를 주제로 드라마가 만들어지면 내가 어떤 식으로 그려지게 될지 궁금해진다.

제갈량이나 사마의 같은 천재적인 책사로 그려지게 될까? 아니면 주유 같은 문무겸전의 장수로? 나중에 무릉도원에서 확인해 봐야겠다.

그런 생각을 하고 있는데 제갈근이 선비 특유의 절제된 움직임으로 포권하며 말했다.

"후성 장군의 말씀이 참으로 옳습니다. 비록 천운이 따라주질 않아 손책, 주유 두 장수를 제거하는 일에는 실패하였지만 위속 장군과 주공의 활약이 아니었다면 유벽은 이미 참수당했을 것이며 여남군 역시 사분오열되었을 것입니다. 동맹인 여남군이 온존하였으니 이득이며 유벽에게 개인적으로 크나큰 은혜를 입혔으니 또다시 이득이지요."

"제갈 선생은 유벽이 죽도록 놔두는 게 더 이득이라고 했었잖아. 왜 생각이 바뀐 거야?"

"주공께 아룁니다. 소생 주공께서 출격하시기 이전엔 상황이 급박한 데다 전력의 차이가 막대한 탓에 원술의 군대를 깨부수는 것이 어려울 것으로 판단하였으나 이렇듯 위속 장군과 공대 선생의 지략, 주공의 용맹으로 크나큰 전과를 올렸으니 그에 맞춰 새로이 판단하였을 뿐입니다."

"오…… 그래?"

"그렇습니다. 소생은 그저 이러한 위속 장군의 기민하면서도 예리한 통찰력을 아우가 본받기만을 희망하고 희망할 뿐입니다."

"그렇구만. 에이, 술이나 마셔야겠다. 술 좀 더 가지고 오너라."

뭔가 기분 좋게 으스대려고 말을 꺼냈던 모양이다.

형님이 재미없다는 듯 술잔을 기울일 때, 난 제갈근 쪽으로 시선을 옮겼다. 나와 시선이 마주치자 제갈근이 살짝 고개를 숙여 보이고 있었다.

내가 제갈근의 마음을 좀 얻은 걸까? 일단은 긍정적인 방향으로 진행되는 것 같기는 하다.

반면 사마랑은 그저 평소와 같은, 인자한 얼굴로 앉아 있을 뿐이다. 사마의를 얻으려면 먼저 사마랑의 마음을 얻어야 하는데 저 양반이랑은 딱히 뭐 한 게 없으니까, 좀 더 공을 들여야겠지.

그래도 좌 사마의, 우 제갈량의 미래가 머지않았다. 제갈량과 사마의가 전방에서 적들을 상대하고 후방에선 제갈근과 사마랑, 최염과 진궁이 내정을 맡아 일하며 병참을 책임진다면?

상상만으로도 든든하다.

그 미래에 내가 할 일 따위 없다. 그냥 놀고먹으며 재미있게 살면 되겠지.

'으흐흐.'

내가 혼자 그렇게 생각하며 웃고 있는데 웬 하급 관리 하나가 종종걸음으로 정원에 들어온다.

"주공. 왕 부인께서 위속 장군의 노고를 치하하고자 술을 내리실 것이라 전하라 하시었습니다."

"오, 초선이가? 얼른 오라고 해라."

형님이 반색하며 말했다.

'초선이라고?'

관리가 고개를 조아리며 물러나니 주변의 장수들이 웅성이기 시작했다.

형님이 있으니 대놓고 말을 하지는 못하지만, 몹시 기대하는 눈치들이다.

초선이 누군가. 당금에서 가장 유명한, 가장 아름다운 여인이다.

어디 이 시대에서만 유명한가? 이천 년 뒤의 미래에서도, 삼국지를 모르는 사람들조차 초선이라는 이름 두 글자는 알 정도로 아름다움의 상징과 같은 존재다.

게다가 난 두 달 전, 무릉도원에서 우연히 삼국지 시대의 사대 미녀라는 글을 봤다.

글의 내용은 이랬다.

삼국지 시대엔 미친 미모를 지닌 네 명의 여인이 있었다. 형님의 아내인 초선, 원소의 차남인 원희의 아내 견희, 손책과 주유의 아내인 대교와 소교가 바로 그 넷인데 개중에서도 가장 아름다운 게 초선이라는 내용이다. 아주 약간의 취향 차는 있겠으나 내가 살던 21세기의 기준으로 봐도 눈이 튀어나올 정도로 아름다울 것이라고.

　그래서일까? 괜히 가슴이 두근거린다. 어렸을 때부터 귀에 못이 박이도록 아름다운 여인이라며 찬사를 들어왔지만 실제로 본 적은 한 번도 없는, 그 여인이 내 앞에 나타나는 것이다.

　"부인께서 오십니다!"

　저 멀리에서부터 초선의 등장을 알리는 목소리가 들려왔다. 하급 관리 몇 명과 시녀들이 먼저 모습을 드러내고, 곧이어 크고 작은 술 항아리를 든 시종들이 나타나 정원에 모여 있던 이들의 앞에 잔을 내려놓았다.

　그리고 제일 마지막, 가장 뒤에서 무슨 면사포 같은 걸 쓴 여자가 걸어 들어온다. 동시에 주변에서 흡-! 하고 숨을 들이켜는 것 같은 소리가 들려왔다.

　그 여자가 우리 쪽으로 다가오고 있다.

　그 모습에 사마랑과 제갈근을 비롯한 장수들이 자리에서 일어나 읍하며 고개를 숙인다.

　아무래도 저게 이 시대의 예법인 모양.

　나도 일어나서 똑같이 고개를 숙이는데 초선이 내 쪽으로 다가오고 있다. 그 발소리가 들려오고 있었다.

가슴이 두근거린다. 얼마나 아름다울까.

이곳에서는 나도 평범한 농부가 아니라 잘나가는 군주인 여포 형님의 동생이니, 초선만큼은 아니어도 예쁜 여자를 만나서 결혼할 수 있겠지? 어쩌면 첩 서넛을 거느리며 21세기의 농부로서는 상상도 못 할 행복한 삶을 즐길 수 있을지도 모른다.

온갖 망상들이 그렇게 내 머릿속에서 떠오르고 있을 때.

"위속 장군. 고개를 드세요."

그냥 듣는 것만으로도 '와, 진짜 예쁜 여자다!' 싶은 느낌의 목소리가 들려왔다.

조심스레 고개를 들어 올리자, 순백의 곱디고운 비단으로 된 치맛자락이 눈에 들어온다.

그러고 나서 보이는 건 무협 소설에서 섬섬옥수라고 표현하는 곱고 길며 가느다란 손가락……

'어라? 손가락이…… 손이…… 두꺼워?'

갑자기 머리가 차갑게 식어간다. 머릿속에서 경고음이 엥엥 울리는 게 들리는 듯하다.

그렇게 고개를 드니 내가 생각했던 절세 미녀랑은 거리가 꽤 먼, 동글동글하고 통통하며 나름 귀욤귀욤한 인상의 여자가 똘망똘망한 눈으로 날 쳐다보고 있다.

상상치도 못한 모습에 당황한 나를, 마치 이 시대의 다른 남자들이 그런 것처럼 자신의 미모에 푹 빠져 헤어나지 못하는 것으로 생각하는 눈치다.

귀욤귀욤한 얼굴로 도도한 표정을 지으며 턱을 살짝 치켜 든 모습이 마치 동네를 돌아다니는 귀여운 동생을 보는 것 같은 느낌이었다.

"훗. 네 얼굴이 참 가관이로구나. 초선이 그리도 아름답더냐?"

옆에서 내 모습을 지켜보고 있던 형님의 목소리가 들려왔다.

이 양반, 내가 초선이 너무 아름다워서 충격받은 줄 아는 눈치다. 이걸 솔직하게 얘기할 수도 없고…….

'그냥 그런 척해야겠지?'

"하, 하하…… 하고 싶은 말은 목구멍까지 올라왔으나 신하 된 자로서 직접 언급하는 것은 결례가 될 것 같습니다, 형님."

"흐흐, 그 말만으로도 충분하다."

형님이 만족스럽게 미소 짓는다.

초선은 당연한 결과라는 듯 가볍게 미소 지으며 곁에 서 있던 시녀에게 턱짓했다.

시녀가 자그마한 항아리를 내 앞에 내려놨다.

"부인께서 직접 주공의 승전을 기원하며 담그신 술입니다."

"아 이런 귀한 것을…… 감사드립니다, 부인."

"아닙니다. 위속 장군 덕분에 상공이 승승장구하고 계시니 이렇게라도 감사의 뜻을 표해야지요."

초선은 그렇게 말하며 내게 살짝 고개를 숙여 인사하더니 형님과 눈빛을 교환하고선 천천히 몸을 돌려 정원을 빠져나갔다.

와, 진짜 무슨 폭풍이 지나간 것 같은 느낌이다.

내가 작게 한숨을 내쉬는데, 절세의 미인을 보고 가슴이 진탕된 자들이 그 마음을 진정시키고자 노력하는 듯 주변에서 심호흡하는 소리들이 들려왔다.

"그나저나 문숙. 너도 이제 혼인을 치러야 하지 않겠느냐? 네 나이가 몇인데 아직까지 가정을 이루지 않는 거야?"

"예? 혼인이요?"

"네 나이가 벌써 서른이다. 그 정도면 가정을 이뤄도 진작 이뤄서 자식이 장성해 갈 나이 아니냐. 늦어도 너무 늦었지. 안 그러냐?"

"아니, 뭐…… 그렇기는 하죠."

의외다.

내가 이 몸속에 들어오기 전, 원래의 이 시대에서 태어나 이 시대를 살아가던 위속이라면 아마 혼인을 했지 않았을까 생각하고 있었는데, 안 했나 보다.

내가 그렇게 생각하며 술잔을 비우는데 찌릿찌릿하게 날 쳐다보는 눈빛이 느껴졌다.

뭔가 싶어서 보니 제갈근이 날 쳐다보고 있다. 그 맞은편에 앉아 있던 사마랑 역시 마찬가지.

'뭐, 뭐지?'

둘뿐만이 아니다. 최염도 그렇고, 평소 나와 데면데면하던 학맹과 성렴 역시 뭔가 열망에 가득 찬 눈빛으로 날 쳐다보고 있다.

'뭐야 이 사람들…… 갑자기 왜들 이래?'

"우리 문숙이가 인기가 많은데? 다들 너랑 사돈 맺고 싶은 모양이야."

"하, 하하…… 그런 겁니까?"

결혼을 언젠가 해야겠다고만 생각했지, 구체적으로 누구랑 어떻게 해야겠다고 생각해 본 적은 없어서 좀 당황스럽다.

그냥 정치적으로 영향력이 있는 집안과 손잡고 정략결혼을 하고 싶지는 않고, 뭔가 나하고 좀 생각이 잘 통하고 예쁜 여자랑 맺어지는 게 제일 좋을 것 같기는 한데…….

"저, 형님. 아무래도 지금 이 자리에서 바로 말씀드리는 건."

"장군. 소생에게 과년한 여동생이 둘 있는데 한번 만나보시는 것은 어떻겠습니까?"

'으잉?'

평소와는 다른, 약간 다급하기까지 한 제갈근의 목소리가 들려왔다. 그리고 그 옆에서 사마랑도 날 향해 읍하고 있었다.

"장군. 소생의 가문에도 혼기가 꽉 찬 아이가 있습니다. 혼인이란 인륜지대사이니 조금 여유를 두고 이야기를 나누며 신중히 결정하심이 옳은 줄로 아룁니다."

'와.'

사마 가문 vs 제갈 가문인 건가?

"그래. 어차피 급한 건 아니잖느냐. 이제 급할 일은 다 해결한 셈이니 좀 쉬면서 천천히 생각해 보거라. 문숙 너 정도면 혼처로 맞이할 가문이 한둘이 아닐 터이니."

"가, 감사합니다, 형님."

다른 혼처가 뭐가 필요해?

이건 아내로 맞이할 여자가 예쁘건 아니건 크게 상관이 없다. 진짜 말도 못 하게 못생긴 것만 아니면…… 아니지, 말도 못 하게 못생겼다고 해도 상관없다. 제갈량이 됐건, 사마의가 됐건 얻을 수만 있으면 상관없다.

 으흐흐. 이게 웬 떡이냐.

2장
스, 스승이요?

"으……."

머리가 아프다.

형님이랑 둘이 기분이 좋아져서 부어라 마셔라 하면서 정신없이 들이부었던 것까지는 기억이 나는데…….

"어제 내가 무슨 얘길 했었지?"

모르겠다.

제갈근이랑 사마랑이랑 셋이 앉아서 뭔가 얘길 나눴던 것 같기도 하고, 아닌 것 같기도 하고.

"술이 원수지, 진짜."

한숨을 푹 내쉬며 몸을 일으키는데 낯선 시선이 느껴졌다.

고개를 돌려보니 후성이 묘한 얼굴로 날 쳐다보고 있었다.

"아, 깜짝이야. 넌 아침부터 왜 그러고 있어?"

"아침이라뇨? 태양이 중천에 뜬 지 오래입니다, 장군."

"벌써 시간이 그렇게 됐어? 그나저나 왜? 또 뭐 때문에 그러고 서 있어?"

"손님이 와 계십니다. 아침부터 와서 기다리고 계시지요. 몹시 중요한 일인 것 같았습니다."

"손님이면 누구?"

"제갈 선생이십니다."

황급히 씻고, 옷을 갈아입고서 밖으로 나가니 제갈근이 허리를 꼿꼿이 펴고 선 채 날 기다리고 있었다.

"제갈 선생."

"깨어나셨군요, 장군. 사전에 기별치 않고 불쑥 찾아온 무례를 용서해 주시길 바랍니다."

"아이고, 아니요. 무례라뇨."

여기까지는 응당 주고받아야 할 정상적인 인사말이다.

우리는 서로를 향해 포권하며 자리를 잡고 앉았다.

그러면서 난 제갈근의 모습을 응시했다.

결혼 얘기가 나온 게 바로 어제였다. 이렇게 다음 날 갑자기 나타났다는 건 분명 제갈근의 입장에서도 나와의 결혼을 통해 뭔가 원하는 게 있다는 의미겠지.

'뭐지?'

"장군께서도 예상하시고 계시다시피 혼인에 관한 일로 찾아뵌 것입니다. 본래 이런 일은 좀 더 시간을 두고 신중히 진행

해야 할 것이나 장군을 놓치고 싶지 않은 간절한 마음에 실례를 범하게 되었습니다."

"하, 하하…… 그러셨군요."

"해서 여쭙고자 합니다. 장군께서는 혼인의 의사가 있으신 지요?"

"좋은 혼처만 있다면…… 없지는 않지요."

워낙 바쁘게 정신없이 돌아다니기만 했던 통에 생각을 못하기는 했다. 하지만 분명 결혼을 할 마음은 있다.

애초에 내가 이 시대에서 이루고자 하는 최종적인 목표가 바로 여우 같은 마누라와 토끼 같은 자식들을 낳아 놀고먹으며 잘 살다 가는 것이니까.

"그렇게 생각하신다니 다행입니다. 하여…… 어제에 이어 다시 한번 여쭙고자 합니다. 소생과 가족이 되심이 어떻겠습니까?"

"가족이라……"

솔직히 좋다. 아니, 졸라 좋지. 다른 사람들도 아니고 제갈 가문과 가족이 되는 일이다. 잘하면 제갈량을 얻을 수도 있는 일. 거절해야 할 이유가 없다.

'그렇기는 하지만……'

"선생께선 어떻게 생각하시는지 모르겠으나 전 혼인이란 평생을 함께 살아갈, 인생의 동반자이자 친구이며 언제라도 의지하며 어깨를 빌리고 빌려줄 이를 만나는 일이라 생각합니다."

"……예?"

"선생과 가족이 되는 일은 분명 저로서도 반가운 일이지만 혼인을 맺을지 아닐지는 일단 아내될 이를 먼저 만나본 이후에 결정하고 싶습니다."

보통 역사를 보면 왕이나 큰 힘을 지닌 사람들은 정치적인 필요로 정략적인 결혼을 하곤 한다. 이 시대의 사람들도 그렇겠지.

그런데 난 그렇게 순도 100%의 정략결혼을 하고 싶지는 않다.

결국엔 내가 행복하게 살아보겠다고 이 고생을 해가면서 뛰어다니는 거다. 그러니 사마의가 됐건, 제갈량이 됐건 얻어야하겠지만. 그래도 일단은 아내될 사람을 만나보고 나서 결정하고 싶다.

제갈가나 사마가 한쪽에서만 구애를 보내는 거라면 고민할 필요도 없이 바로 콜 해야겠지만, 지금은 선택의 여지가 있으니까. 조금이라도 내 마음에 드는 쪽으로 선택하는 게 낫지. 어차피 제갈량이나 사마의나 능력은 비슷비슷할 테니까.

이런 내 생각이 제갈근에게 나쁘게 비치지는 않았으면 좋겠는데…… 이 양반, 웃고 있네?

"장군께서 그리 말씀하시니 약간은 안심이 됩니다. 그럼 한번 제 누이를 만나보시겠습니까?"

"안심이라뇨? 그보다 선생의 가족들은 서주에 계시는 것 아니었습니까?"

"장군께서 주공과 함께 세양에서 원술군을 막아내시는 동안 소생은 가솔을 산양으로 옮겨 왔습니다. 지금은 성내에 마련된 제갈부에서 지내고 있지요."

잠깐만. 그러면 제갈근의 가족이 다 모였다는 얘기니까……

여기에 제갈량도 같이 와 있다는 얘기가 되는 거잖아?

이건 무조건 가봐야 한다. 제갈근의 누이가 없다고 해도 상관없다. 꼭 가봐야 한다. 꼭!

"그럼 염치 불고하고 가보겠습니다."

내가 그렇게 말하자 제갈근이 고개를 끄덕인다.

"가시지요."

달칵, 달칵-

태수부를 빠져나와 제갈부로 향하는 마차 안.

계속해서 흔들리는 그 움직임 속에서 난 심호흡을 계속하며 표정을 관리했다.

다른 사람도 아니고 제갈량을 만나러 가는 길이다.

아직 중3 정도의 나이에 불과하겠지만 그래도 제갈량은 제갈량이다. 지금부터 잘해서 제갈량의 마음을 얻고, 형님에게로 임관시킬 수만 있다면 정말 내 걱정은 거기에서부터 끝이다, 끝.

"장군께 미리 알려 드릴 것이 있습니다."

"예?"

"량이가 비록 총명하기로 이름이 높다고는 하나 아직 어리고 부족함이 많습니다. 장군께서 헤아려 주시길 미리 부탁드리겠습니다."

"무슨 그런 말씀을…… 걱정하지 마십시오."

아무리 어리다고 해도 이천 년 넘게 천재의 대명사로 이름 높던 사람인데 부족하다고 해봐야 뭐 얼마나 부족하겠나. 당장 생각하기론 나보다 똑똑해도 몇 배는 더 똑똑할 것 같은데.

"이곳입니다."

약간의 시간이 지나 마차가 멈췄을 때, 제갈근이 말했다. 내가 고개를 끄덕이며 제갈근과 함께 내리니 떡하니 현판에 쓰인 제갈부(諸葛府)라는 글자가 눈에 들어왔다.

그리고 현판 아래, 활짝 열린 문 사이로 시종 몇 명과 함께 백의 장삼을 입은 소년 하나가 서 있다.

키가 무척이나 크고 얼굴이 새하얗다. 조각 미남이던 장비만큼은 아니어도 여자깨나 울리고 다닐 얼굴이다.

'쓰읍…… 저게 제갈량이겠지?'

머리도 더럽게 좋은 놈이 키도 크고 잘생기기까지 하면…… 무슨 밸런스가 이따위야?

"공명. 어서 와 인사드리거라. 위속 장군이시다."

내가 혼자 투덜거리고 있는데 제갈근이 말했다.

밸런스 똥망 개사기 캐릭터 제갈량이 내 쪽으로 다가와 읍하며 허리를 숙이고 있었다.

"소인 제갈량이라 합니다. 장군의 크신 위명을 듣고 오래전부터 흠모해 왔는데 이리 만나 뵙게 되니 참으로 영광이 아닐 수 없습니다."

"위속 위문숙이라 합니다. 천하를 주름잡을 촉망받는 인재를 이렇게 만나 뵙게 되니 저 역시 영광입니다."

"음. 제 명성이 벌써 여기까지 퍼진 겁니까?"

밸런스 똥망에 핵사기 캐릭터여서 부러운 건 부러운 거고,

지금은 잔뜩 기름칠해서 호감도를 높여야 할 때다.

그렇게 말하며 나도 함께 읍하고 일어났는데 제갈량이 이상하다는 듯 고개를 갸웃거리고 있다.

그런 제갈량의 옆에서 제갈근이 한숨을 푹 내쉬고 있었다.

"량아. 큰일을 이루기 위해선 겸손하고 또 겸손해야 한다. 내 벌써 수십 번도 더 이야기하질 않았느냐."

"스스로 가진 바 능력을 과신하는 것이라면 또 모를까, 잘난 것을 잘났다 하는 게 뭐가 문제입니까?"

"공자께서 말씀하시길 삼인행 필유아사(三人行 必有我師)라 하시었다. 사람은 누구에게서나 배워야 하는 법이다. 하나 너의 그 겸손치 못한 품행이 배움을 저어할까 두렵구나."

"걱정하지 마십시오, 형님. 소제 넘치는 것과 모자란 것을 확실히 알고 있습니다."

"그것을 아는 녀석이……. 송구합니다, 장군. 못 볼 꼴을 보인 것 같습니다."

제갈근이 또다시 한숨을 푹 내쉬며 고개를 숙인다. 그 옆에서 제갈량은 뭐 이런 걸 가지고 그러냐는 얼굴을 하고 있고.

겸손을 강조하는 형님과 자유분방한, 자기 하고 싶은 말은 다 하고자 하는 동생의 모습인데…….

제갈량이 원래 이런 캐릭터였나?

"실은 둘째가 총명하기는 하나 아직 마음의 수양이 부족합니다. 좋은 스승을 구하기 위해 백방으로 노력하였음에도 모두 열흘을 버티지 못하고 두 손 두 발을 다 들었지요."

"하여 지금까지는 독학 중입니다."

제갈근이 그렇게 말하기가 무섭게 제갈량이 말을 이었다.

뭐랄까, 드라마나 영화에서 흔히 묘사되는 중장년의 제갈량은 굉장히 진중하고 겸손하며 인격적으로도 완벽한 모습이었는데 이렇게 어린 시절의 모습을 보니 되게 느낌이 새롭다.

바람을 만들어내고, 앉은 자리에서 천 리 밖의 일을 꿰뚫어 봤다는 천재에게서 인간미가 느껴진다고나 할까?

"일단 드시지요."

제갈근의 안내를 받으며 나는 제갈부 안쪽으로 들어갔다.

정원처럼 꾸며진 후원에 앉아 시종이 가져다준 차를 한 모금 마시는데 제갈량이 무척이나 흥미롭다는 듯 날 쳐다보고 있었다.

"소인 장군께 여쭙고 싶은 게 있습니다."

"말씀하십시오, 제갈 공자."

"장군께서는 하늘을 무어라 생각하십니까?"

"하늘…… 말입니까?"

갑자기 이건 무슨 소리야? 하늘이 뭐라 생각하느냐니?

"공명. 어찌 그런 질문을 하려는 것이냐."

"세인들은 위속 장군께서 천기를 읽고, 하늘의 운행과 교감해 앞날을 예지해 낸다 합니다. 해서 꼭 여쭤보고 싶었습니다."

"그 역시 무례가 될 수 있다는 것을 모르는 것이냐."

제갈근이 낮은 음색에 단호한 어조로 말했다.

하지만 제갈량은 그런 제갈근의 얼굴은 쳐다보지도 않았다. 그 시선은 오직 나에게만 집중되어 있을 뿐이었다.

이거 약간 제갈량이 날 시험하는 것 같은 느낌이다. 마치 내가 무슨 생각을 어떻게 하는지 알고 싶어 하는 것처럼.

"괜찮습니다, 선생."

"하지만 장군."

"가족이 될 수도 있는 사이이질 않습니까. 서로가 어떤 사고방식을 가졌는지 확실히 알 수 있다면, 보다 좋은 가족이 될 수 있을 것입니다."

"형님, 보셨습니까? 위속 장군은 형님 같은 사대부나 여러 귀족과는 다르시다니까요."

제갈량이 기분 좋게 씩 웃더니 곧 더없이 진지하기만 한 얼굴로 말했다.

"세양에서 장군은 원술군을 성내로 유인하고, 화공을 펼쳐 그들을 괴멸시키셨습니다. 하지만 그 과정에서 갑자기 폭우가 쏟아졌고, 결과적으로 적의 장수인 손책과 주유는 살아서 도망갔지요. 장군은 그때의 폭우에 대해, 그 하늘에 대해 어찌 생각하셨습니까?"

'아, 갑자기 속이 쓰리다.'

뜨거운 김이 모락모락 피어오르는 차를 후후 불어 한 모금 더 마시며 나는 한숨을 푹 내쉬었다.

어쩌면 원술이 강동 전역을 제패하게 할지도 모르는, 그게 아니어도 후환이 될 수 있는 자들을 살려서 보내게 된 일이니까.

특히 손책은 몰라도 주유는 꼭 제거했어야 했는데.

"굉장히 안타깝게 생각하고 있습니다."

"안타깝게요?"

제갈량이 고개를 갸웃거리며 반문한다.

'내게서 듣길 바라는 대답이 있는 것 같은데?'

"하늘이 참으로 원망스럽지 않으셨습니까?"

제갈량이 재차 말을 잇는다.

'하늘이 원망스럽긴······.'

나는 쓰게 웃으며 고개를 저을 수밖에 없었다.

"하늘을 원망하지는 않습니다. 그저 제가 알지 못한 뭔가의 작용으로 인해 그런 일이 벌어졌을 뿐이니 말입니다. 능력이 부족했던 탓이지요."

"정녕 그리 생각하신단 말씀이십니까?"

"그리 생각합니다."

"그러시다면······ 제가 장군께 보여 드리고 싶은 게 있는데 잠시 시간을 좀 내주지 않으시겠습니까?"

제갈량이 반색하며 말했다.

'내가 정답을 얘기했던 건가?'

"량아. 보일 것이라니?"

"진산곡을 위속 장군께 보이고자 합니다."

"진심이냐?"

제갈근의 반문에 제갈량이 고개를 끄덕이더니 내 쪽으로 시선을 옮겼다.

"성에서 북동쪽으로 이십 리 떨어진 곳에 진산곡이라는 곳이 있습니다. 호리병 모양의 안쪽으로 툭 파인, 입구를 막으면 그대로 사지가 되어버리는 곳이지요. 그곳을 보시면 장군께 필시 도움이 될 것입니다."

뭔진 모르겠지만 거절할 이유가 없는 제안이다.

"좋습니다."

우리는 곧장 말을 타고 달려 진산곡으로 향했다.

산양성 근처에 있는 자그마한 산에서 제갈량은 능숙하게 산길을 따라 말을 몰아 움직이고 있었다.

그렇게 얼마나 더 산속으로 들어갔을까?

"오셨습니까요? 공자님."

웬 장년인이 제갈량을 맞이했다. 그의 뒤로 화롯불, 활과 화살이 놓여 있다.

제갈량이 장년인의 앞에서 말을 멈추며 뛰어내렸다.

"이곳입니다. 보십시오."

제갈량이 저 앞을 손으로 가리킨다. 깎아 지르는 것 같은 절벽이 펼쳐져 있다.

그리고 그 절벽은 안쪽에서 밖으로 푹 패인, 제갈량이 좀 전에 얘기했던 것처럼 호리병과 같은 모습을 하고 있었다.

저 안쪽으로 병사들을 몰아놓고 입구를 막으면 사방에서 화살을 쏴 몰살시키기 딱 좋은 곳이었다.

산양성 근처에 이런 곳이 있는 줄은 몰랐네.

"어떻습니까?"

"좀 독특한 곳이군요."

흔히 볼 수 없는 지형이라는 것과는 별개로 불에 타거나 그슬린 흔적이 사방에 가득하다. 특히 저 계곡 아래엔 잘게 자른 나무와 짚단 따위가 잔뜩 놓여 있었다.

'도대체 여기에서 뭘 하려는 거지?'

"전 지금부터 이곳에서 세양성에서 있었던 일을 재연하고자 합니다."

"예?"

"비를 부르는 기우제의 방식 중엔 산에 불을 놓아 하늘에게 지상의 어려움을 고하는 것이 있습니다. 산이 별로 없는 중원에서는 사용하기 어려운 방법이나 저 서천이나 량주, 병주, 양주 등 산지가 많은 곳에서는 꽤나 애용하는 방식이지요."

"산에 불을 지르면 비가 내린다고요?"

"보시겠습니까?"

내가 고개를 끄덕이자 제갈량이 장년인을 향해 손짓했다.

장년인이 화살에 불을 붙이더니 저 아래, 잔뜩 쌓인 장작과 짚단을 향해 불화살을 쏴 날렸다.

쏴아아아아아-!

불화살이 짚단에 맞자 불꽃이 빠른 속도로 주변을 향해 퍼져 나가기 시작했다. 그와 동시에 바람이 불어왔다.

"세양에서의 일을 전해 들은 이후, 전 이곳에서 열 번도 넘게 이와 같은 것을 행했습니다. 전쟁이란 모름지기 천시(天時)와 인시(人時)가 맞아떨어져야 하는데 인시는 인간의 일이라 어찌할 수 있다고 해도 하늘의 도움이 필요한 천시는 방법이 없지요. 해서 저는 공부를 시작했습니다."

"공부라니요?"

"'인간이 알지 못하는 하늘, 혹은 자연의 법칙이라는 것이 천시를 만드는 것이 아닐까라는 생각에서 시작된 법칙을 찾는 연구이지요. 그렇게 천시에 대해 공부하게 되었고, 자연의 이치에 대해 알게 되었지요."

저 절벽 아래, 세양성에서 내가 만들었던 그 화재보다 몇 배는 더 격렬하게 타오르는 짚단과 장작이 만들어낸 불을 응시하며 제갈량이 말을 이었다.

"밤에 올빼미 우는 소리가 우렁차면 날이 맑습니다. 서리가 많이 내리는 날도 맑고, 여름날 은하수에 구름이 끼질 않을 때 역시 맑지요. 반대로 제비가 낮게 날면 비가 내릴 가능성이 큽니다. 그리고…… 이렇게 오늘처럼 제비가 낮게 난 데다 큰불이 나기까지 한 날은 더더욱 그렇지요."

제갈량의 손가락이 저 하늘을 가리킨다.

저 아래에서부터 뭉게뭉게 피어나 하늘 높은 곳으로 올라가는 거뭇거뭇한 연기가 보인다. 그리고 그 주변으로…….

"구름?"

구름이 생겨나고 있다. 그것도 거무스름한 모양새다. 연기 때문에 저렇게 보이는 건지, 아니면 진짜 먹구름이 생기는 건지 모르겠다.

내가 황당해서 하늘을 쳐다보고 있는데 제갈량의 목소리가 들려왔다.

"저도 처음 이런 현상이 발생하는 것을 보고 참 당혹스러웠습니다. 하지만 네 번, 다섯 번 비슷한 상황이 반복되니 알겠더군요. 정확하게 설명할 수는 없지만 이런 상황에서는 비가 내릴 가능성이 크다는 것 말입니다."

"허……."

황당해서 말이 나오질 않는다.

'진짜로 이렇게 하면 비가 내린다고?'

세양성에서 그랬던 것처럼 미친 듯이 불타오르는 저 화염을, 연기를, 조금씩 생겨나고 있는 구름의 모습을 번갈아 쳐다봤다.

그렇게 약간의 시간이 지났을 즈음.

톡.

뭔가 내 얼굴에 떨어진 게 느껴져, 손으로 만져보니 물기가 만져졌다.

'시발. 진짜네?'

쿠르르르릉-

하늘이 번쩍임과 동시에 천둥소리가 울려 퍼지고, 빗방울이 쏟아지기 시작했다.

그리고 그 비는 정확히 제갈량이 불을 지른 절벽을 중심으로 한 굉장히 좁은 지역으로만 한정되어 쏟아지고 있다.

이 진산곡이라는 곳에서 좀 떨어진 곳으론 구름만 좀 있을 뿐, 비가 올 기미는 아예 없다. 이 주변만 이런 꼴이 되어 있는 것이다. 마치 세양성에서 그랬던 것처럼.

어이가 없다.

'이게 이런 거였어?'

"만약 제가 장성해서 군을 이끌게 된다면 어떨까 상상했던 적이 있습니다. 그 상상 중에는 이곳, 진산곡과 비슷한 지형에 적들을 몰아넣고 화공으로 괴멸시키는 것도 있었지요."

하늘에서 쏟아지는 빗방울을 그대로 맞으며 제갈량이 말했다. 그의 시선은 날 향해 있었다.

"장군께 이러한 이치를 보여 드리고 싶었습니다."

"이건…… 큰 도움이 되는군요."

제갈량을 얻건 아니건 간에 앞으로 적어도 몇 년 정도는 전장으로 나가게 될 일이 많을 것이다.

무릉도원의 도움을 얻을 수 있다고는 하지만 어떻게 전투를 치러야 할지까지 다 나오는 건 아니니까, 데이터는 쌓이면 쌓일수록 좋겠지. 특히 화공에 대한 것이라면 더더욱.

좋은 정보다. 확실히 제갈량은 어려도 제갈량이라는 말이 절로 나올 정도.

"몇 가지 장군께 여쭙고 싶은 게 있습니다."

"말씀하십시오, 공자."

"장군께서는 하북의 상황을 어떻게 판단하고 계십니까?"

"하북이요?"

"예."

"하북이야…… 원소가 황제를 옹립해 기주로 모시는 중이질 않습니까. 공손찬도 거의 망해가는 중이고, 장연은 이미 참수되었으니 화북 전역은 곧 원소의 것이 되겠지요."

무릉도원에서 봤던 얘기다.

원소는 이미 화북을 거의 통일한 것이나 마찬가지이고, 머잖아 근근이 버티고만 있는 공손찬을 완전히 격멸해 남쪽으로 내려올 터였다.

"그럼 장군께선 원소의 병력이 어느 정도나 되는지도 아십니까?"

"오십만가량 되는 것으로 압니다."

말도 안 되는 숫자다. 여러 성을 지키는 우리 쪽 병력을 탈탈 털어 모아봐야 칠만이 약간 넘을 뿐이다. 하지만 원소는 당장에 동원할 수 있는 것만 사십만 이상이었다.

"그럼 조맹덕은 어찌 될 것으로 생각하십니까?"

"조조야 뭐…… 오래 지나지 않아 토사구팽당하겠지요. 애초에 조조의 가치는 원소가 북방의 장연과 공손찬 세력을 제거할 때까지 남쪽을 지켜줄 방어선 정도였을 뿐이잖습니까. 원소가 화북을 통일한 이후로는 조조를 남겨둘 필요가 없을 것이니 곧 양측이 충돌할 것으로 보고 있습니다."

이 역시 무릉도원에서 봤던 내용이다.

원소의 책사 저수가 조조를 병합할 것을 간언했고, 원소는 받아들일 것이다. 조조는 야망이 있으니 원소에 저항할 것이고, 결국엔 싸움이 날 것이라고.

그냥 본 그대로 얘기해 준 것일 뿐인데 제갈량이 묘한 얼굴로 날 쳐다보고 있었다.

뭐, 자기가 알고 있는 것과 내가 얘기하는 게 맞아 떨어진 모양이지. 제갈량 정도면 아마 척 보는 것만으로도 어느 정도는 윤곽이 나올 테니까.

'그나저나 원소를 어떻게 해야 한다?'

그 강대한 세력을 떠올리니 떡이 목에 걸린 것처럼 숨이 턱 막히며 답답해진다.

안 그래도 남쪽으론 원술에 곽공이 눈엣가시처럼 남아 있고, 서쪽으론 장제까지 있다. 앞뒤로 적이 있는 셈이니 무슨 방법을 내긴 내야 하는데…….

"……십시오, 장군."

고민에 빠져 있는데 문득 제갈량의 목소리가 들려왔다.

제갈량이 내 쪽으로 허리를 숙이며 읍하고 있었다.

"예?"

"장군께서 제 스승님이 되어주셨으면 좋겠습니다. 제게 가르침을 내려주십시오."

"스, 스승이요?"

아니, 이게 갑자기 무슨 소리야? 내가 제갈량의 스승이라니?

"공자. 말도 안 되는 일입니다. 전 공자의 스승이 되지 못합니다."

"어찌 안 된단 말씀이십니까? 장군께서는 이미 수차례나 눈부신 전공을 세우셨습니다. 동민과 여음, 외양과 세양까지. 그 모든 게 우연입니까?"

"아니, 우연은 아니지만 어쨌든 간에……."

아, 이거 진짜 뭐가 어떻게 되는 거야? 내가 제갈량의 스승이라니?

내가 원하는 건 그저 앞으로 알아서 잘 자라날 제갈량의 마음을 얻고, 형님에게 출사시켜 내가 해야 할 일을 맡기는 것일 뿐이다.

그런데 이렇게 갑자기 스승이 되어 달라니.

내가 제갈량을 어떻게 가르쳐? 무려 이천 년 동안 천재의 표상이었던 인간인데?

진짜, 진짜, 진짜, 진짜 말도 안 될 일이다.

"공자. 차라리 제가 좋은 스승이 될 수 있는 이를 추천해 드리겠습니다."

"진공대를 말씀하시려는 겁니까?"

"공대 선생이야말로 참군사이며 이 시대의 진정한 현인입니다. 공자가 공대 선생의 가르침을 받는다면 그 실력이 날로 일취월장할 겁니다."

내 말에 제갈량이 웃으며 고개를 젓는다.

"진공대는 분명 현명한 자입니다. 그러나 장군에 비할 바는 못 되지요. 그와 같은 자는 지금 당장에 손꼽는 것만으로도 열 명 이상 나열할 수 있습니다. 그러나 장군과 같은 분은 단언컨대 장군이 유일합니다."

"내, 내가요?"

"저는 일찍이 스스로를 관중과 악의에 빗대어왔습니다. 이런 제가 믿고 따르며 가르침을 구할 대상은 오직 장군뿐이십니다. 장군께서 직접 제게 학문을 사사하실 필요까진 없습니다. 그저 제가 장군을 따라 종군하며 곁에서 보고 배울 수 있도록 해주시기만을 바랄 뿐이지요."

와, 이거 지금 제자로 받아주면 형님한테 임관하겠다는 거 맞지? 날 따라서 전장을 다니기까지 하겠다는데 당연히 형님을 주공이라 부르게 될 거다.

'쓰읍.'

"살펴 헤아려 주시길 바랍니다."

내가 고민하고 있는데 제갈량이 다시 읍하며 고개를 숙인다.

'도대체 제갈량을 내가 어떻게 가르쳐?'

막막한데 또 거절할 수가 없다. 이 기회를 붙잡아 제갈량을 형님의 사람으로 만들어야 한다.

그냥 날 따라다니는 것만으로도 만족할 수 있다고 했으니까…… 얼굴에 티타늄 합금으로 된 철판을 깔아야지 뭐.

"좋습니다."

"정말 받아주시는 겁니까?"

내가 고개를 끄덕이자 제갈량이 무릎을 꿇으며 날 올려본다.

"지금 이 순간부터 장군께서는 량의 스승이십니다. 절 받으십시오."

그러면서 지금까지의 그 어딘지 모를, 자신감 넘치고 약간은 오만하기까지 하던 모습을 집어던진 채 정성이 듬뿍 담긴 움직임으로 빗물에 젖어 축축한 땅바닥에 이마를 가져다 댄다.

'흐어······.'

목표를 달성해서 좋기는 한데 진짜 개막막하다······.

"참으로 감사드립니다, 장군."

졸지에 제갈량을 제자로 거두게 된 직후, 나는 제길부로 돌아왔다.

물에 젖은 생쥐 꼴이 되어버린 제갈량에게 진산곡에서의 일을 전해 들은 제갈근이 내 쪽으로 읍하며 말했다.

나도 이젠 모르겠다. 포기다, 포기.

"제가 공자께 가르칠 것이 있는지는 모르겠습니다만 최선을 다해보긴 하겠습니다."

"공자가 아니라 공명입니다. 편하게 말씀하시라 부탁드렸잖습니까, 스승님."

"어, 그래······."

이게 부탁하는 어조인지 아니면 지시하는 어조인진 모르겠지만 그래도 그 제갈량이 하는 말이니까 들어는 줘야 할 것 같다. 내 미래를 책임져 주실 분인데.

"안채로 가시지요. 갈아입으실 옷을 내어드리겠습니다."

"아, 예."

제갈근, 공명과 함께 안쪽으로 들어가 옷을 갈아입고 나오는데 안채 저편에서 드레스처럼 생긴, 나풀나풀한 옷차림의 여자 하나가 모습을 드러냈다.

나와 거의 비슷한 키에 기다란 생머리를 늘어뜨린 채 품에는 죽간을 잔뜩 들고 있는, 공명이 그런 것처럼 피부까지 새하얗기 그지없는 여자다.

그런 여자의 뒤로 시녀로 보이는 이들이 그녀와 마찬가지로 죽간을 한 아름이나 안아 들고서 어딘가를 향해 종종걸음으로 움직이고 있었다.

'예쁘다.'

예전, 중국 영화를 보면서 정말 예쁘다고 감탄한 배우가 있었는데 그 여자를 닮은 외모다. 얼마 전 보았던 초선과는 비교도 되지 않을 정도.

나도 모르게 가서 인사를 건넬 뻔한 걸 꾹 눌러 참았다.

실례다, 실례. 저 여자가 제갈근이 말했던, 내 혼처라고 해도 실례이고 어쩌면 제갈근의 아내일 수도 있다.

게다가 나하고는 거의 15m 이상 떨어져 있었으니 먼저 가서 떠드는 것도 모양새가 영 별로다.

이럴 땐 그냥 얌전히 앉아서 집주인이 안내하는 대로, 해주는 대로 받아먹기만 하는 게 최고다.

"방금 지나간 게 영입니다."

내가 그렇게 생각하며 자리에 앉는데 제갈근이 말했다.

"영이요?"

"장군께 말씀드렸던 혼기가 꽉 찬 아이지요. 서주에 있던 짐을 옮겨 온 지 얼마 되지 않아 지금도 분주히 집안을 돌아다니며 정리 중입니다."

"아, 그랬군요."

나도 모르게 웃음이 나온다.

저렇게 예쁜 여자가 내 혼처라고? 와, 이거 완전…… 꿈 아니지?

"여인답지 않게 책을 좋아한다는 점만 제외한다면 참 좋은 아이입니다."

혼자 감탄하며 좋아하고 있는데 제갈근의 조심스러운 목소리가 들려왔다. 마찬가지로 공명 역시 전에 없이 조심스러운 눈으로 날 살펴보고 있었다.

"책을 좋아하는 게 왜 문젭니까?"

"장군께선 괜찮으십니까?"

"책 좋아할 수도 있지. 아는 게 많으면 대화도 잘 통하고 얼마나 좋습니까? 골치 아픈 일이 생기면 조언도 구할 수 있을 건데."

"정말 그리 생각하십니까?"

어지간해선 감정을 드러내는 일이 없는 제갈근의 눈이 동그래진다.

'이게 그렇게 놀랄 일인가?'

아, 이게 그건가? 옛날엔 여자들이 자수나 뜨고 요리나 하면서 사는 게 미덕이라고 했던 것 같기는 한데.

"전혀 상관없습니다. 오히려 좋습니다."

"하하…… 유일하게 걱정스러운 점이었는데 장군께서 그리 말씀해 주시니 참으로 다행입니다."

저도 고맙죠. 그렇게 예쁜 와이프랑 제갈량을 얻을 기회를 동시에 주셨는데.

"그럼 한번 만나보시겠습니까?"

내가 고개를 끄덕이자 제갈근이 시종을 부르더니 말했다. 제갈영을 불러오라고.

아, 이것도 따지고 보면 선 같은 건데 전혀 그런 느낌이 안 난다. 결혼을 전제로 한 소개팅을 하는 느낌이랄까? 아니지, 결혼 전제면 그냥 이게 선인가?

두근거리는 가슴을 진정시키며 기다리고 있는데 저 너머에서 나무로 만든 신발 특유의 또각거리는 소리가 들려오기 시작했다.

"처음 뵙겠습니다. 소녀 제갈영이라 해요."

제갈영이 살짝 무릎을 굽히고, 고개를 숙이며 인사했다.

자태가…… 진짜 영화배우가 TV를 뚫고 밖으로 뛰쳐나온 것 같은 비주얼이다.

'우와……'

📱

"으흐흐."

제갈영과의 만남을 회상하는 것만으로도 기분이 좋아졌다.

별로 특별한 대화를 한 것도 아니다. 그냥 간단하게 서로 이름을 묻고, 가볍게 인사만 했을 뿐이다. 하지만 그것만으로도 제갈영의 모습은 내 머릿속에 각인되다시피 한 상태였다.

"그렇게 좋으십니까?"

"뭐가?"

"제갈 낭자요. 지난번에 한번 뵙고 오신 이후론 계속 그 상태이시잖습니까."

"그랬나?"

후성의 말을 듣고 가만히 생각해 보니 그런 것 같기도 하고…….

뭐, 평범한 농사꾼으로 살던 내가 어딜 가서 그런 여자를 만나보겠어.

"정말 괜찮으시겠습니까?"

"뭐가?"

"제갈 낭자요."

"응? 왜? 뭐가?"

내 반문에 후성이 고개를 갸웃거린다. 이걸 얘기해도 될지 모르겠다는 것처럼.

나하고는 하고 싶은 말을 필터링 없이 다 하던 녀석인데 갑자기 왜 저러지?

"소문이 좀 좋지 못합니다. 여인의 몸으로 학문을 닦는 것에 너무 집중한다는 이야기가 있습니다."

"그게 뭐 어때서? 사람이 학문 좋아할 수도 있지."

"무예에도 관심이 많답니다."

"무예에?"

후성이 고개를 끄덕이며 말을 잇는다.

"활이며 검이며 창이며 못 하는 게 없답니다."

"그게 흠이야?"

"그럼 아닙니까? 여인이 아는 게 많으면 따박 따박 말대답이나 할 것 아닙니까. 무예까지 익혔으면 더더욱 그렇겠죠. 게다가 혹시 압니까? 자다가 봉변이라도 당하게 될지."

"쯧쯧. 뭘 모르는 모양이구만."

이런 걸 보면 확실히 지금의 시대가 옛날 옛적이 맞기는 한 것 같다. 지금 시대가 어느 때인데…… 까진 아니구나.

어쨌든 여자가 아는 게 많으면 말이 잘 통해서 좋지. 무예에 관심이 많으면 운동을 열심히 한다는 거 아닌가? 그럼 몸매도…… 으흐흐.

"난 좋아. 다 좋아."

"콩깍지가 씌어도 단단히 씌신 모양입니다. 어쨌든 전 경고했습니다. 나중에 가서 제게 말리지 않았다고 뭐라고 하시면 안 됩니다. 아셨죠?"

"내가 결정하는 건데 왜 너한테 뭐라고 해? 걱정하지 마. 그럴 일 없다."

똑똑하고 예쁜 데다 운동도 열심히 하면 더할 나위 없이 좋지 뭘. 하여간 이 시대의 남자들은 뭘 모른다니까.

나는 그렇게 생각하며 후성과 함께 밤길을 걸어 우리의 숙소로 향했다.

태수부에 세 들어 사는 것도 이제 얼마 남지 않았다. 결혼만 하면 나도 독립해서 나가 살아야지.

"그런데 사마가의 여식은 만나볼 생각이 없으십니까?"

"그쪽은 별 얘기가 없더라고."

처음 제갈근이 얘길 꺼냈을 때까지만 해도 사마랑은 어떻게든 추진하고 싶어 하는 눈치였는데, 그때 이후로 별 얘기가 없다.

뭐, 사정이 여의치가 않은 모양이지. 아니면 뭔가 다른 일이 있던지.

그쪽에서 먼저 얘기한다면 또 모를까, 내가 먼저 딸을 달라는 것도 아니고 마음에 들면 결혼할 수도 있으니 만나보게 해 달라고 하는 건 예의가 아닌 것 같다. 제갈가 역시 마찬가지.

'그냥 있어야지 뭐.'

"거, 날 한번 좋다."

그나저나 밤하늘이 참 예쁘다. 보름달은 보름달대로 휘영청 떠올라 있고, 구름 한 점 없다.

무릉도원에 들어가기 딱 좋은 날이야.

"오늘도 지켜 드리오리까?"

"뭘?"

"보름달이 뜨는 날마다 그러셨잖습니까. 소리 내지 말고, 와서 건드리지 말고. 그렇게 유지하고 아침까지 꿀잠 잘 수 있도록 지켜달라고요."

"음."

무릉도원에서 언제 뭘 보게 될지는 알 수 없으니까. 그런 게 있기는 해야겠지.

"굳이 네가 아니어도 상관은 없으니까 제대로 지켜줄 수 있는 애들로 뽑아서 경계만 세워놔. 그거면 충분할 것 같다."

"알겠습니다. 그럼 꿀잠 주무십쇼. 소장은 애들 준비하러 먼저 가보겠습니다."

"오냐. 고생해라."

후성을 보내고서 난 침실로 돌아와 침상에 누웠다.

급한 건 다 해결했으니 무릉도원에 들어간다고 별일이 있을까 싶다. 그냥 이번에도 인재에 대해서나 좀 공부해 보면 되겠지.

우리 공명이한테 도대체 뭘 어떻게 가르쳐야 할지도 좀 찾아보고.

솨아아아-

은은한 바람 소리와 함께 방 안을 가득 메운 안개가 시야에 들어온다.

처음 이런 공간에 들어왔을 땐 정말 당황스러웠던 것 같은데 이제는 아무렇지도 않다. 확실히 인간은 적응의 동물이란 말이지.

"어디 보자……."

머리맡에 놓여 있는 핸드폰을 들어 무릉도원으로 들어갔다.

무릉도원의 자유 게시판에서는 오늘도 웃기지도 않는 소리들을 늘어놓고 있다.

'금오도 다녀온 썰 품니다. ㅋㅋㅋㅋㅋ', '님들 곤륜산 vs 금오도 붙으면 어디가 이길 것 같음?', '2020 제15회 신선 지망생 정모 후기' 같은 정신 나간 글들이 잔뜩이다.

"하여간 이 인간들은……."

뭐 하는 컨셉충들인지 모르겠다니까.

아주 잠깐, 1분 남짓 자유 게시판을 눈팅하던 나는 진짜 봐야 할 정보들이 있을 삼국지 토론 게시판으로 옮겨갔다.

가장 먼저 한 것은 형님의 이름을 키워드로 해서 검색하는 것이었다.

그랬더니.

"흠?"

'천하 통일을 향한 주유의 시작', '공손찬을 멸망시키며 하북의 패자가 된 원소군 남정의 시작, 청주 원담군', '주유 vs 전풍 위-오 최고 책사의 브레인 배틀' 같은 글들만 잔뜩이다.

뭐야. 우리가 또 망한다는 건가? 하, 무릉도원 이거 한동안 멀쩡하다 싶었는데 지난번 유벽 때부터 또 이런다.

제목들을 확인하며 글을 목록 아래쪽으로 쭉쭉 내리니 익숙한 닉네임이 눈에 들어왔다.

오, 여봉봉선이다.

나는 그가 써놓은 '만약 위속이 주유 같은 능력을 지녔다면 원담을 막아낼 수 있었을까요?'라는 글을 클릭했다.

〈삼국지 전반기를 통틀어 가장 거품이 심했던 게 위속이죠. 초반엔 무슨 약을 빨았는지 가후나 주유, 전풍처럼 활약했는데 가면 갈수록……. 어쨌든 이 위속이 주유 정도의 능력을 가지고 있었더라면 여포가 제시간에 유비랑 연합해서 원소를 막을 수 있었을까요?)

└프린스원소: 영혼까지 끌어모았으면 어찌어찌 가능하긴 했을 것 같네요. 근데 그랬으면 여포 본진이 조조한테 털렸겠죠. 결론은 불가능. ㅋ

└전풍이롤모델: 주유 2명이면 가능. 주유 1명이면 불가능. 그때 전풍에 심배까지 같이 있었잖음. 사마의가 위속을 도와줬으면 또 모를까, 불가능할 것 같네요.

└조건달: ㅋㅋㅋㅋㅋㅋㅋ 이 양반 아직도 여포 가지고 물고 빠시네. ㅋㅋㅋㅋㅋㅋㅋㅋㅋㅋㅋㅋ 위속 비망록이 발견되면 뭐 하나요. 애초에 위속 자체가 개거품인뎈ㅋㅋㅋㅋㅋㅋㅋ

뭐야, 이거.

내가 거품인 건 인정한다. 근데 조건달 저 새끼는 완전…….

저거도 기억해 놔야겠다.

"쓰읍."

└여봉봉선: 진짜 방법이 없었을까요?ㅠㅠ 저 여포 주인공으로 소설 쓰고 있는데 if라도 괜찮아요ㅠㅠㅠ

└강동의쥐새끼: 그나마 0.00001%라도 가능성 있는 게 여포네가 유비네랑 연합해서 안량이 끌던 선봉대를 궤멸시키면서 원담 쪽 기세를 한번 꺾는 것 정도일 것 같네요. ㅇㅇ 그 외엔 진짜 방법 없을 듯

└망탁조의: ㅇㄱㄹㅇ ㅂㅂㅂㄱ ㅃㅂㅋㅌ임 애초에 원담이 전풍한테 전권 넘겨서 존나 치밀하게 준비하고 내려온 거라 안량 때려잡는 거 아

니면 애초에 준비할 시간 자체가 안 생김. 전쟁 시점이 여포네가 여남군 도와주고 두 달인가 지나서였으니까여.

└원술공로: 조조가 5만으로 여포 견제하고 원담+전풍+심배+안량이 15만 끌고 남하하는 건데 이걸 어케 막아요? 원술도 진짜 영혼까지 끌어모아서 간신히 막은 건데. 답 없음. 포기해여. 이 시점에서 여포가 그거 막는다고 하면 진짜 개연성 없다고 욕먹어영. ㅋㅋㅋㅋㅋㅋ

└현덕짱짱맨: 원담한테 15만? ㅎㄷㄷ 이때는 원담이 잘나가던 때인 모양이져?

└원술공로: ㅇㅇ 원소가 전풍 말대로 해서 공손찬 멸망시키고 한창 전뿡 맛 좀 보면서 얘기 많이 들어주던 때라 아직은 원담이랑 사이좋을 때임. 물론 나중에는. ㅋㅋㅋㅋㅋㅋㅋㅋㅋ

"아, 시발."

세양에서 원술군을 쫓아낸 지 이제 오늘로 한 달이다.

그러면 앞으로 길어야 한 달 남았다는 건데.

말이 돼? 이십만? 그것도 조조가 오만에 원담이 십오만이라고?

'하……'

📱

"아, 시발."

잠에서 깨어나기가 무섭게 욕이 튀어나온다.

무려 이십만이다, 이십만. 이만도 아니고, 십만도 아닌 이십만.

미친 거 아니야?

"밖에 누구 있어?"

"부르셨습니까? 장군."

문이 열리며 위월이 그 모습을 드러냈다.

"지금 당장 진류로 사람 보내. 한시가 급하니까 공대 선생보고 바로 달려오시라고, 그렇게 얘기해. 촌각을 다투는 거라고. 무슨 얘기인지 알지?"

"아, 알겠습니다."

"잠깐만."

"예?"

"사람 보내면서 중간중간 진류에서 오면서 지나올 경로에 마차도 대기시켜. 공대 선생이 잠도 안 자고 계속 달릴 순 없을 테니까 자는 동안엔 마차로 이동할 수 있게."

"알겠습니다."

여기에서 진류까지 진짜 죽을힘을 다해서 달리면 하루 이내에 도착할 수 있을 거다. 진류에서 이쪽으로 오는 것도 넉넉잡고 하루 반나절이면 될 것이고.

그러니까 진궁을 만나기까지 사흘 정도 걸린다고 치면 될 거고, 그때부터 다시 또 병력을 모아서 움직이고 뭐 하고 하면 얼추······.

"보름 이상 걸리겠는데?"

너무 오래 걸린다. 우리가 병력을 모으는 것만큼이나 유비군 역시 병력을 집결시킬 시간이 필요하다. 유비군 내부에서의 의사 결정에 걸릴 시간도 있어야 하고.

최대한 희망적으로 잡아도 전풍이 사실상 모든 것을 주도하는 것이나 마찬가지인 십오만의 대군이 한 달 이내에 청주에서부터 남하를 시작하게 된다.

비관적으로 보면 그 대군이 남하해 서주의 성 중 하나를 공격하기 시작하는 그 시점이 오늘로부터 한 달 뒤일 수도 있고.

어느 쪽이 되었건 시간이 부족하다. 최대한 신속하게, 빠르게 움직여야 한다.

어쩔 수 없지. 진궁이랑 의논하는 건 패스다.

"스승님. 안색이 왜 그렇게 창백하십니까?"

막 일어나려는데 정말 익숙한, 더없이 반가운 목소리가 들려왔다. 백의 장삼을 차려입고 언제 구한 건지 순백의 하얀색 부채까지 살랑이고 있는 내 제자, 공명이가 이상하다는 얼굴로 날 쳐다보고 있었다.

하지만 막상 저 얼굴을 마주하고 나니 걱정이 앞선다. 내가 애한테 뭘 어떻게 가르치…… 는 걸 고민할 필요가 없겠구나?

문득 아이디어가 떠올랐다.

나는 무릉도원을 통해 미래를 알 수 있다. 공명 얘는 아직 어리긴 하지만 천재의 대명사고. 그러니까 가르침을 내리는 척하면서 애한테 내가 알고 있는 것들을 전수해 주면 알아서 해결책을 척척 만들어내지 않을까?

"공명."

"예, 스승님."

"앞으로 네게 내릴 가르침은 당장 내 눈앞에 산적한 현안들을 토대로 만들어질 거야. 괜찮지?"

"좋습니다. 옛 성현들의 죽은 지식보단 실무의 현장에서 생생하게 살아 움직이는 지식이 더 유용하지 않겠습니까?"

다행이다.

"지금부터 내가 일하는 동안엔 항상 널 데리고 다닐 거야. 넌 내 옆에서 보고 듣고 생각하면서 경험을 쌓아라. 중간중간에 내가 널 가르칠 거니까."

"예, 스승님."

"그럼 일단 가자. 형님을 뵈러 갈 거야."

마음 같아선 하나부터 열까지 다 이 녀석에게 넘기고 싶지만, 악덕 상사가 되는 것도 순서를 지켜야 한다.

일단은 자기가 진짜로 내게서 실무를 배우는 중이라고, 유용한 인재로 다듬어져 간다고 생각하도록 만들어야 한다.

넘기는 건 그다음이다.

일단은 급한 대로 제갈근에 사마랑을 불러다 형님을 찾아갔다. 그랬는데.

"어라. 공대 선생?"

"위 장군. 오셨구려. 안 그래도 사람을 보내 장군을 모셔 오라 이르던 참이었소."

피곤한 기색이 역력한 얼굴로 진궁이 말했다. 딱 보기에도 진류에서부터 쉴 새 없이 달려온 모양새다. 옷은 헝클어지다 못해 흙먼지로 엉망이 되어 있고, 얼굴 역시 땟물로 가득하다.

평소의 진궁이라곤 상상할 수조차 없을 모습이지만 그 눈빛만큼은 형형하게 번쩍이고 있었다.

"앉아라, 문숙. 너희도. 아, 저 녀석은 네가 새로 제자로 들였다는 그 녀석인 거냐?"

형님의 시선이 공명을 향했다.

녀석이 자세를 바로 하더니 형님을 향해 읍했다.

"소생 제갈가의 차남 제갈량 공명이라 합니다. 사군의 명성을 흠모하던 차에 인연이 닿아 스승님의 제자가 되었습니다."

형님이 고개를 끄덕이며 손짓하자 시종들이 다가와 자리를 만들어주었다.

그러고 나서야 어둡기 그지없던 사마랑의 안색이 시야에 들어왔다. 확실히 뭔가 일이 생기긴 생긴 모양이다. 그게 아니면 얼굴이 저럴 리가 없지.

뭐 그건 그렇고.

"선생께서는 무슨 일이신 겁니까? 저도 조금 전에 사람을 보냈거든요. 선생을 모셔 오라고."

내 말에 진궁의 얼굴이 딱딱하게 굳어지고 있었다.

"조조군의 움직임이 심상치 않아 장군과 함께 주공을 모시고 의논코자 정신없이 달려온 것이오. 그들이 전쟁을 준비하는 듯하여."

"전쟁요?"

진궁이 고개를 끄덕이며 말을 이었다.

"제북, 태산, 동평의 병력이 동군으로 집결하는 중이오. 그 규모만 못 해도 삼만은 되는 것 같고."

"그 이외에 더 포착하신 게 있습니까?"

"나로선 없소. 장군은 더 아는 게 있는 모양이외다?"

진궁의 그 목소리에 좌중의 시선이 날 향해 집중됐다.

사마랑은 여전히 뭔가 걱정거리에 정신이 사로잡힌 모습이고 제갈근은 무표정한 얼굴이다. 진궁은 진궁대로 피곤한 기색이 역력하고.

형님 혼자만 기대감 가득한 눈으로 날 쳐다보고 있다.

아, 혼자가 아니구나. 공명 이 녀석도 형님이랑 같은 눈빛이다.

기대하는 만큼 좋은 계책을 만들어주길 바라마, 제자야.

"원소의 장자, 원담이 청주에서 남하하고자 준비 중입니다. 그쪽이 주공이고 조조 측은 조공입니다."

"원소가? 원소가 우릴 공격하려 한단 말이외까?"

"공손찬은 역경에서 버티며 농성에 집중하고 있는 것으로 알고 있습니다만."

진궁에 이어 제갈근이 말했다. 이 양반은 언제 얘길 하는 거야.

"원소의 책사, 저수의 계책에 빠진 공손찬이 역경에서 전사했습니다. 지금은 그 잔당을 파죽지세로 몰아붙이는 중이고요. 이미 베이징…… 이 아니지, 계와 그 주변을 모두 평정하고 북평까지 올라갔답니다."

"그, 그게 사실이외까?"

진궁의 눈이 동그랗게 커졌다.

공손찬이 죽었다는 것 그리고 그 세력과 백성들이 원소의 치하로 넘어간다는 건 다시 말해 북방에는 더 이상 원소의 적이랄 게 남아 있질 않다는 얘기다.

흔히 중국에서 오랑캐라고들 하는 오환 같은 흉노족이나 선비족이 조금 남았다지만 신경이나 쓰이게 하면 디행일 수준이니까.

"그것이 사실이라면 장군의 말씀대로 원본초가 남하를 위해 병력을 돌리는 것도 무리가 아니겠군요. 하지만 대규모의 병력을 동원하는 건 아무래도 어렵지 않겠습니까? 상황이 상황이니."

이성적이기 그지없는 목소리로 제갈근이 말했다.

"쉽지 않다뿐이지, 어려울 건 없습니다. 장연을 멸망시키고 공손찬을 격멸하는 과정에서 대규모의 투항병이 유입됐으니까요."

"그래서 원담의 병력이 얼마라는 거요?"

이번엔 진궁이 파르르 떨리는 목소리로 말했다.

그가 설마, 설마 하는 마음이 훤히 들여다보이는 얼굴로 날 쳐다보고 있었다.

"십오만입니다."

"시, 십오만? 말도 안 되오. 내 원씨 가문의 영지에도 사람을 풀어 그들의 움직임을 백방으로 확인하고 있었소이다. 최근 들어 병력의 이동이 감지되긴 했으나 그 규모는 어디까지나 오만 안쪽이었소."

〈전풍이 진짜 각 잡고 준비한 남정이었음. 병력도 20갈래 이상으로 나눠서 은밀하게 이동시켰고, 청주에서 집결하는 것도 네 곳으로 분산했었음. 유비가 절대 눈치 못 채게 하려고 진짜 이동 계획부터 시작해서 준비만 3달 동안 했다고. ㅎㄷㄷㄷㄷ)

무릉도원의 댓글에서도 저렇게 얘기했었다. 그 결과로 유비는 제대로 된 반격조차 못 해보고 그대로 쭉 밀려나며 패망했다고.

당사자인 서주조차도 그랬는데 그 옆 동네의 책사인 진궁은 오죽할까.

"제가 확실하게 확인했습니다. 조조 본인이 오만을 동원했으며 원소 측은 원담이 도독에 전풍이 부도독, 선봉은 안량입니다. 그들이 노리는 것은 서주를 일거에 점령해 유비를 축출하는 것이지요."

"그렇다면 원소는 원담을 장자로 삼으려는 모양이겠군요."

제갈근이 나지막한 목소리로 말했다.

내가 고개를 끄덕였다.

무릉도원에서 말했던 미래의 역사는 좀 다르지만, 지금의 시점에선 제갈근의 말대로다.

"장군의 말대로라면 원담의 대군은 이미 집결을 반 이상 마쳤을 테지. 선봉은 이미 준비가 거의 끝났을 것이고."

"그럴 것입니다. 그러니 지금 당장에 달려가야 합니다. 저는 유비를 도와 원담을 막을 작정입니다."

"나도 간다."

"예?"

"십오만이나 되는 대군이 밀려오는 싸움판인데 내가 구경만 하고 있을 순 없지. 그렇잖으냐."

형님이 씩 웃는다. 그 미소에서 묘한 희열이 느껴진다.

뭐, 이 양반이야 그렇겠지.

"안 됩니다, 주공. 원담도 원담이지만 조조의 대군이 연주를 노리고 있는데 주공께서 어찌 자리를 비우신단 말입니까. 천부당만부당한 이야기입니다. 안 그렇소이까? 위속 장군."

"저도 형님과 같은 마음입니다. 서주가 무너지면 연주가 무너지는 건 시간문제입니다. 순망치한이라고도 하질 않습니까."

"원소군이 전쟁을 준비하기 시작한 시점이라면 또 모를까, 전쟁이 코앞인 와중에서 서주에 간들 우리가 할 수 있는 게 뭐가 있겠습니까."

"자유의 말이 옳소. 만반의 준비를 갖춰도 시원찮았을 판국에 적의 대군이 움직인다는 것조차 확인하질 못한 상황에서 서주가 어찌 그들을 막아낸단 말이외까? 자칫 잘못했다간 아군의 전력이 분산되어 연주는 연주대로 점령당하고, 서주는 서주대로 무너지는 최악의 상황을 맞이하게 될 수도 있소."

"그러니까 조조는…… 아, 이거 참."

뭐라고 말을 해야 할지 모르겠다.

조조가 공격해 오는 건 오는 거고, 어차피 우린 성만 지키면 되는 거니까 시간을 끌면 되는 거 아닌가.

그런 생각이 들다가도 본진이 털리는데 원정군이 제대로 싸울 수 있을까 싶기도 하고.

'쯧. 이러니 그랬겠지.'

무릉도원에서 얘기했었다. 내가 유비를 도울 기회가 있음에도 연주에 눌러앉아 있다가 결국엔 원소에게 압도당해 끝없는 소모전에 지쳐 말라 죽게 됐다고.

그걸 알고 있으니 더더욱 유비를 구해야 하는데 이걸 뭐라고 해야……

'흠?'

잠시 상념에 잠겨 있던 나와 진궁을 공명이 묘한 얼굴로 번갈아 쳐다보고 있었다.

"공명. 왜 그러는 것이냐?"

"허락해 주신다면 스승님께서 하시는 그 생각을 소생이 말씀 올리고자 합니다."

'내가 하는 생각? 무슨 생각?'

당황스럽다. 하지만 이걸 티 내면 안 된다.

나는 최대한 근엄하게 표정을 가다듬으며 고개를 끄덕였다. 마치 진짜로 스승이 가르침을 내리며 기회를 주는 것처럼.

"허락하마."

"감사합니다, 스승님. 소생 공대 선생께 한 말씀만 올리겠습니다. 선생께서는 어찌 조맹덕이 원소의 명령을 충실히 이행할 것이라고만 생각하시는 것입니까?"

"첫째로 그는 원소의 가신이다. 둘째로 연주를 빼앗긴 원한이 있고, 셋째로 그 역시 이제 생각하고 있을 것이다. 원소의 세력이 지나치게 강대해지고 있으니 이대로 있다간 야심을 펼쳐보기도 전에 집어삼켜질 것이라고 말이다."

"그러니 더더욱 기회를 노리지 않겠습니까. 조맹덕은 이미 여 사군께 큰 피해를 입은 경험이 있습니다. 스승님께서 지금껏 전장을 다니며 세운 전공 역시 보았을 것입니다. 그런 조맹덕이라면 무엇을 생각하겠습니까?"

"무엇을 생각한단 말이냐."

"자신이 제대로 된 기반을 갖출 때까진 연주가, 여 사군께서 건재하시길 바랄 것입니다. 원소와 사군의 사이에서 격렬한 전쟁이 벌어지고, 스승님께서 원소의 남진을 막아 그 힘을 소진시키는 동안, 자신은 서쪽으로 나아가려 하겠지요. 원소를 상대하는 것보단 이각과 곽사를 상대하는 편이 몇 배는 더 간단하지 않겠습니까?"

"네 말대로라면 맹덕은 자신의 본거지를 버리는 꼴이 된다."

"그리될 것입니다. 그러나 작은 것을 내주고 천하를 얻을 길입니다. 선생께서 조조라면 어찌하시겠습니까?"

"천하…… 천하?"

진궁의 미간이 찌푸려진다. 그는 그 상태로 자신의 무릎을 몇 번 두드리며 생각에 빠졌다.

스타로 치면 커맨드 센터를 띄워서 다른 곳으로 옮기고, 거기에서부터 다시 시작한다는 얘기이긴 한데……. 게임에선 그 자체로 이미 '똥망'의 길로 접어드는 거지만 지금 상황에선 충분히 가능하다.

'확실히 제갈량은 제갈량이라니까.'

이 정도면 내 앞길은 정해진 거나 마찬가지다.

제갈량을 키울 거다. 공명이가 장성해서 형님께 충성을 바치고, 싸우는 일을 전담해 맡는다면 난 놀고먹을 수 있겠지.

'으흐흐. 생각하는 것만으로도 기분이 좋아진다.'

내가 이렇게 생각하고 있을 때, 진궁이 내쉬는 한숨 소리가 들려왔다.

진궁이 몸을 일으켜 나와 공명을 향해 읍하며 말했다.

"내 그동안은 위속 장군에게 가르침을 얻었는데 오늘은 그대의 제자가 머릿속을 일깨워 주는구려."

내가 급히 일어나 마주 읍했다.

"과찬이십니다, 선생."

"과찬이 아니외다. 가진 것들을 버리고 더욱 큰 것을 취한다는 건 누구나 생각할 수 있소. 그러나 제북, 태산, 동평, 거기에 동군까지. 사실상 연주의 절반을 버리다시피 하며 더욱 큰 것을 얻는다는 건 범인이 할 수 있을 생각이 아니오."

진궁은 그렇게 말하며 공명 쪽으로 시선을 옮겼다.

"참으로 장한 제자를 두시었소."

"하하……."

그러게요. 우리 제자, 참 대단하죠.

내가 그렇게 생각하고 있는데 형님의 시선이 느껴졌다.

형님이 그래서 이제 어떻게 할 것이냐는 얼굴로 날 쳐다보고 있었다.

"지금 즉시 군을 소집해야 합니다. 설령 조조가 우리를 공격할 마음이 없다 해도 틈이 보인다면 움직일 것이니 최정예로 추리고 추려야 합니다."

"연주 각지에서 병력을 소집한다면 일만 명 정도까지는 방어에 지장이 가지 않는 선에서 빼낼 수 있을 것입니다."

살짝 지친 것 같은 얼굴로 진궁이 말했다.

"자유 선생. 병참은 어떻겠습니까?"

"여남군이 보내온 식량 일부를 비축해 두고 있었던지라 문제는 없습니다. 장군께서 도입하신 이앙법 역시 성공적으로 진행 중이니 추수만 끝낼 수 있다면 당분간 식량 걱정은 하지 않아도 되겠지요."

"그러면 결정 났군."

형님이 씩 웃으며 자리에서 일어났다.

"지금 즉시 서주로 사람을 보내 원소의 남침에 대해 경고하고, 병력을 소집해라. 소집이 끝나는 즉시 서주로 향할 것이다."

"예, 주공."

회의를 마무리하고 자리를 파하며 공명과 함께 밖으로 나오는데 사마랑의 모습이 시야에 들어왔다.

왼쪽에 사마의, 오른쪽에 제갈량이라는 내 목표를 이루기 위해서라도 꼭 마음을 얻어야만 하는 인재인데 사마랑의 얼굴이 안 좋아도 너무 안 좋았다.

"사마 선생."

"아, 장군."

"무슨 일이 있으신 겁니까? 안색이 안 좋아도 너무 안 좋으십니다."

"하, 하하…… 별것 아닌 일이니 장군께선 너무 심려치 마십시오. 집안에 자그마한 우환이 생겼을 뿐입니다."

"우환?"

사마랑이 그렇게 말하는데 순간적으로 조금 전, 공명이 했던 말이 머릿속에서 떠올랐다. 조조가 본진을 버리다시피 하며 서쪽으로 진출하고자 할 것이라던.

조조의 영역인 동군에서 서쪽으로 가다가 보면 하내군이 나오고, 그보다 좀 더 가면 낙양이 나온다. 사마씨 가문은 그런 하내군의 온현이라는 곳에 집성촌이 마련되어 있고.

'설마?'

"조조의 손이 하내까지 뻗쳐진 것입니까?"

내 반문에 사마랑이 푹 한숨을 내쉬더니 힘없이 고개를 끄덕였다.

"조조가 고향에 사주를 병탄하기 위해 고향에 계시던 아버님을 강제로 초빙했습니다. 지금 아버님께선 동군에서 조조와 함께 계신답니다. 아우들 역시 함께……. 죄송합니다, 장군. 소생은 먼저 물러가 보겠습니다."

사마랑이 내게 읍하며 종종걸음으로 멀어져 갔다.

망할. 조조 이 새끼가 내가 침 발라놨던 걸 건드려?

3장
내가 내 무덤을 판 거야?

"낭야성이다."

산양을 출발해 하루 만에 임성에 도착하고, 또 거기에서 이틀하고도 반나절이 더 걸려 도착하게 된 낭야. 그곳의 성이 우리 눈앞에 나타났다.

산양이나 임성과 마찬가지로 높고 견고한 성벽 위에 녹빛으로 물들여진 유(劉)의 깃발이 휘날리고 있다.

그 모습을 감상하고 있는데 갑자기 성문이 열리더니 기마 하나가 달려오기 시작했다.

"주공! 서 주목의 사자입니다."

"데리고 와라."

형님의 목소리에 위월이 움직였다.

그렇게 한 5분 정도 후, 사자가 우리의 앞에 나타났다.

"여 사군을 뵙습니다. 소생 서 주목 유현덕의 가신, 주부 손건이라 합니다. 주공을 대신해 사군께서 어려운 결단을 내리심에 감사드립니다."

"당연히 와야 할 일이기에 왔을 뿐이다."

"그리 말씀하여 주시니 더욱더 감사할 뿐입니다. 그리고 영접이 없는 점에 양해를 부탁드립니다. 마음 같아선 오십 리, 백리 밖으로 나가 장군을 영접해야 하나 저희 주공께서도 위속장군의 서신을 받고선 부랴부랴 서주성을 출발하시어 조금 전에 도착하셨습니다."

"이해한다."

"그럼 소생이 모시겠습니다. 가시지요."

손건이 형님과 함께 말 머리를 나란히 하며 움직이기 시작했다.

낭야성의 내부로 진입해 태수부에 도착하니 우리를 마중하러 나오는 이들 가운데서 익숙한 얼굴이 보였다.

장비 그리고 그 양옆에 척 보는 것만으로도 관우라는 걸 알수 있을 만큼 큰 키에 얼굴이 붉고 수염이 기다란 남자와, 귀가 몹시 크고 쳐다보는 것만으로도 어쩐지 마음이 편해지는 것 같은 인자한 인상의 중년인이 함께 서 있었다.

'저 남자가 유비인 거겠지.'

내가 그렇게 생각하고 있을 때, 귀 큰 중년인이 우리 쪽으로 다가오고 있었다.

"온후를 뵙습니다. 사수관에서의 일로 마음이 편하지만은 않으셨을 텐데 이렇게 안방을 노리는 적을 앞두고도 서주를 돕고자 와주신 그 크신 은혜가 하해와 같습니다."

"그대뿐만 아니라 나 자신을 위해서도 서주를 지켜야 했기 때문일 뿐이다."

"설령 그렇다 할지라도 감사할 따름입니다."

유비가 허리를 굽히며 형님을 향해 읍했다.

형님이 가볍게 고개를 끄덕이자 이번엔 유비의 시선이 내 쪽으로 옮겨졌다.

"온후의 종제이신 위속 장군이시겠군요. 장군의 대명이 날로 높아지는 것을 지켜보며 감탄하고 또 감탄해 왔는데 오늘 이리 직접 만나 뵙게 되니 참으로 영광입니다."

"하, 하하…… 영광이라뇨. 당치도 않은 말씀이십니다."

어색해서 얘기하는데 유비가 고개를 젓더니 내 손을 덥석 붙잡는다.

굳은살이 박여 딱딱하고 까칠한 그 손바닥 너머로 전해져 오는 온기, 거기에 날 쳐다보는 인자하면서도 부드럽고 선함마저 묻어나오는 그 눈빛까지. 그냥 이렇게 손만 잡고 서 있는데 마음이 편해지는 느낌이다.

'뭐지? 이 양반.'

"참전한 전투마다 신묘한 계책을 내 적들을 격파해 오셨다고 들었습니다. 이곳에서도 잘 부탁드리겠습니다, 장군. 서주 백성들의 안위를 위해 그리고 황실의 부흥을 위해 기주 원가의 침공은 꼭 막아내야 합니다."

"형님께서 말씀하셨다시피 연주가 버티기 위해서라도 서주는 건재해야 합니다. 미력하나마 온 힘을 다하겠습니다."

"감사합니다, 장군."

유비가 내 쪽으로도 읍하기에 마주 허리를 굽히며 인사하는데 어째 뒷맛이 살짝 묘하다.

'원소를 막는 게 황실의 부흥과 백성의 안위를 위해서라고?'

"자, 드시지요."

내가 그렇게 생각하는 사이, 유비가 앞장서서 태수부의 안쪽으로 우릴 안내했다.

그렇게 도착한 태수부의 안쪽으론 이미 준비가 끝난 듯 상석에 두 자리가 놓여 있고, 그 아래로 나를 비롯한 우리 측 장수들과 유비 측 장수들의 자리가 마련되어 있었다.

"서주를 돕기 위해 먼 길을 오셨으니 오늘 하루만큼은 마음 푹 놓고 여독을 푸십시오."

유비의 그 말과 함께 뒤쪽에서 대기하고 있던 관리 하나가 손짓하니 시녀들이 음식과 술을 가지고 들어오기 시작했다.

음식이, 술이 우리 모두의 자리에 차곡차곡 놓이고 있었다.

'아, 이건 아닌데.'

갑자기 확 답답해진다.

"본격적으로 전쟁이 시작되고 나면 눈코 뜰 새 없이 바쁘게 움직여야 할 터이니 모두 드십시오. 쉴 수 있을 때 쉬고, 먹을 수 있을 때 먹어둡시다."

그러면서 유비가 잔을 드는데 한숨이 푹 나온다.

내가 천천히 자리에서 일어나 상석의 앞쪽으로 나갔다. 유비와 유비 측 장수들이 날 쳐다보고 있었다.

"장군. 인편으로 보내는 서신에서는 뭐가 어떻게 될지 알 수가 없어 있는 그대로 모든 것을 알리지 못했습니다."

"그게 무슨 말씀이시오?"

술잔을 내려놓으며 유비가 반문했다.

다행이다. 불쾌해하는 것 같은 기색은 보이질 않는다.

"여러분께선 원담의 남정군이 북해에서 집결해 이곳 낭야의 북동쪽에 자리하고 있는 동무로 이동할 것이라 생각하고 계실 것입니다."

"북해에서 곧장 이곳으로 오려면 이곳의 북쪽에 있는 기산을 넘어야 하는데 산길이 험해 대군이 움직이긴 어렵질 않습니까. 아무리 선봉군이라 해도 제대로 된 길로 이동해 올 것이고, 그리한다면 지금 당장에 출발한들 열흘은 더 걸릴 것입니다."

유비의 차분한 목소리에 유비 쪽 장군들이 고개를 끄덕인다. 그것은 관우 역시 마찬가지.

뭔가 이상하다는 듯 날 쳐다보고 있는 건 팔짱을 낀 채 앉아 있는 장비 하나일 뿐이었다.

"어려울 뿐, 불가능하진 않습니다. 특히나 지금처럼 적이 그 길을 통과할 것이라고는 전혀 예상하지 못하는 상황에서라면 더더욱 그렇고요. 적은 북해성이 아닌 청주성에 집결하였으며 지금쯤이면 이미 선봉 안량은 기산을 향해 이동하고 있을 것입니다."

고민하는 눈치다.

유비의 미간이 살짝 좁혀지며 주름을 만들어내고 있다. 그가 내 앞의 바닥을 응시하며 골똘히 생각에 잠겨 있었다.

그러던 찰나.

"형님. 위속의 말이 옳은 것 같긴 하오. 내가 지금껏 낭야를 지키며 청주를 면밀히 살폈는데 두 달쯤 전부터 기산과 그 주변에서 청주의 병사들이 사냥을 하는 경우가 자주 있더이다. 위속의 말대로 저들이 사냥을 핑계로 오봉곡의 지형을 확인했다고 생각할 수도 있을 일이오."

"사냥이라니. 그런 일이 정말로 빈번했다는 것이냐?"

"예, 형님. 그러니까 움직여야 할 것 같소. 지금 시점에서 안량의 대군이 우리 서주의 최북방에 있는 동완을 공격한다면 솔직히 방법이 없잖소."

"오래 버티진 못하겠지. 주둔해 있는 병력이 고작 오천 명밖에 안 되니."

난감하다는 듯 유비가 작게 한숨을 내쉬며 말했다.

"형님. 오봉곡은 길이 좁아 천 명으로 만 명을 막을 수 있는 곳이오. 그러니 당장에라도 명령만 하시오. 내 직접 병사들을 이끌고 달려가 적을 막겠소."

'흠. 그냥 틀어막기만 하는 건 좀 아쉬운데?'

안 그래도 우리가 수적으로 엄청 열세에 있는데 안량이 지날 곳이 산중의 계곡이라며. 길도 좁고.

그러면 역시…….

"스승님. 화공이 어떻겠습니까?"

저 아래쪽 가장 말단의 자리에서 가만히 앉아 듣고만 있던 공명이 일어나 유비와 형님 쪽으로 포권하더니 말했다.

"내가 그 말을 하려던 참이었다."

"화공이라니? 벌써 제자까지 키우는 거야?"

"예, 익덕 형님. 상황이 그렇게 됐습니다."

내가 고개를 끄덕이자 공명이 장비를 향해 한 번 더 정중히 포권하고서 말을 이었다.

"제자가 직접 오봉곡을 확인해 본 것은 아니나 그림으로 전해지는 것들을 보고, 여러분들께서 말씀하시는 것들을 들으니 화공을 하기에 참으로 좋은 곳이 아닌가 싶습니다. 적이 오는 것을 알지 못한다면 또 모르나, 지금은 그 경로를 훤히 읽는 중이질 않습니까."

"화공이 어디 그리 쉬운 줄 아느냐? 날씨와 바람은 물론이고 화공을 준비한 곳까지 적을 끌어들여야 하는데 안량은 그리 쉽게 볼 자가 아니다. 기주 원가의 내로라하는 장수 중에서도 가장 뛰어난, 명장 중의 명장이란 말이다."

"안량이 명장이라고요? 그자가요?"

공명의 얼굴에 답답해하는 기색이 피어오르고 있다.

다른 사람도 아니고 공명이니 크게 걱정이 되지는 않지만 그래도 혹시 설전이 벌어질 수도 있으니 다시 이쯤에서부턴 내가 나서는 게 나을 거다.

"익덕 형님. 안량은 저돌적이며 용맹하나 성격이 급하고 도량이 좁습니다. 이건 제가 아니라 원소의 모사인 저수가 직접 평한 것입니다. 이런 자라면 충분히 가능해요."

"저수가 그렇게까지 말했다면…… 확실히 그렇겠군. 그런데 문숙 넌 어떻게 그런 말까지 다 알고 있는 거냐?"

"다 방법이 있죠."

내가 씩 웃으며 말하자 장비가 질린다는 듯 고개를 절레절레 젓는다.

"괴물이다, 괴물. 앉아서 천 리를 보는 것도 아니고, 만 리 밖을 보는 놈이야."

"칭찬이시죠?"

"그럼 이게 욕이겠어? 어쨌든 안량이 그런 놈이니 상대하는 건 별로 어렵지 않다고 치고, 화공은 어떻게 하려고?"

"그거야 당연히……."

'누군가 나서서 패하는 척 도망쳐서 안량을 유인해야죠.'

그 말을 하려고 했는데 목구멍 밖으로 빠져나오질 않는다.

당장 내 눈에 보이는 건 형님과 유비, 관우와 장비 거기에 이름도 모르는 유비 쪽 문관 한 명에 위월과 제갈량, 후성이 전부일 뿐이었다.

형님한테 패배한 척해달라는 건 말도 안 된다. 저 양반 성격상 그런 건 용납이 안 될 테니. 유비 역시 동맹의 수장인데 그렇게 요구하는 건 말도 안 되고.

문관은 문관이니 안 되고 위월이나 후성은 또 너무 이름이 안 알려져서 안 될 거다. 아무리 안량이 저돌적이라고 해도 좀 유명한 사람이 가야 어그로가 끌리지.

그렇다고 관우나 장비를 보내자니 이 사람들은 매복으로 남겨놔야 전과를 확대할 수가 있고…….

"이쯤이면 결론이 나오지 않나?"

장비가 씩 웃으며 말하는데 갑자기 소름이 확 돋는다.

뭐야. 지금 내가 내 무덤을 판 거야? 내가 내 손으로 날 전장에 내보내는 거였어?

"부럽다, 문숙."

"예?"

"안량을 상대할 기회잖느냐. 그것도 소수의 병력으로. 난 그저 네가 부러울 뿐이다."

"형님. 그럼 제가 형님께 양보할까요?"

"정말이냐?"

형님이 반색하며 환하게 웃는다.

아니, 이걸 그렇게 좋아하면 안 되는 거잖아요, 형님.

딱 봐도 안량을 마주치자마자 패해서 도망가는 건 신경도 안 쓰고 죽일 생각으로 달려들 것 같은 얼굴인데. 그런 얼굴을 보고 내가 어떻게 형님한테 양보합니까…….

"장군. 그럼 제가 갈까요?"

내가 소리 나지 않게 한숨을 내쉬고 있는데 제갈량의 바로 옆, 말석에 앉아 있던 허저가 손을 들어 올리며 말했다.

녀석이 그 순박한 얼굴로 기대감에 가득 찬 눈을 하고서 날 쳐다보고 있었다.

얘를 혼자 보내느니 차라리 내가 가고 말지. 아오……

"허저야."

"예?"

"네가 나랑 같이 가자. 가서 나 대신 싸워."

"지, 진짜죠?"

녀석이 눈을 반짝이는데 이걸 좋아해야 할지 아니면 답답해야 할지 모르겠다.

형님처럼 싸움에서 절대 안 물러나고, 싸움도 잘하는 장수가 생겼으니까 좋아해야 하는 건가 싶기도 하고, 어째 우리 쪽엔 공명을 제외하면 전장에서 내가 믿고 머리를 맞댈 수 있을 사람이 아예 없으니 안습인 것 같기도 하고……

'아니지, 공명 하나라도 있으니 다행인 건가?'

나는 잠시 생각을 정리하고 난 후, 오봉곡에서 어떻게 화공을 퍼부을 것인지 유비에게 설명했다.

유비는 그 설명을 듣고 잠시 고민하더니 상석에서 일어나 성큼성큼 내게 다가와 손을 붙잡으며 말했다.

"장군의 제안에 동의합니다. 무운을 빌지요."

📱

"냄새 참 좋다."

말을 타고 오봉곡에 들어서니 진한 풀 내음이 밀려든다.

참 반가운 냄새다. 예전엔 이 냄새가 좋아서 마을 뒷산에도 종종 올라가고 그랬었는데.

"이게 좋으십니까? 장군은."

"인마. 지금 이 냄새 있지? 이게 피톤치드라는 거야. 이 냄새를 맡고 있으면 심리적으로도 안정되고 천식이나 폐병에도 효과적이라고."

"도대체 무슨 소리를 하시는 겁니까? 피통치…… 그게 뭐라고요?"

"그런 게 있어. 후성이 넌 아직 알 준비가 안 된 것 같다."

"그러게 말입니다. 알 준비가 안 됐죠. 그러니 조금만 버티십쇼, 장군. 제가 실력 좋은 도사를 한 분 모셨거든요? 이번 전쟁만 끝나고 나면……."

녀석이 씩 웃으며 날 쳐다본다.

"그 지긋지긋한 귀신이 장군을 괴롭히는 것도 이제 끝입니다."

"뭐, 퇴마라도 하겠다고?"

"당연하죠. 그래야 장군께서 원래의 상태 그대로 돌아오실 거 아닙니까?"

'원래 상태라…….'

그 도사가 퇴마를 한다면 난 어떻게 되는 걸까. 갑자기 궁금해진다.

"그래 뭐, 나중에 한번 보자고."

"진짜시죠?"

"그럼 내가 너한테 거짓말을 하겠어?"

위속이 본래의 위속으로 돌아오고, 나는 본래의 나 자신으로 돌아가 21세기의 농사꾼이 된다면 나쁘지 않다. 한번 해볼 만은 하지.

"와……."

확실히 정예는 정예인 모양.

오봉곡 안쪽 깊숙한 곳에서 병사들과 함께 목책을 세우며 방어를 준비하고 있던 우리의 앞으로 적들이 우르르 몰려왔다.

그렇게 움직이는 놈들의 모습은 이 시대를 잘 모르는 나조차도 정말 잘 훈련된 정예라는 걸 한눈에 알아볼 수 있을 정도였다.

"저것들, 무장이 장난 아닌데?"

"대단하다는 의미인 겁니까?"

"뭐 그런 거지. 딱 봐도 우리 애들 것보다 좋아 보이잖아."

저걸 어린갑이라고 하던가? 사각형 모양의 쇳조각 수백 개를 엮어 만든 갑옷인데, 그런 걸 일반 병사들까지 전부 다 착용하고 있다.

우리 쪽은 돈이 없어서 가슴이랑 복부, 등 쪽만 간신히 보호하는 흉갑인데 저쪽은 어깨랑 사타구니에다 허벅지 위쪽까지 보호할 수 있는 큰 갑옷이었다.

"기주에서 내려온 병력이라 하질 않습니까. 안량이면 공손 찬을 상대로 싸우면서 활약했던 장수이니 그 휘하 부대의 무장이 훌륭한 것도 무리가 아닐 겁니다."

"그렇겠지?"

그래도 우리 쪽이랑은 너무 차이가 나잖아.

다들 두려워하기는커녕 어서 싸우고 싶어 하는 얼굴들이니 다행이긴 한데.

"웬 놈들이냐!"

내가 혼자 그렇게 생각하고 있을 때, 원소 쪽 병사들 사이에서 말 탄 놈 하나가 나오며 말했다. 그 바로 뒤에서 원(袁)이 새겨진 깃발과 함께 안(顔)이 새겨진 깃발이 펄럭이고 있었다.

쟤가 안량인 건가?

"난 표기 장군 원본초의 장수, 평남 장군 안량이다! 감히 이 몸 앞을 가로막다니 네놈들의 간덩이가 부어도 한참이나 부은 모양이로구나!"

안량이 맞구나.

"난 연주목 여봉선의 종제, 위속이다."

"위속? 운 좋게 몇 번 활약해서 유명해진 놈이로군. 두 번 말하지 않으마. 길을 열어라. 그렇지 않으면 내 직접 네놈의 멱을 딸 것이다."

그렇게 말하면서 안량이 창끝으로 날 겨누는데…….

와, 이거 은근 기분 더럽네.

"네가 뭔데 내 멱을 따?"

"나? 내가 바로 하북 최강의 맹장 중 하나인 안량이다. 네놈 같은 머저리의 모가지를 따는 건 주머니 속에서 물건 꺼내는 것만큼이나 간단한 일이니 목숨 소중한 줄 안다면 썩 꺼지거라."

"야. 넌 오글거리지도 않냐? 하북 최강의 맹장? 난 낯부끄러워서 내 입으로는 절대 그렇게 못 말할 것 같은데."

"하북 최강의 맹장이 바로 이 몸인데 얘기하지 못할 게 뭐란 말이냐?"

저거 완전 자의식 과잉에 하북 최강의 맹장이라는 말에 뽕까지 잔뜩 차올라 있다.

저런 놈들 상대하는 거야 쉽지. 흐흐.

"너 같은 듣보잡이 튀어나와서 최강 운운하는 걸 보니 하북놈들은 다 별 볼 일 없는 모양이다?"

"뭐? 듣보잡?"

안량이 인상을 찌푸리며 고개를 갸웃거린다.

"듣도 보도 못한 잡놈. 너요."

"듣도 보도 못한 잡…… 뭐라?"

안량의 얼굴이 벌겋게 달아오른다. 놈이 날 죽일 듯이 노려보고 있었다.

그냥 이거 한 마디로 저렇게 열을 낸다고?

"내 오늘 기필코 네놈의 멱을 따주마!"

"네가? 날?"

푸훗, 하고 비웃는 것처럼 웃는 낯을 하며 손으로 입가를 가리자, 안량의 얼굴이 더욱더 분노로 달아오르고 있다.

솔직히 하나도 안 웃긴다. 날 죽이겠다고 달려드는데 그게 웃길 리가 있나.

하지만 지금은 이렇게 해야 내가 살아남을 가능성이 더 커지니까.

"쳐라! 모두 쓸어버려라!"

둥- 둥- 둥- 둥-

"쏴라! 있는 대로 퍼부어라!"

안량이 소리치며 달려듦과 동시에 우리 쪽에서 북소리가 울리며 후방에 대기하고 있던 궁병들이 화살을 쏟아내기 시작했다.

피슈슈슈슝-

수백 발의 화살이 포물선을 그리며 원소군을 향해 떨어진다. 하지만 그것도 잠시, 안량을 선두로 한 원소군이 우리 쪽 병사들이 펼치고 있던 방진을 향해 쇄도해 오고 있었다.

"죽여라! 모조리 쓸어버려라!"

"버텨라! 놈들을 이곳에서 막아야 한다!"

"밀쳐라! 밀어!"

우리 쪽과 원소 쪽 할 것 없이 십인장, 백인장들이 내지르는 외침들이 사방에서 들려오기 시작했다.

이미 우리와 원소 쪽, 병사들 모두가 한데 뒤엉켜 싸우고 있었다.

"장군. 이거 괜찮은 겁니까?"

퇴각 따위는 생각도 않는다는 듯, 적들을 막아내기 위해 격렬하게 싸우는 우리 쪽 병사들의 모습을 쳐다보고 있는데 후성이 내 쪽으로 다가왔다.

"엉? 뭐가?"

"우리 후퇴해야 하잖습니까. 이런 상태에서 후퇴하려고 했다간…… 후열이 휘말리면서 피해가 커지지 않겠습니까?"

"후열이 왜 휘말려?"

"퇴각할 때는 전열이 붕괴하는 경우가 많잖습니까. 우리 쪽 병사들의 사기는 바닥으로 떨어지는데 적들은 기세가 오르기도 하고요."

"뭐 그런 걱정을…… 신경 쓰지 마. 계획대로 다 될 거니까."

내가 뒤쪽으로 시선을 옮기며 말했다. 그곳에선 무려 칠십 근짜리 쇠 방망이를 든 허저가 순박한 얼굴로 안량의 모습을 응시하며 자신이 나서야 할 때만을 기다리고 있었다.

"쟤가 나오면 다 해결돼."

"이놈, 위속아! 언제까지 병사들의 뒤에 숨어만 있을 것이냐! 썩 나오지 못할까!"

내가 그렇게 말함과 동시에 안량 쪽에서 놈의 노호성이 터져 나왔다. 그런 안량을 막아내기 위해 안간힘을 쓰던 병사들이 놈의 힘에 못 이기고 밀려나고 있었다.

다각, 다각, 다각-!

"모가지를 길게 빼거라! 고통 없이 보내주마!"

방진을 돌파한 안량이 소수의 병력과 함께 내 쪽으로 질주해 오기 시작했다.

그리고 그와 동시에 우리의 뒤쪽에서 또 다른 말발굽 소리가 울려 퍼졌다.

가만히 자신이 나서야 할 때만을 기다리고 있던 허저가 쇠 방망이를 들고 말을 달리며 내 쪽으로 다가오고 있었다.

"안량! 너는 내가 상대해 주마!"

"송사리는 꺼져라!"

분노에 가득 찬 목소리로 외치는 안량의 그 말을 무시하며 허저가 마상에서 방망이를 휘두르기 시작했다.

부웅-

방망이가 허공을 가르며 안량의 상체를 향해 쇄도했다.

캉-!

황급히 창을 휘둘러 방망이를 막아선 안량의 미간에 주름이 생겨난다.

흐흐. 장비도 쉽게 상대하지 못했던 허저를 네가 어쩔 수 있을 리가 없지.

부웅- 캉! 카가가가강, 쾅!

약간 느리지만 제대로 막지 않으면 치명타가 될 수밖에 없을 허저의 공격이 연이어 꽂히고, 그것을 간신히 막아낸 안량의 반격이 이어진다.

장수들의 싸움이 벌어진 탓에 치열하게 전투를 벌이던 병사들은 어느덧 서로 약간의 거리를 두고 물러난 상태로 그 광경을 지켜보고 있다.

이 싸움에서 이기는 쪽은 기세가 확 오르고, 지는 쪽은 확 떨어질 터.

우리가 떨어져야 한다. 그래야 자연스럽게 도망치지.

하지만 공방이 이어질수록 안량의 얼굴에선 여유가 사라지고 있다. 반면 허저의 얼굴엔 여유가 넘쳐났다.

"아, 저러다가 그냥 이겨 버리면 안 되는데?"

잡을 수 있다면 그게 차라리 낫겠지만 안량이 도망치기라도 하면 추격을 유도한다는 작전이 그대로 물거품이 되어버릴 거다. 그렇다고 가서 이제 도망치자고 말할 수도 없고······.

내가 그렇게 걱정하고 있을 때.

"어, 어어!"

쿵!

당황스러워하는 허저의 그 목소리와 함께 녀석이 들고 있던 칠십 근짜리 쇠 방망이가 땅에 떨어졌다. 그런 녀석을 향해 안량이 씩 웃으며 창을 찔러대고 있고.

일단은 허저가 이리저리 몸을 비틀어가며 그걸 피하고 있지만, 몹시 위험해 보였다.

"허, 허저야!"

"도와주십쇼, 장군!"

허저가 그렇게 외치며 허리춤에서 칼을 뽑아 들더니 안량의 공격을 간신히 막아내며 뒤로 도망치기 시작했다.

위월을 비롯한 나머지 역시 마찬가지.

"퇴각하라! 퇴각하라!"

"목숨들 챙겨! 물러나자!"

사방에서 외쳐대는 십인장, 백인장들과 함께 외치며 나도 말 머리를 돌려 도망쳤다. 그런 우리의 뒤에서 안량이 기세 좋게 병사들을 이끌고 달려오고 있었다.

"추격하라! 모조리 쓸어버려라!"

"적장 위속의 목을 베는 자에겐 주공께 아뢰어 백금을 내릴 것이다!"

"와아아아아아!"

이젠 현상금까지 붙냐?

"자, 장군! 뒤에요, 뒤에!"

정신없이 달리고 있는데 후성이 갑자기 뒤쪽을 손으로 가리키며 말했다. 고개를 돌려보니 기마 열 기쯤을 데리고 우리 쪽 병사들 사이를 돌파해 온 안량이 바로 코앞까지 다가와 있다.

놈이 씩 웃으며 날 노려보고 있다. 당장에라도 손만 닿는다면 날 붙잡아 내 목을 베겠다는 듯.

시발.

"아, 쫌!"

쓰고 있던 투구를 벗어 놈에게 집어 던지고선 정말 죽을힘을 다해 말을 달렸다.

그러면서 보니 우리 쪽 병사들은 산발적으로 교전을 벌이며 오봉곡 곳곳으로 흩어져 도망치고 있다.

지금 내 주변에 남은 건 후성과 위월, 허저를 포함한 수백 명의 병사뿐이었다.

애초에 보병 삼천을 끌고 안량을 막는 척하기로 했고 나머지 병사들도 피해를 최소화하기 위해 각자 눈치껏 매복시켜 둔 관우, 장비 쪽으로 도망치라고 해놨으니 당연한 거긴 하지만…….

"시발, 진짜 내가 또다시 이딴 짓거리를 하겠다고 나서나 봐."

절대 안 할 거다. 절대, 절대, 절대, 네버, 네버.

내가 그렇게 다짐하며 이를 악무는 순간에서도 안량은 계속해서 자신의 말에 채찍질하며 나와의 거리를 좁히고자 안간힘을 쓰고 있었다.

"장군!"

"어, 허저. 왜!"

"제가 막을까요?"

바로 내 옆으로 다가온 녀석이 순박한 얼굴로 뒤쪽을 손가락질하며 말했다.

"야. 미쳤냐? 지금 가면 진짜로 죽어."

"막을 수 있을 것 같은데."

"네가 무슨 형님인 줄 알아? 시끄러우니까 얌전히 나랑 튀어. 지금은 그게 살길이라고!"

조금만 더 가면 된다. 조금만 더.

"이놈 위속아! 어디까지 도망치겠다는 것이냐! 어서 말에서 내려 목을 쭉 빼지 못할까!"

안량은 계속해서 저딴 소리나 하며 달려오고 있다.

내가 저 새끼한테 잡혀서 죽지만 않으면 계책은 성공이다.

'근데 살아남을 수 있을까?'

놈과의 거리는 계속해서 좁혀졌다가 멀어지길 반복하고 있다. 앞에서 달리던 우리 쪽 병사들이 창이고 칼이고 무기를 버리며 완벽한 패주를 연기하면서도 눈치껏 안량 쪽으로 화살을 쏘며 움직임을 견제하고 있기에 망정이지, 그게 아니었으면 벌써 잡혔어도 몇 번은 잡혔을 거다.

'고맙다 얘들아. 이 은혜는 절대 잊지 않을게!'

내가 그렇게 정말 죽을힘을 다해서 달리고 있을 때.

둥- 둥- 둥- 둥-!

저 앞에서 정말 반갑기 그지없는 북소리가 울려 퍼지기 시작했다.

오봉곡의 입구 쪽에 세워두었던 수천의 병사가 영채 입구에 서 있다. 그리고 그들을 이끄는 건 유비와 백의 장삼을 입고 백우선을 흔드는, 훤칠한 키에 새하얀 피부를 가진 엄친아. 제갈량이었다.

"위속 장군!"

"스승님!"

유비와 공명이 동시에 외치자 그 뒤에서 대기 중이던 병사들이 우르르 달려 나와서 나와 후성, 허저, 위월을 비롯한 일행들을 보호하기 시작했다.

고개를 돌려보니 안량이 속도를 줄이며 황당하다는 눈으로 날 쳐다보고 있었다.

"이놈 위속아! 비겁하게 이대로 도망치고 끝나는 것이냐!"

그런 안량의 뒤쪽으로 오만 명이나 되는 병사들이 우르르 밀려오고 있다. 정신없이 달려오는 와중에도 녀석들은 각자의 진형을 유지하고 있기까지 했다.

무장도 무장이지만 훈련도 엄청나게 잘 받은 정예 중의 정예다. 저런 놈들이랑 정면으로 싸우게 되면 이기기도 힘들뿐

더러, 설령 이긴다고 해도 피해가 엄청날 터.

그래서 더 기분이 좋다. 흐흐흐.

"장군."

내가 말에서 내리며 말하자 유비가 고개를 끄덕이더니 뒤에서 대기하고 있던 병사에게 손짓했다.

두두둥- 두둥! 두두둥- 두둥!

사전에 약속했던 것과 같은 음률의 북소리가 울려 퍼지자 병사들을 정돈하며 우릴 공격할 준비를 하던 안량의 얼굴이 딱딱하게 굳어지기 시작했다. 멀리에서도 확연히 알아볼 수 있을 정도로.

"넌 이제 끝이야."

"불화살을 쏴라!"

날 대신해 놈에게 사형 선고를 내리기라도 하듯, 영채 안쪽에서부터 불이 붙은 화살이 날아오르더니 포물선을 그리며 떨어졌다.

그리고 그와 동시에.

화르르르-!

며칠 전부터 개고생하며 낭야와 동완의 백성 및 병사들이 만들고 만든, 우리가 안량을 맞이하러 나가며 꼼꼼하게 뿌려 놨던 기름을 잔뜩 먹은 나뭇가지 수천 개가 불꽃을 머금고 활활 타오르기 시작했다.

4장
후성아!

"당황하지 마라! 단순한 화공일 뿐이다! 훈련받은 것을 떠올려라!"

원소군 병사들 사이에서 안량의 목소리가 들려온다. 놈이 혼란에 빠진 병사들을 격려하며 상황을 수습하려 하고 있었다.

"공명. 준비는 제대로 되어 있겠지?"

"물론입니다, 스승님. 관우, 장비 두 장군께선 이미 매복 중이시고 후성 장군께선 병마 삼천과 함께 산길을 달려 오봉곡 반대편으로 이동 중이십니다."

"그러면 준비는 확실히 됐구만."

'이제 남은 건 놈들을 후려갈기는 일뿐이다. 흐흐.'

"돌격하라! 죽기로 각오하고 적들을 격파한다면 우린 살 수 있다! 나를 따르라!"

내가 그렇게 생각하고 있을 때, 안량이 병사들을 끌고 우리 쪽으로 돌격해 오기 시작했다.

뭐, 병사들이라고 해봐야 삼천, 사천이나 될까 한 수준이다. 선두까지 따라온 병력 상당수는 사방에서 헛바닥을 넘실거리는 화마를 피해 도망 다니는 중이니까.

"와아아아아아-!"

나름 커다란, 죽을힘을 다해 내지르는 함성과 함께 안량이 병사들을 끌고 돌진해 온다.

'조금만 더 와라, 조금만 더.'

"적장 위속이 코앞에 있다! 위속의 목을 베면 다 끝난다!"

"위속의 목을 베어라! 위속만 베면 살 수 있을 것이다!"

공명과 함께 서서 뒷짐 지고 있던 내 쪽으로 창끝을 겨누며 안량이 소리친다. 그 옆의 부장들 역시 마찬가지.

'응, 아니야~ 어차피 못 돌아가~'

놈들과 거리가 50m 정도까지 좁혀졌을 즈음, 난 위월 쪽으로 시선을 옮겼다.

내 명령을 기다리고 있던 녀석이 고개를 끄덕였다.

"위속이 저기에 있다!"

빠르게 좁혀지는 거리에 기세가 오른 안량이 소리치며 더욱더 속도를 올리고 있을 때.

"죽창을 올려라!"

위월의 그 목소리와 함께 병사들이 각자의 앞에 놓여 있는 줄을 잡아당겼다. 그러자 흙과 나뭇잎에 뒤덮여 숨겨져 있던, 죽창으로 만든 장애물 수십 개가 그 날카로운 이빨을 드러냈다.

선두에서 달려오던 원소군 몇몇이 미처 그것을 피하지 못한 채, 그대로 꿰뚫렸다.

선두에서 달리던 안량의 말 역시 마찬가지.

"카아악!"

낙마한 안량이 우리 쪽으로 날아오는 것이 보였다. 하지만 안량은 우리 쪽 병사들이 움직이기도 전에 황급히 몸을 일으켜 제 병사들 쪽으로 도망쳤다. 맹장은 맹장인 모양.

"투구도 없이 머리가 산발된 놈이 안량이다! 화살을 쏴라!"

내 명령과 함께 수백 발이 넘어가는 화살의 비가 안량을 향해 쏟아지기 시작했다.

안량과 주변의 병사들이 방패를 들어 화살을 막아냈다.

그런 와중에서도 놈들의 뒤쪽에선 계속해서 병력이 꾸역꾸역 밀려들고 있다.

처음 놈들이 이쪽에 도착했을 때까지만 해도 삼사천 정도밖에 안 되어 보였는데, 이제는 벌써 일만이 넘어 보인다. 가뜩이나 좁은 계곡 안쪽이 사람으로 가득 차버린 느낌이랄까.

"돌파해라! 돌파하는 것만이 살길이다!"

"와아아아아아-!"

안량의 외침과 함께 원소군 병사들이 함성을 내지르며 달려들고 있지만 딱 그 정도일 뿐이다.

"절대 물러서지 마라!"

선두에 선 위월 그리고 그 주변에서 버티고 있는 우리 측 보병 방진에 막혀 한 발자국도 밀고 나오질 못하는 중이었다.

"스승님."

옆에서 그 모습을 지켜보고 있던 공명이 백우선을 흔들며 말했다.

나는 고개를 끄덕였다.

가뜩이나 좁은 곳에 병력이 잔뜩 들어찼으니 운신조차 힘들겠지. 막는 건 문제가 아니지만 내가 목표로 하는 건 그보다 큰 거다.

"신호를."

"예."

공명은 백우선을 허리춤에 찔러 넣으며 옆의 병사가 들고 있던 깃발을 건네받더니, 그것을 있는 힘껏 휘두르기 시작했다.

정확하게 8자를 그리며 흔들리는 깃발의 모습에 저 멀리 뒤쪽에서 말발굽 소리가 들려오기 시작했다.

방천화극으로 무장한 채 적토마를 타고 있던 형님이, 무쇠칠십 근을 녹여 만든 쇠 방망이를 든 허저가 보무도 당당한 모습으로 다가오고 있다. 그리고 그 뒤를 우리 쪽 기마 오백 기가 따르고 있었다.

"이제 내가 나설 차례인가?"

"안량이 저쪽에 있어요, 형님."

여전히 선두에서 고래고래 소리를 질러대고 있는 안량을 내가 손가락으로 가리키자 형님이 씩 웃는다.

"다시 한번 확인하마, 문숙. 정말 내게 양보해도 괜찮은 거냐?"

"괜찮다니까요. 잡아주기만 해요. 그러면 대만족이니."

"좋다. 확실히 잡아주지."

"길을 열어라!"

형님의 접근을 확인한 위월이 선두에서 소리치자 빽빽하게 들어차 있던 우리 쪽 보병의 밀집 방진 사이에 길이 만들어졌다.

적토마가 히히힝- 거리며 허공에 발길질하더니 그 길을 따라 달리기 시작했다.

"인중룡 여포가 예 왔다. 나와 자웅을 겨루어볼 자 누구인가!"

"여, 여포?"

"여포다! 여포가 나타났다!"

"으아아악! 여포다!"

사방에서 비명 소리가 울려 퍼진다. 형님의 방천화극이 허공을 한번 가를 때마다 원소군 병사가 서너씩 쓰러지고 있다. 그것은 허저가 쇠 방망이를 휘두를 때 역시 마찬가지.

"확실히 괴물은 괴물이라니까."

나는 그렇게 만족하며 안량의 모습을 응시했다.

이제 혼란의 와중에서 형님과 안량이 일기토를 시작하기만 하면 된다. 아무리 불리한 싸움이라지만 일기토에서 이기면 전투는 자연스레 저쪽의 승리로 돌아가게 된다.

'지도 그걸 뻔히 알 텐데 설마 도망치기야 하겠…… 어?'

그런데 안량이 슬금슬금 뒤로 물러나는 것 같다. 확실하지는 않지만 놈과의 거리가 점점 더 벌어지는 것 같다.

'설마?'

"여포의 목을 베는 자에겐 천금을 내리고 주공께 아뢰어 장수로 삼을 것이다! 여포를 베어라! 여포만 베면 모든 문제가 다 해결될 것이다!"

안량은 여전히 쩌렁쩌렁한 목소리로 창끝을 형님에게 겨누며 소리치고 있다.

하지만 이쯤 되니 확실하다. 저 새끼, 지금 뒤로 물러나고 있다. 튀려는 거다.

"위월!"

"예, 장군!"

"저 새끼 튄다! 잡아야 해! 형님! 안량이 도망치려고 합니다!"

"뭐?"

"말 가지고 와, 말! 어서!"

형님이 황당하다는 듯, 벌써 슬금슬금 물러나는 안량과 나를 번갈아 쳐다본다. 그 와중에 난 병사가 데려다준 내 말에 올라 창을 쥐어 잡았다.

안량을 놓치면 안 된다. 저 새끼, 삼국지에서 별로 유명하지는 않지만 하북에선 알아주는 맹장이다. 저거만 잡으면 앞으로 원소와 전쟁을 치르면서 우리가 엄청나게 유리해질 수도 있다.

잡아야 한다. 무조건이다, 무조건.

"이랴!"

내가 말의 배를 걷어차며 달리자 형님이 방천화극을 휘두르는 속도가 더욱더 빨라졌다. 허저 역시 마찬가지.

으악, 으악, 으악 정도로 들리던 비명 소리가 이젠 악악악악으로 들려온다.

"야, 안량! 어딜 도망가! 나랑 붙자!"

조금 전까지만 해도 슬금슬금 물러나던 안량이 이젠 아예 대놓고 말 머리까지 돌려가며 도망치고 있다.

"병사들 다 버리고 도망치는 새끼가 사람 새끼냐, 안량아!"

이렇게까지 말했는데도 저놈은 그냥 고개만 한번 돌려서 획 쳐다보더니 그대로 달리고 있다. 물론 방향은 우리와 정반대, 오봉곡의 입구를 향해.

"문숙! 와라!"

내가 있는 대로 인상을 찌푸리고 있는데 형님의 그 목소리가 들려왔다. 형님이 길을 뚫고 있었다.

"안량은 어디에 있느냐! 안량은 당장 나와라!"

형님이 외치고.

"안량 장군! 저랑 한 번만 붙어봐요, 예? 안량 장군!"

허저가 외친다.

그러면서도 두 사람은 무기를 휘두르는 것을 멈추질 않고 있다.

이런 와중인데도 원소군 병사들은 도망치기는커녕 불나방처럼 계속해서 형님과 허저에게 달려들고 있다. 어떻게든 두 사람을 죽이고야 말겠다는 듯.

"이 사람들, 진짜 끈질기네요."

그렇게 또 한참을 달렸을 때, 허저가 질린다는 듯 말했다.

안량과 함께 미친 듯이 질주해 오던 선봉군 내에서의 선두는 이제 거의 박살 낸 상태.

우리는 중군쯤에 도달해 있는데 이 녀석들은 산발적으로 저항하던 선두와 달리 아예 방진까지 펼친 채 조직적으로 전투를 치르고 있다.

그런 이들을 몰아붙이고 있는 건 내가 이곳에 매복시켜 두었던 관우와 장비, 두 사람의 부대였다.

"버텨야 한다! 무슨 수를 써서라도 버텨야 한다! 죽을힘을 다해서 버티고 또 버텨라!"

원소군 사이에서 천인장인지 뭔지 모를 자가 목이 터져라 외치고.

"팍팍 좀 밀어라, 팍팍 좀! 이래가지고 언제 돌파한다는 거냐!"

약간은 짜증스러운 목소리로 장비가 외친다.

관우와 함께 직접 앞으로 나가 무기를 휘두르며 원소군을 공격 중이지만 애초부터 방어 하나에만 집중하며 죽을힘을 다해 버티는 놈이라 그런지 형님과 허저가 그랬던 것처럼 쉽게 돌파하지는 못하는 모습이었다.

"어떻게 할 거냐?"

어느덧 내 바로 옆까지 다가온 형님이 말했다.

나는 형님을, 허저를, 저 다가오는 위월과 그 휘하의 기마병단을 번갈아 쳐다봤다.

여기에 모여 있는 게 못해도 일만에서 이만은 되는 것 같지만 상관없다. 밀 수 있을 거다.

관우나 장비가 있는 쪽은 단단해 보이지만 우리 쪽으로 노출되어 있는 적의 측면과 후면은 정말 말랑말랑해 보이니.

"가시죠."

내 말에 형님이 피식 웃으며 고개를 끄덕이더니 허저와 함께 말을 달렸다.

나 역시 마찬가지. 왼쪽엔 형님을, 오른쪽엔 허저를 두고 달리니 정말 든든하기 그지없다.

그런 우리의 모습을 발견한 원소군 쪽에서 비명이 터져 나오고 있었다.

"여, 여포다! 여포가 오고 있다!"

"위속도 오고 있다! 위속이 오고 있다고!"

"무너지면 안 된다! 막아야 해!"

온갖 목소리들이 울려 퍼지는 와중, 제대로 된 방진조차 펼쳐지지 않은 그들을 향해 형님과 허저가 쇄도했다.

병사들의 사이에서 두 사람이 무기를 휘두르고, 그 뒤에서 위월과 내가 기마를 끌고 덮치니 방진은 순식간에 붕괴되어 갔다.

"오, 아우 오셨는가!"

그렇게 붕괴되는 원소군의 방진을 돌파하며 완전히 두 동강을 내버린 장비가 내게로 다가왔다.

"안량, 안량 보셨습니까?"

"안량? 원소군 선봉장? 못 봤는데? 오봉곡 입구에서 잡은 거 아니었어? 애초에 계획대로면 그렇게 해야 하는 거였잖아?"

'계획대로 했으면 내가 이렇게 허겁지겁 여기까지 올 리가

없지⋯⋯.'

내가 그렇게 생각하며 한숨을 푹 내쉬는데 장비의 미간이 좁혀졌다. 그 얼굴에 설마 하는 기색이 피어오르고 있었다.

"그래도 적 선두를 돌파해서 중군까지 밀고 내려온 걸 보면 계책이 실패한 것 같지는 않은데⋯⋯ 도망친 거야?"

내가 고개를 끄덕였다.

장비의 얼굴이 굳어졌다.

"어이가 없군. 선두에만 최소 일만 오천은 있었을 터인데 그걸 다 버리고 도망쳤다고?"

"그렇다니까요. 그보다 진짜 못 보셨어요? 안량 걔, 투구도 없이 머리 다 풀어 헤친 상태로 그냥 정신없이 달렸을 텐데."

"투구도 없이? 그런 자가⋯⋯ 흠."

장비가 미간을 좁혀가며 고민하고 있을 때, 바로 옆에서 있던 관우의 시선이 내 쪽으로 향했다.

"내가 보았소. 꽁지가 빠지도록 도망치더군."

"보신 지 얼마나 되셨습니까?"

"조금 전이었소이다. 나는 하도 급하게 달리기에 전령인 줄 알았소. 그가 안량이었다면 무리를 해서라도 따라가 잡을 것을⋯⋯ 후회막심이로군."

"아닙니다. 지금이라도 따라가면 잡을 수 있을지도 몰라요. 자기도 살아남아야 하잖아요. 병사 오만을 끌고 왔다가 깡그리 다 잃어버리고 돌아가면, 그것도 어쩔 수 없는 불가항력이 아니라 그냥 자기 혼자 살겠다고 도망친 거였으면 무슨 꼴을

당해도 할 말 없죠."

"그야 그렇지."

"그리고 지금도 오봉곡 입구 쪽으론 우리 매복이 이동하고 있을 테니…… 가능성이 없는 건 아니에요."

"그러면 가서 잡으면 되겠군."

"예?"

형님이 방천화극을 고쳐 잡더니 말을 이었다.

"길이야 만들면 되지."

"쟤네 아직도 삼만 명은 남아 있을 텐데요. 안량은 그거 수습하려고 같이 있을 거고요."

"삼만?"

형님이 피식 웃는다.

"기억 안 나는 것이냐? 나 삼만지적이다. 가자, 허저. 오늘 보니 너 정도면 일만지적은 되어 보이는 것 같더군."

"예에? 진짜요?"

"뭐 허저 정도면 확실히……."

별생각 없이 중얼거리던 와중, 나도 모르게 흠칫하며 주변을 돌아봤다.

사람 한 명이 일만 명을 어떻게 상대해. 말이 돼, 그게?

형님이랑 같이 다녔더니 나까지 이상해지는 느낌이다.

'아오……'

"인중룡 여포가 예 있다! 안량은 도대체 언제쯤 나와 마주할 생각인가!"

쩌렁쩌렁한 목소리로 형님이 소리치며 적토마를 달린다. 그의 방천화극이 허공에서 번쩍일 때마다 안량의 정예가 서넛씩 허망하게 쓰러진다.

그것은 저 옆의 허저 역시 마찬가지.

게다가 심지어는.

"연인 장비가 예 있노라! 버러지만도 못한 안량 놈은 썩 나오지 못할까!"

장비도 쩌렁쩌렁한 목소리로 소리치며 장팔사모를 휘두르고 있다. 그 옆에선 관우가 조용히 청룡언월도를 휘두르고 있고.

날 중심으로 왼쪽엔 형님과 허저, 오른쪽엔 관우와 장비다. 그 네 명이 꽤 넓은 간격으로 말을 달리며 적들을 쓸어버리고 있다.

우릴 따라오던 위월의 기마병단도 그렇고, 관우 장비와 매복해 있던 유비 쪽 병력도 그렇고 사전에 무슨 약속이라도 한 것처럼 멀찌감치 뒤에서 저 괴물들의 모습을 구경하며 따라올 뿐이었다.

적들을 몰아붙이는 것도, 전투를 벌이는 것도 모두 우리 연합군에선 저 넷이 전부일 뿐이다.

하지만 저쪽에선.

"으아아아아악! 사, 살려주십시오. 안량 장군!"

"안량 장군!"

쉴 새 없이 돌아가며 갈아버리는 네 대의 분쇄기 앞에서 병사들의 공포에 가득 찬 괴성이 울려 퍼진다.

그런 와중에서.

"위, 위속이다! 위속이 온다!"

이런 비명 소리도 같이 들려온다.

처음엔 뭔가 싶었다. 그랬는데.

"괴, 괴물 다섯이 오고 있어! 안량 장군운! 도대체 어디에 계신단 말입니까!"

이런 것도 들리니 괜히 나까지 형님이랑 허저, 관우 장비 같은 라인에 동급으로 올라온 것 같고 어깨가 으쓱으쓱해진다.

그렇게 원소군 잔병의 숫자를 착실히 줄여가며 오봉곡의 반대쪽 입구 근처에 도달했을 때.

"버텨라! 버티면 위속 장군과 주공께서 오실 것이다!"

병장기가 부딪치고 병사들의 함성으로 요란한 그곳에서 후성의 목소리가 들려왔다.

나도 모르게 말의 배를 걷어차며 속도를 올렸다.

녀석이 삼천 명밖에 안 되는 병력으로 아무리 적게 잡아도 일만은 되어 보이는 병력을 막아내며 안량과 일기토까지 벌이고 있었다.

"후성아!"

'저놈 저거 살려야 한다.'

내가 그렇게 생각하며 달리는데 옆에서 말발굽 소리가 들려왔다. 형님과 허저, 관우와 장비까지 4인방 모두가 나와 함께 달리고 있었다.

거기에 더해서.

"적장 안량이 저 앞에 있다! 돌격하라!"

위월과 위월의 부대, 함께 합류했던 장비와 관우의 부대까지 모조리 질주하기 시작했다.

말도 안 되는 괴물 같은 장수들이 선두에 서서 적들을 썰어 버리는 모습을 질리도록 보며 진군해 온, 사기가 높아지다 못해 아예 하늘을 찌르다시피 하는 부대의 돌격이다.

안량과 그 휘하의 장수들이 뒤늦게 우리의 모습을 발견했지만, 이미 늦어도 한참이나 늦어 있는 시점이었다.

"이놈 안량아, 내 너를 찾아 예까지 왔느니라!"

장비가.

"네놈의 불명예는 목을 베어 씻어야 할 것이다. 어서 이리 와서 목을 내밀지 못할까!"

관우가.

"한 수 가르쳐 주세요, 안량 장군!"

허저가.

"네 목은 내가 챙기마!"

형님까지.

모두가 안량을 향해 질주해서 자신들의 앞을 가로막는 원소군 병사들을 베어냈다.

나 역시 마찬가지.

"놔라, 이놈아!"

"안량 장군! 그대는 절대 도망가지 못할 것이오!"

그런 와중에서 후성은 자신을 떨쳐내며 도망치고자 하는

안량을 끈질기게 붙잡으며 공격을 퍼붓고 있다.

하지만 멀리에서도 난 알아볼 수 있었다. 후성의 낯빛이 창백하다. 녀석의 옆구리에서 피가 철철 흐르고 있었다.

'구해야 한다.'

안량은 못 잡아도 된다. 하지만 후성 저 녀석만큼은 무슨 일이 있어도 구해야 한다.

나는 이를 악물고 창을 휘둘러 찌르고, 베고, 넘겼다.

그렇게 있는 힘을 다해 후성에게 가까워지고 있을 때, 문득 피처럼 시뻘건 선혈을 온몸으로 뿜어내는 것 같은 붉은 말과 함께 거대한 등의 남자가 눈앞에 나타났다.

형님이다.

형님이 창을 휘두르니 후성과의 거리가 더욱더 빠르게 좁혀 진다. 놈을 몰아붙이고 있는 안량과의 거리 역시 마찬가지.

그리고 이윽고 내가 그들의 근처까지 도달했을 때.

캉, 카가가강-!

장비와 안량이 공방을 주고받기 시작했다.

후성이 지쳐서 몸을 비틀거린다.

그리고 안량은 슬쩍슬쩍 물러나 장비의 공격을 막아내면서도 후성을 공격하고 있었다. 마치 물러날 때 물러나더라도 후성만큼은 데리고 가겠다는 듯.

"크으윽"

녀석이 내지르는 고통스러운 신음 소리가 들려온다. 녀석의 손이 부들부들 떨리고 있다.

그런 녀석을 향해 쇄도하는 안량의 창이 눈에 들어왔다.

막아야 한다. 하지만 막지 못할 거다.

'후성은 이미 한계다.'

생각이 거기까지 미쳤을 때, 나는 나도 모르게 창을 들어 올려선 있는 힘껏 안량의 등짝을 향해 집어 던졌다.

부웅-!

허공을 가르며 창이 날아간다.

부르르 떨리는 창대의 끝이, 그 날카로운 창날이 정확히 안량의 등판 한가운데로 날아가 꽂힌다.

그리고, 창이 놈의 상체를 관통했다.

"커, 커허억!"

놈이 믿을 수 없다는 얼굴로 창대를 붙들고선 고개를 돌린다. 그런 놈의 그것과 내 눈동자가 마주쳤다.

놈이 입을 열어 뻐끔거리더니 그대로 말에서 떨어졌다.

"장수 위속이 적장 안량을 처치했다!"

📱

"이제 좀 괜찮은 거냐?"

오봉곡을 지나 다시 우리 군의 영채가 세워져 있는 곳으로 향하는 길. 나는 수레에 실려 있는 후성에게로 가 말했다.

여전히 안색이 창백한 상태로 녀석이 고개를 끄덕였다.

"조금 춥기도 하고 쑤시기도 합니다만. 괜찮습니다. 버틸 만

해요."

"추운 건 피가 많이 빠져나가서 그럴 거야. 수혈을…… 할 수가 없겠군. 쓰읍, 쑤시는 것도 별수가 없고."

혈액형을 확인해서 수혈해 주고, 상처 부위 소독해서 바늘로 꿰매고 항생제랑 먹이면 끝이다. 21세기에선 그럴 거다.

하지만 지금은 2세기다. 해줄 수 있는 게 없다. 그저 후성 녀석이 버텨내길 바랄 수밖에.

"아, 생각할수록 열받네. 그 상황에서 도대체 무슨 생각으로 안량을 막은 거냐? 네가 무슨 문추야? 형님이야?"

"전 후성이죠. 그래도 장군께서 오셨잖습니까?"

"엉? 갑자기 뭔 소리야. 무슨 생각으로 그런 무모한 짓을 한 거냐고, 임마."

"그러니까 말씀드렸잖습니까. 장군께서 오실 걸 믿고 있었다 고요."

"응?"

"장군께서 그러셨잖습니까. 안량을 잡겠다고, 혹여 안량이 계곡 밖으로 나가고자 하거든 병사들을 이끌고 오봉곡을 틀어 막으라고. 그러고 있으면 장군께서 오실 거라고. 그 말만 믿고 말씀하신 대로 한 겁니다."

"야. 아무리 그래도 그렇지, 안량을 네가 어떻게 이겨? 내가 도착하기도 전에 죽을 뻔했잖아."

녀석이 피식 웃으며 고개를 끄덕인다. 그러고서 몇 번 콜록 이더니 말했다.

"죽을 뻔했지만 살아남았죠. 장군의 말씀대로 장군이 도착하셔서요. 그럼 된 거 아니겠습니까."

진짜로 믿고 있었다는 얼굴로 후성이 날 쳐다보는데 갑자기 뭔가가 가슴 깊숙한 곳에서부터 훅 올라오는 느낌이다. 말로 표현하기 어려운 복잡한 뭔가.

"와, 이 새끼 이거 말하는 거 보소. 야, 죽을 뻔했는데 그럼 된 거 아니냐는 말이 나오냐? 다음부턴 진짜 너 그러지 마라. 적당히 봐서 빼야 할 때는 빼. 누구 뭐라고 할 사람 없으니까."

"으윽."

나는 핏빛으로 물든 하얀 천을 칭칭 감고 있던 녀석의 가슴 팍을 팡팡 두드려 주고서 다시 말에 올랐다.

그 상태에서 작게 한숨을 내쉬는데 누군가 날 빤히 쳐다보는 것 같은, 그 시선이 느껴졌다.

한 손에는 청룡언월도를, 또 다른 손으론 기다란 수염을 쓰다듬는 붉은 얼굴의 장수가 나와 후성의 모습을 번갈아 쳐다보고 있었다.

"의리로 충만한 관계로군."

"예?"

"수하는 수하대로 상전의 말을 목숨보다 귀히 여기고, 상전은 상전대로 수하를 귀히 여기니 참으로 이상적인 관계가 아닌가."

붉은 얼굴의 장수, 관우는 그렇게 말하며 내 옆을 스치듯 지났다.

그런 관우의 뒤를 장비가 따르고 있었다.

"그놈은 내가 잡으려고 했는데. 그래도 여포 그자가 아니라 아우가 잡은 거니까 이번에 그냥 넘어가는 거야."

"하, 하하…… 감사합니다, 형님."

열심히 싸우고 있는 걸 내가 창을 던져서 잡은 거니까. 장비 입장에선 스틸 당한 걸로 느껴질 수도 있겠지.

아니지, 따지고 보면 안량을 붙잡고 있던 건 후성이니 장비가 스틸하려던 걸 내가 잡은 꼴이다.

생각이 거기까지 미쳤을 때, 난 혼자 웃었다.

누가 잡았건 그게 무슨 상관이야. 안량을 잡았고, 전투에서 이겼다는 게 중요한 거지.

'어쨌든…… 이겼다. 흐흐.'

전투를 치른 직후이기 때문일까? 피곤하다.

오봉곡 입구에 설치해 두었던 영채에 도착하고 나니 피로가 쏟아졌다.

온몸이 무거운데, 특히 그중에서도 가장 무거운 것은 눈꺼풀이었다.

"장군님. 주공께서 장군이 도착하시고 나면 곧장 대본영으로 모시라 하셨습니다."

그런 상태에서 병사들과 함께 영채에 도착하고 나니 익숙한 얼굴의 병사가 다가와 말했다. 전투가 끝났으니 장수들을 모아놓고 현황을 파악하기는 해야지.

"알았다."

"저도 같이 가겠습니다."

내가 고개를 끄덕이며 형님의 막사로 향하려는데 후성의 목소리가 들려왔다.

녀석이 수레에서 몸을 일으키고 있었다.

"야, 인마. 넌 부상도 당한 놈이 뭘 벌써부터 일어나려고 해?"

"깊은 상처가 아니잖습니까. 그냥 스치기만 한 건데 거칠게 움직이지는 못해도 그냥 서 있거나 앉는 정돈 가능합니다. 걱정 마십쇼."

그러면서 갑옷을 챙겨 걸치기까지 하고 있었다.

"너 그러다가 상처 덧난다."

"장군. 제가 전장에서 지낸 지 벌써 스무 해가 넘었습니다. 그동안 입은 부상만 수백 번이고요. 괜찮습니다. 경험으로 아는 겁니다."

그러면서 상처 부위를 감싼 천을 가리키는데 확실히 출혈이 좀 아물긴 한 것 같다. 새로 간 천은 아까처럼 피가 심하게 배어 나오지 않고, 비교적 깨끗한 상태를 유지하는 중이니까.

"진짜 괜찮은 거냐?"

"괜찮다니까요."

그러면서 상처 부위를 손으로 톡톡, 정말 살살 건드리며 아프지 않다는 척을 하는데 한숨이 푹 나온다.

애도 아니고 뭐 이렇게 센 척을 하는 건지.

"알았다, 알았어. 같이 가자."

녀석과 함께 형님의 막사로 향했다. 멀리에서부터 왁자지껄하게 떠드는 소리와 함께 웃음소리가 들려오고 있었다.

"오, 드디어 왔구만. 문숙!"

유비와 함께 상석에 앉아 있던 형님이 벌떡 일어났다.

"네가 안량을 잡았다며? 네가 언제고 한 건 할 줄 알았다. 잘했어."

형님이 그렇게 말하며 잔에 담긴 술을 벌컥벌컥 들이켜는데 진짜 기분이 좋아 보인다. 주변의 다른 장수들 역시 마찬가지.

"오늘 진짜 위월이가 잘했어. 지휘를 아주 그냥 확실하게 하더라고. 한 마디 한 마디 할 때마다 안량네 병사들이 아주 움찔움찔하더라니까?"

"과찬이십니다, 주공."

위월이 앉아 있던 자리에서 일어나며 말했다.

형님이 고개를 젓고 있었다.

"아니야, 아니야. 네가 철벽처럼 앞에서 막아줘서 편하게 싸울 수 있었다. 그리고 후성 야, 넌 진짜 빨아줄 만하다."

"빠, 빨아준다니 뭘 빨아준단 말입니까?"

거침없는 형님의 말에 유비군 장수 하나가 반문했다.

"칭찬해 준다는 의미로 사용하시는 표현이니 오해 마십시오."

"아, 그렇습니까?"

장수가 황당하다는 얼굴로 쳐다보고 있지만, 형님은 그러거나 말거나 신경조차 쓰이질 않는다는 듯 계속해서 말을 잇고 있었다.

"네가 거기에서 안량을 막아줘서 우리 문숙이 그 공을 세운 거 아니냐. 후성 네가 삼등, 문숙이 이등이다. 그리고 일등은 물론 이 여봉선 님이시지. 내가 오늘 잡은 적 장수만 백 명이다, 백 명. 잡은 병사도 내가 제일 많지. 원소 놈 오늘 얘기를 듣고 나면 속 꽤나 쓰릴 거야. 크흐흐."

역시나 이런 흐름일 줄 알았다.

다른 사람들을 칭찬하다가 결국엔 자화자찬으로 넘어가는 게 형님의 패턴이지만 그게 또 묘하게 귀엽다. 진짜로 기분이 좋아져서 자랑하는 게 느껴진다고나 할까.

"괜찮냐?"

형님의 자화자찬에 적당히 대꾸해 주며 나는 후성 쪽으로 시선을 옮겼다.

녀석이 고개를 끄덕이는데 살짝살짝 눈가를 찌푸리는 게 통증이 없지는 않은 모양. 이마에 땀방울도 살짝 맺혀 있는 것을 보아 아무래도 쉬게 해야 할 판이다.

내가 그렇게 생각하며 막 입을 열려는데 유비가 자리에서 몸을 일으켰다.

"이번엔 제가 한 말씀 올려도 되겠습니까?"

"응? 아아, 그러게."

"감사합니다, 온후."

유비가 형님에게 공손히 포권하고선 말을 이었다.

"이곳에 있는 모두가 다 알다시피 오늘 우리는 정말 어려운 싸움을 치렀고 결국엔 대승을 거두었소. 첫째로 큰 공을 세운 것은 전장에서 직접 싸우며 피 흘린 병사들일 것이고, 둘째는 원소군의 남하와 그들의 이동 경로를 알아차린 위속 장군일 것이외다."

그렇게 말하며 유비가 내게로 다가오더니 술잔을 건넸다.

"한 잔 받으십시오, 위속 장군."

"감사합니다."

다른 사람도 아니고 유비가 직접 주는 술이다. 나는 자리에서 벌떡 일어나 공손히 그것을 받아 마셨다.

유비가 흡족하다는 얼굴로 날 쳐다보고 있었다.

"위속 장군 덕분에 전투에서 손쉽게 이길 수 있었으니 참으로 크나큰 복입니다."

"과찬이십니다."

유비가 흐뭇하게 웃으며 내 마음을 다 안다는 듯 고개를 끄덕이는데 난 순간 초등학교 때 담임 선생님을 보는 줄 알았다.

뭘 하든 화내는 법 없이 자상하게 칭찬만 해주시던 분이어서 나이 서른이 넘은 지금도 종종 생각나는 분인데 유비가 그분과 오버랩돼서 보이고 있었다.

내가 그렇게 생각하는 사이, 유비가 후성을 향해 시선을 옮겼다.

"셋째로는 죽음을 불사하면서까지 적장 안량을 붙들고 끈질기게 버텨냈던 후성 장군을 칭하고 싶소. 부상이 심하다 들었는데 괜찮으시오?"

"사군께서 소장에게 이리 신경을 써주시니 몸 둘 바를 모르겠습니다."

그러면서 후성이 앉아 있던 자리에서 일어나려는 걸 유비가 손으로 잡으며 제지했다.

"그러지 마시오. 장군은 부상 중이질 않소이까. 익덕, 그것을 가지고 오거라."

"예?"

"삼곡환 말이다."

그게 무슨 소리냐는 듯 반문하려던 장비가 유비의 그윽한 눈빛을 받고선 한숨을 푹 쉬더니 자리에서 일어나 형님의 군막을 나섰다.

이윽고 다시 돌아온 장비의 손에 검은색의 자그마한 나무 상자가 들려 있었다.

"이것은 몇 년 전 내가 우연찮게 만나게 된 곤륜의 도사에게 얻은 비약이오. 상처부 위에 바르면 오래지 않아 부상을 툴툴 털고 회복하게 될 것이니 장군이 사용하시오."

"고, 곤륜의 도사라뇨?"

"그분께선 그리 말씀하시더이다. 이 사람의 의형제들이 부상을 당했을 때에도 몇 번이고 사용해 크게 효과를 봤던 비약이니 잘 사용해서 쾌차하도록 하시오."

그렇게 말하며 유비가 후성을 향해 포권하는데 '와, 이러니까 백성이 저 사람을 따르는구나' 싶다.

자상하지, 겸손하지, 아낌없이 베풀기까지. 최고의 상사이자 모시고 싶은 상사다.

"흠흠."

나도 모르게 감탄하고 있을 때, 상석에 앉아 멀뚱히 유비의 모습을 구경하던 형님이 자리에서 일어나 우리 쪽으로 다가왔다.

　그러고는 나와 후성, 유비를 번갈아 쳐다봤다.

　"형님?"

　"우리 위속이 고생했다. 형이 너 많이 생각하는 거 알지?"

　"예?"

　"이거 마셔라."

　그러면서 들고 있던 호리병을 내미는데 향이 겁나게 좋다.

　'뭐야? 이거.'

　"초선이가 직접 담근 거다. 맛도 좋아."

　"가, 감사합니다, 형님."

　내가 급히 자리에서 일어나 포권하자 형님이 만족스럽다는 듯 고개를 끄덕인다. 그러더니 이번엔 후성의 앞에 쪼그려 앉았다.

　"후성아."

　"주, 주공."

　"아프냐?"

　"괜찮습니다. 이 정도는 충분히 버틸 만합니다."

　"진짜로? 아프면 쉬어. 넌 충분히 자격 있다. 알지? 그리고…… 너한테는 뭘 줘야 하지?"

　형님이 고개를 갸웃거리며 고민한다.

　후성이 정말 어쩔 줄을 몰라 하고 있다. 일어설 수도 없고, 그렇다고 앉아 있을 수도 없고.

　그 상태로 일 분이나 지났을까?

"그래, 결정했다. 다음번엔 네게 양보해 주마."

"예?"

"적장의 목 말이야. 말만 해. 한 번에 한해서 네게 양보해 주지. 안량은 잡았으니 이제 원소 쪽엔 문추가 남은 거지? 그걸 넘겨줄까?"

"하, 하하…… 주공 전 괜찮습니다."

"아니야. 이 정도는 해줘야 할 것 같다. 힘내. 얼른 회복하고."

후성의 어깨를 가볍게 툭툭 두드리며 형님이 다시 자신의 자리로 돌아간다. 혼자 씩 웃으면서 '좋았어. 이 정도면 나도 자상한 주군이지'라고 중얼거리는데 저 양반…… 은근 귀엽다니까.

📱

"으하하하하하! 소장 조표, 적 사백의 수급을 베어 돌아왔습니다!"

"장익덕이 적 육백의 수급을 베었소이다!"

껄껄껄 웃는 소리와 함께 승전해서 돌아온 장수들이 막사로 들어온다.

막사 한쪽에 걸어둔 커다란 지도엔 이미 우리가 승리를 거둔 지역과 전과가 빼곡히 적혀 있었다.

"요 며칠 사이에 잡은 적병만 해도 사천에 가깝습니다, 스승님."

장비와 조표, 두 사람의 전과를 새롭게 기입하며 공명이 말했다. 녀석은 무표정한 얼굴로 지도를 뚫어져라 쳐다보고 있었다.

"적들의 사기가 아주 땅에 떨어졌습니다. 주공, 이참에 적들을 공격해서 일거에 패퇴시키는 것은 어떻겠습니까?"

잔뜩 기세가 오른 모습으로 조표가 말했다.

"적들을 일거에 말인가?"

"예, 위속 장군께서 안량을 참살하고 적 선봉 오만을 격멸시키신 이후로 적들에게는 싸움의 의지를 찾아볼 수가 없습니다. 퇴각하지 못해 어쩔 수 없이 남아 있는 게 분명합니다."

"익덕, 네가 보기에도 그렇느냐?"

유비의 시선이 장비를 향했다. 장비가 씩 웃고 있었다.

"적들의 사정이 어떤지는 모르겠으나 사기가 땅에 떨어진 것만은 확실하오. 형님도 아시잖소? 사기가 땅에 떨어진 군대로는 배수진 같은 극단적인 방법이 아니고서야 제대로 싸우기가 어렵다는 것 말이외다."

"문숙. 네가 보기엔 어때?"

이번엔 형님의 목소리가 들려왔다.

"제가 보기에도 뭐, 기회가 다가오는 것 같기는 합니다."

"서주병 삼만 오천과 연주병 일만이 모여 우리의 군세는 총 사만 오천입니다. 반면 적은 안량의 패잔병을 합쳐 총 십이만에 달하지요. 무려 세 배 가까운 차이인데 장군이 보시기엔 어떻습니까? 승산이 있겠는지요?"

이번엔 유비가 말했다.

그 목소리에 승리에 대한 기대감이 가득하다. 유비도 지금의 상황을 낙관적으로 보고 있는 게 분명했다.

"확실한 기회가 온다면 놓치지 않을 겁니다. 그리고 어쩌면 서주군이 청주까지 진격해 올라갈 수도 있겠지요."

전풍과 원담의 군대를 대패시킨다면, 이라는 전제가 붙긴 하지만 불가능해 보이지만은 않는다.

"그러면 네가 계획을 한번 세워봐라, 문숙."

"예, 형님. 그럼 전 먼저 물러가 보겠습니다."

형님에게, 유비와 장비에게 인사하고서 난 공명과 함께 막사를 나섰다.

그런 내 시야에 저 하늘 높은 곳에 떠올라 있는 보름달이 들어오고 있었다.

"달 한번 참 맑다. 그치?"

"아름다운 달입니다. 그런데 스승님."

"엉?"

"아니, 별거 아닙니다. 신경 쓰지 마십시오."

"싱거운 자식."

보름달도 떴겠다, 오늘은 무릉도원에 들어가서 상황을 한번 봐야겠다. 그러면 전풍과 원담을 때려 부술 계획도 세울 수 있겠지.

📱

쏴아아아-

내 막사에서 잠들기가 무섭게 이제는 더없이 익숙한, 반갑기까지 한 그 소리가 들려왔다.

눈을 떠 보니 사방에 안개가 자욱하다. 그리고 머리맡엔 핸드폰이 놓여 있었다.

"후후."

솔직히 좀 기대된다. 자의가 아니긴 했지만 어쨌든 내가 안량을 잡았으니까.

무릉도원에선 그걸 두고 뭐라고들 떠들어댈지.

키워드에 위속을 놓고 검색해 보니 이젠 제법 많은 글이 주르륵 나오고 있었다.

그중에서도 가장 눈에 띄는 건, '위속 패왕설에 대해 알아보자'라는 제목의 글이었다.

〈삼국지에서 제일 쎈 사람은 누구일까. 님들은 전위, 문앙, 장합 이런 애들을 꼽겠지만 내가 봤을 땐 위속임. 여포군 실세가 위속이라는 글들 많이 봤을 거임. 위속이 나름 똑똑하긴 했지만, 이것만으론 실세인 게 설명이 안 됨. 근데 여기에 가정을 하나 더하면 말이 됨. 만약 위속이 여포를 주먹으로 굴복시켰다면?〉

"뭐? 내가 형님을?"

그게 무슨 말도 안 되는 소리냐고 반문하고 싶지만, 뒤가 궁금해진다. 무슨 소리를 써놨을지.

〈그리고 허저가 방천화극 만져보고 싶다고 임관한 게 상식적으로 말이 된다고 봄? 그거 위속한테 비 오는 날 먼지 나게 뚜드려 맞고서 들어간 겁니다. 유벽네 여남군이 식량 준 것도 마찬가지고. 싫다고 버티다가 위속한테 제대로 뚜드려 맞고서 삥 뜯긴 거면 쪽팔리니까 동맹이라고 체면 살려준 거임. ㅇㅇ)

  ㄴ여봉봉선: 이분 또 약 한 사발 거하게 하셨넼ㅋㅋㅋㅋㅋㅋ

  ㄴ효기교위: 사실 위속이 젤 셈. 항우도 만났으면 뚜드려 패고 부하 삼았을 거임. ㅇㅇㅇㅇㅇ

  ㄴ나관중짱짱맨: ㅋㅋㅋㅋㅋㅋㅋㅋㅋㅋㅋㅋㅋㅋㅋㅋㅋㅋ

  ㄴhhj1123: ㅁㅊㅋㅋㅋㅋㅋㅋㅋㅋㅋㅋㅋㅋㅋㅋㅋ

그 아래로 이어지는 댓글들도 하나같이 다 웃기다는 반응들이다.

그랬는데.

가장 아래쪽에 말도 안 되는 댓글 하나가 달려 있었다.

  ㄴ누런하늘: 그럼 그 패왕 위속이랑 여포+유비 연합군 5만을 순삭시킨 원담, 전풍은 초초패왕인가요?ㅋㅋㅋㅋㅋㅋㅋㅋㅋㅋㅋ

'뭐? 순삭……?'

📱

"시발."

절로 욕이 나온다.

뒤로 가기를 누름과 동시에 여포, 전풍, 원담을 키워드로 놓고 검색해 봤더니 글이 잔뜩 쏟아져 나왔다.

'원담 리즈 시절의 마지막, 낭야 전투', '자신의 능력을 증명해 낸 전풍', '전기 삼국지와 후기 삼국지를 구분하는 기준, 낭야 전투', '여포의 최후 낭야 전투에 대해 ARABOZA' 같은 글까지.

당황스럽다. 분위기가 그렇게 좋았는데 우리가 지다니? 이게 말이 돼?

황당한 마음에 게시판을 뒤적이는데 '형들 삼린이 질문 있스염. 낭야 전투에서 여포네가 진 이유 이거 맞음?'이란 글이 눈에 들어왔다.

〈이것저것 자료 찾아봤는데 잘 모르겠어서 질문여. 여포네가 진 이유가 안량 잡고 자기들끼리 텐션이 지구 끝까지 올라갔던 거, 제대로 된 대규모 회전의 경험이 있는 사람은 아무도 없던 거, 하필이면 여포네가 막 익힌 돌파술을 잘 활용하던 공손찬네를 관짝에 넣어 못질까지 한 전풍이 거기 있다는 거. 이게 맞나여?〉

└저수공명: ㅇㅇ 대충 그러함. 유비는 그만한 대승을 거둔 경험이 없어서 묘하게 들떠 있었고 휘하 장수들도 마찬가지였음. 여포는 뭐 원래가 돌격대장이었고. 거기에 전풍은 ㅋㅋㅋ 진짜 백마 의종 때려잡으면서 그런 식으로 기마 돌격하는 애들 사냥하는 거엔 도가 텄었음

└원소본초: 사람들이 잘 몰라서 그렇지 전풍좌 정도면 제갈량, 사마의, 주유, 가후랑 동급이다. 공손찬이랑 백마 의종 때려잡는 계책 낸 것도 다 전풍이고. 위속이 반짝했어도 전풍한테는 안 돼.

ㄴ책사맨: 안량 대패시킨 거 이후론 하나부터 끝까지 다 전풍의 손
아귀에서 놀아나고 있었어요. 대승 거두고서 기세 올랐을 테니 조금씩
자잘하게 계속 이기게 해서 더 기세등등하게 해주고, 방심하게 만들었
다가 철저하게 준비한 거로 거의 전멸시키다시피 한 거였죠.

ㄴ하나된천하(글쓴이): 연합군 5대장이 낭야 전투에서 우익으로 돌
진한 것도 전풍이 계산하고 있었던 건가여?

ㄴ책사맨: 넹. 좌우익 다 강궁병이 방패 뒤집고 숨어 있다가 활 쏘려
고 대기 중이었어요. 기병들 말 잡는 것만 전문으로 하는 참마단도 있
었고 여포, 허저, 관우, 장비에 위속까지 잡으려고 긴 나무에다가 고리
달아서 만든 장비도 잔뜩 있었습니다.

ㄴ하나된천하(글쓴이): 그럼 여포네는 무슨 짓을 해도 못 이기는 판
이었겠네요? 후덜덜하구만요;;;

"하."

이게 이딴 상황이었어?

몸에서 피가 쫙 빠져나가는 것 같은 느낌. 분명 이건 꿈속일
텐데도 손발이 차가워지는 게 느껴진다.

방법을 찾아야 한다. 이 전투에서 전풍과 원담이 이끄는 군
대를 격파하고 원소의 남하를 저지하며 제갈량이 장성할 때까
지 시간을 벌어야 한다.

700마력짜리 슈퍼 카, 팔자 좋은 세계 일주는 몰라도 성처
럼 으리으리한 장원에서 손짓 하나로 시종들을 부리며 안락하
게 여생을 보낼 미래가 코앞인데 여기까지 와서 쫄딱 망해 목

이 베이는 신세가 될 순 없다.

어떻게든 방법을 찾아야 한다. 무슨 수를 써서라도.

📱

"……."

눈이 떠졌다. 누런색 막사의 천장이 시야에 들어왔다.

공기가 묘하게 서늘하다.

이불을 걷고, 침상에서 몸을 일으켜 갑옷을 걸쳐 입었다.

내 막사에서 대기 중이던, 일종의 당번병과 같은 녀석들이 다가와 날 도와주는데 느낌이 정말 묘했다. 내가 무릉도원에 들어가지 못했으면 이 녀석들은 꼼짝없이 전장의 망령이 되었을 것이니.

"정신 차리자, 정신."

준비를 끝내고 막사를 나서며 손바닥으로 뺨을 두드렸다.

따지고 보면 어제까지의 나는 참 멍청했던 거다. 병사며 장수며 할 것 없이 모두가 승리의 그 달콤함에 취해 있을 때 냉정하게 현실을 직시해야 했는데.

"스승님."

혼자 자책하며 걷고 있는데 공명의 목소리가 들려왔다.

대본영 쪽을 향해 움직이던 녀석이 날 보고선 다가와 읍하고 있었다.

"잘 잤냐?"

"예."

말로는 그렇다고 답하는데 얼굴은 아니다. 뭔가 걱정거리가 있는 것 같은 얼굴이랄까.

그러고 보니 어제 이 녀석이 할 말이 있다고 했던 게 생각났다. 그게 이거겠지?

"이상하다고 생각했던 거지? 적들이 저렇게 계속 자잘한 패전을 거듭하는 거."

"스승님께서도 그리 생각하고 계셨습니까?"

녀석이 반색하며 반문한다.

내가 고개를 끄덕였다.

"계속 고민하고 있었다. 아무래도 전풍은 우리가 대승을 거둬 기세가 좋으니 자만하도록 유도했던 것 같다."

"그렇다면……"

공명의 눈매가 가늘어졌다.

내가 이렇게 말한 것만으로도 벌써 머릿속으로 뭔가 그림이 그려지는 모양새다. 확실히 공명은 공명이라는 건가?

"그 일에 대해 의논할까 하니 같이 가자."

"예."

앳되고 새하얀 얼굴의, 나보다 키가 약간은 더 큰 녀석의 어깨에 손을 올리며 나는 대본영으로 향했다.

무슨 얘기를 어떻게 해야 할까 고민하며 자리에 앉아 있는데 장수들이 하나둘 들어오기 시작했다.

이윽고 형님과 유비가 들어오고 관우와 장비도 그 바로 뒤를 따라 들어왔다.

"이야, 우리 아우님이랑 나랑 떨어져 있어도 마음은 통하는 모양이야."

장비가 씩 웃으며 기분 좋은 목소리로 말했다.

"예?"

"나도 마침 좋은 생각이 났거든. 원소 놈 군대를 깨부술 방책. 아우님도 괜찮은 게 생각났으니 이렇게 다들 모여달라고 했을 거 아냐."

"예, 뭐…… 그렇죠."

좋은 아이디어라고 하기는 좀 그런 것이긴 하지만. 아니지, 좋은 아이디어는 맞나? 뭐 어쨌든.

"소장이 생각한 건 이런 겁니다. 우리가 적들에 비해 숫자는 모자랍니다. 확실히 그렇지요. 적들은 우리보다 두 배 이상 많으니까. 그러나 장수진으로 본다면 우리가 훨씬 낫습니다."

약간의 시간이 지나고, 장수들이 모두 각자의 자리에 가서 앉았을 때 장비가 한쪽에 걸린 커다란 지도 앞에서 설명하기 시작했다.

"지금 적진엔 고간, 순우경 등 숙장과 원소의 장자인 원담, 책사 전풍이 와 있으나 직접 전선에서 무기를 맞대며 적과 싸울 장수는 없습니다. 안량은 이미 문숙 아우가 제거한 상황이니 힘과 힘의 싸움으로 가도 무방합니다."

"힘과 힘의 싸움?"

누군가가 반문하자 장비가 고개를 끄덕였다.

"전장을 지배하는 것은 기마요. 숫자는 적어도 우리 군의 사기는 하늘을 찌르고 여 사군의 합류로 기마 전력도 그다지 밀리지 않소. 게다가 우리에겐 이 장익덕과 운장 형님, 여 사군과 저쪽의 중강까지 있지."

장비가 자신과 관우, 형님에 이어 허저까지 가리키며 말했다.

"오봉곡에서 그리했던 것처럼 우리가 직접 기마를 이끌고 적진을 돌파한다면 어렵지 않게 무너뜨릴 수 있을 것입니다. 압도적인 우리들의 무위와 사기가 땅에 떨어진 적들의 상황을 함께 생각해 본다면."

장비는 그렇게 말하며 잠시 말을 멈추더니 지금까지와 다른, 진지하면서도 냉철하기 그지없는 얼굴로 막사 너머 동쪽의 어딘가를 향해 시선을 옮겼다.

그런 장비의 눈빛이 시리도록 차갑기만 했다.

"확실히. 적들의 사기가 땅에 떨어진 상황이면 압도적인 무위를 펼쳐 보이는 게 효과적일 수 있을 터. 온후께서는 어찌 생각하십니까?"

가만히 고개를 끄덕이며 중얼거리던 유비가 형님에게 말했다.

형님의 시선은 날 향해 있었다.

"내 의견은 문숙의 생각을 묻는 것으로 대신하도록 하지."

"그러시면 위속 장군께 여쭈어야겠군요."

유비의 시선이, 다른 모든 장수의 시선이 내게로 집중되고 있었다.

"익덕 형님의 말씀에 어느 정도 공감은 합니다만, 한 가지는 짚고 넘어가야겠습니다."

"무엇을 말입니까?"

"지금 적들은 우리가 교만해지도록 유도하고 있습니다. 그 점을 확실히 인지한 상태에서 모든 일을 진행해야 할 것입니다."

"……."

분위기가 싸해진다.

상당수는 무슨 헛소리를 하냐는 것처럼 나를 쳐다보고 있다. 하지만 또 상당수는 순간적으로 뒤통수를 얻어맞기라도 한 것처럼 심각한 얼굴로 생각에 잠겼다.

나는 잠시 그들이 생각을 정리하길 기다렸다가 말을 이었다.

"안량의 대군을 격파한 이후, 저를 포함해 이곳에 계신 모두가 당연히 승전할 것이라 믿어 의심치 않고 있었습니다. 소규모 전투에서의 연이은 승전은 그러한 생각을 더욱더 공고히 했고요. 그러니 이쯤에서 찬찬히 생각해 봐야 합니다. 우리가 저들을 이기는 것이 과연 당연한 일인지, 이 모든 것들을 유도한 전풍은 과연 무엇을 원하고 있을지."

"……."

다시 한번 침묵이 내려앉았다.

유비는 유비대로 고개를 푹 숙인 채 골똘히 생각에 잠겨 있고, 관우는 눈을 감고 있으며, 장비는 인상을 찌푸리고 있다.

아마 저 양반들은 여기까지 생각하진 못했을 거다. 내가 그랬던 것처럼. 그러니까 무릉도원에서 그런 얘기가 나왔겠지.

"그래서…… 어떻게 하자는 거냐?"

"공격을 하기는 할 겁니다. 시간은 지나면 지날수록 땅에 떨어졌던 사기는 조금씩 회복될 것이니."

"네 말대로라면 전풍은 우리가 공격하길 유도한 거다. 그런데도 그 의도에 맞춰 공격을 진행해야 한다는 것이냐?"

"그 질문에 답하기 전에 여쭙겠습니다. 익덕 형님께서는 전투가 시작되었을 때, 적 기병대가 아군 기병대를 상대해 주지 않고 뒤에 꽁꽁 숨어 있으면 어찌하시겠습니까?"

"끌어내야겠지."

"끌어내도 나오지 않는다면요?"

"그러면…… 적의 양익을 공격해야겠지. 돌파력에서는 우리가 적들보다 월등한 데다 사기도 잔뜩 떨어져 있을 것이니 어렵지 않게 패주시킬 수 있지 않겠느냐."

"만약 전풍이 그러한 움직임을 예측하고 기마대에게 치명적일 함정을 숨겨둔다면 어떻겠습니까?"

"그러면…… 설마?"

장비의 눈이 동그랗게 커진다.

내가 고개를 끄덕였다.

"전풍은 사실상 우리의 주력이라 할 수 있는 돌파 세력이 양익에서 괴멸토록 유도할 것입니다. 그러는 와중에서 살아남은 적 기병은 우세한 병력의 본진과 함께 아군을 포위, 섬멸할 것이고요."

"장군의 그 말씀대로라면 싸워서는 안 되는 것이 아닙니까?"

가만히 듣고만 있던 유비가 자리에서 말했다.

"아니요. 싸워야 합니다. 이것은 우리에게도 기회입니다."

"그래서 어떻게 하자는 건데?"

"보병을 셋으로 나눕니다. 소수의 둘은 양익에서 적의 움직임을 견제하고, 본대는 적 중앙을 칩니다. 그 과정에서 흙먼지가 자욱해졌을 때, 아군 기마와 주공이신 제 형님과 세 장군께서 적 본진을 돌파할 것입니다."

"적 본진을 돌파…… 허, 묘수로군."

잠시 멍하니 날 쳐다보던 장비가 씩 웃는다.

"흙먼지로 기병의 움직임을 숨겨 함정을 양익에 머무르도록 하겠다는 것이로군. 그 상태에서 전풍의 계략과는 관계없이 사기가 떨어진 것만은 확실한 적 본대를 기병 전력으로 부수다 보면 적들의 사기는 더욱더 뚝뚝 떨어지게 될 것이고……."

"오래지 않아 적병은 패주하게 될 것입니다."

확신할 수 있다.

이 전쟁, 우리가 이긴다. 우린 안 망할 거다.

5장
심장이 뛴다

원담군 영채.

그 영채에서도 정중앙에 자리 잡은, 거대하며 화려하기 그
지없는 막사의 상석에 원담이 앉아 있다.

공손찬을 멸하며 명실상부한 하북의 패자가 된 원소에게
직접 명령을 받아 청주로 남하할 때까지만 하더라도 원담의
모습은 위풍당당하기가 그지없었다.

무려 십오만이나 되는 대군을 이끄는 도독이자 중원의 한
축을 차지하는 청주 자사였으니 어쩌면 위풍당당하지 않은 것
이 더 이상하리라.

하지만 지금 막사에 앉은 원담의 얼굴은 몹시 초췌했다. 피
로감이 가득한 눈동자로 자신의 앞에 서 있는 중년인을 쳐다
보는 그 눈빛엔 살기마저 감돌고 있을 정도.

"어찌할 것이오?"

"……."

"어찌할 것이냐 물었소이다!"

쾅!

자신의 앞에 놓인 상을 주먹으로 내려치며 원담이 소리쳤다. 그런 원담의 시선을 받아내는 중년인, 전풍은 공손히 두 손을 모은 채 무표정한 얼굴로 서 있을 뿐이었다.

"깨진 시루는 돌아보지 않는다 하였습니다. 오봉곡에서 대패하고 상장 안량이 전사한 것은 분명 안타까운 일이나 그 일에 사로잡혀 냉정을 잃음은 좋지 않습니다."

"당연히 좋지 않지. 한데 안량을 잃질 않았소이까! 안량이 누구요? 아버님께서 아끼고 아끼는 상장이자 우리 군의 상징이나 마찬가지외다. 그런 자가 참살당했는데 아버님께서 과연 가만히 계시겠소?"

원담의 얼굴이 벌겋게 달아오르기 시작했다.

막사 전체를, 밖으로까지 쩌렁쩌렁하게 울리는 그 목소리를 들으면서도 전풍은 계속해서 무표정한 얼굴을 유지하고 있을 뿐이었다.

"애초에 안량을 오봉곡으로 보내는 게 아니었소. 정석대로 싸웠어야 했어. 부도독이 위속 그자를 너무 얕봤단 말이오!"

분노에 가득 찬 목소리로 외치며 원담은 이를 악물었다.

"걱정하지 마십시오."

"상장은 죽었고, 선봉은 궤멸이며 군의 사기가 바닥까지 떨어진 지 이미 오래인데 내 어찌 걱정을 안 한단 말이외까!"

"주공께 있어 안량은 그저 바둑판의 돌일 뿐입니다. 돌 하나를 잃고 서주를 얻는다면, 나아가 장래의 우환을 제거할 수 있다면 오히려 기뻐하실 테지요."

"우환? 여포와 위속을 제거할 방책이 있다는 거요?"

반쯤은 이성을 잃은 상태로 소리치던 원담의 목소리가 차분하게 돌아왔다. 그 눈빛 역시 마찬가지.

전풍은 가만히 그 모습을 쳐다보더니 곧 고개를 끄덕였다.

"조맹덕이 태산군을 지나 적의 등의 후방으로 진격해 오고 있습니다."

"조조가? 그자는 연주를 공격해서 수복하려는 것 아니었소?"

"연주의 방비가 튼튼한 탓에 단기간 내에 승부를 보기가 어려울 것입니다. 그렇기에 이곳의 야전에서 여포와 위속을 제거하고자 하는 것이지요. 여포가 되었건, 위속이 되었건 둘 중 하나만 제거해도 연주를 수복하는 것은 손바닥 뒤집듯 쉬울 일입니다."

"그 정도면……."

원담이 자신의 턱을 쓰다듬었다.

사기가 좀 떨어지긴 했지만, 이쪽은 여전히 십이만에 달하는 병력을 보유하고 있다. 조조가 이끄는 병력 역시 오만이니 양측을 합치면 십칠만에 달한다. 이 정도면 충분히 이길 수 있다.

원담은 그렇게 확신하며 씩 미소 지었다. 초조함과 불안함으로 물들어 있던 그 얼굴에 여유가 돌아오고 있었다.

"부도독만 믿고 있겠소."

"감사합니다, 도독."

다각, 다각.

말발굽 소리가 끊이질 않고 들려온다. 병사들의 발소리와 우마차를 끄는 소들의 울음소리 역시 마찬가지.

그 와중에서 조조는 두 마리 말이 끄는 수레에 앉아 잔뜩 쌓여 있는 죽간을 읽고 있었다.

"형님. 아직도 그런 것들을 보고 계시오?"

그런 조조를 향해 갑옷을 차려입은 장수, 조인이 다가와 말했다.

그러거나 말거나 조조는 계속해서 죽간을 읽고만 있을 뿐이었다.

"계속해서 진류를 공격하는 것이 나았소. 성을 공격하다가 보면 지원이 올 것이고, 야전에서 그들을 제압하면 다른 곳의 방어에 구멍이 뚫리며 기회가 생길 것 아니오."

"자효. 네가 보기엔 산양이나 임성, 제음을 지키고 있던 놈들이 진류가 공격당한다고 눈이나 깜빡할 것 같으냐?"

"성이 공격당한다고 무조건 지원을 하진 않겠지. 하나 상황이 위급해지면 자기들이 도우러 오지 않고 배기오?"

조인의 그 목소리에 조조가 답답하다는 듯 읽던 죽간을 돌돌 말더니 자신의 목을 톡톡 두드리기 시작했다.

"놈들은 절대로 성문을 열고 나오지 않을 것이다."

"그거야 모르는 일 아니오."

"진공대는 나를 잘 알아. 나 하나라면 어찌 상대할 수 있겠으나 순욱이 있고 정욱이 있으며 곽가가 있으니 싸우면 필패한다는 것 역시 알고 있을 것이다. 그리고 그러한 바를 위속, 그놈 역시 알고 있겠지."

"여기에서 그 후레자식 놈 이름이 왜 나오오?"

위속이라는 이름은 듣는 것만으로도 기분이 나빠진다는 듯 조인이 인상을 찌푸렸다.

조조가 그 모습에 피식 웃었다.

"그 빨아준다는 말 때문에 그러는 것이냐?"

"말도 안 되는 소리 아니오! 내 살다 살다 그 정도로 금수만도 못한 놈은 처음이오!"

"그 역시 네가 이성을 잃고 분노해 군을 제대로 지휘하지 못하게 만들려는 격장지계이다. 대범하게 웃어넘길 줄도 알아야지."

"내가 진짜 여기까지는 얘길 안 하려고 했는데 형님은 그럼 남자끼리 뒤를 빨아준다는 그 말을 듣고도 화가 안 나오?"

조인의 그 반문에 허허 웃고만 있던 조조가 순간적으로 눈가를 움찔거렸다. 눈매가 찌푸려지던 걸 억지로 다시 참아내며 웃고 있는 거다.

다른 사람이라면 몰라도 어렸을 적부터 조조의 모습을 보아 온 조인은 알 수 있을 변화였다.

"자기도 화나는 건 마찬가지면서."

"뭐라 했느냐?"

"뭐요? 내가 뭐라 했소?"

자신은 아무런 말도 하지 않았다는 듯 시치미를 뚝 떼며 조인이 저 앞으로 시선을 옮겼다. 그런 조인의 시야에 말을 타고 정신없이 달려오는 전령의 모습이 들어왔다.

"무슨 일이냐?"

"보고 드립니다! 여포가 보낸 사자가 당도해 있습니다!"

"사자라고? 형님. 들어볼 필요도 없소. 그냥 베어버립시다."

"베긴 뭘 베? 데리고 와라."

"예, 주공."

전령이 물러가길 잠시, 하얀색 백의 장삼의 청년이 백우선을 살랑살랑 흔들며 병사들의 안내를 받아 조조와 조인의 앞으로 걸어왔다.

그 모습을 지켜보던 조조가 이상하다는 듯 미간을 찌푸렸다. 청년처럼 보이긴 하지만 얼굴이 앳되어도 너무 앳되어 보인 탓이다.

"소생, 연주목 여봉선의 명령을 받아 사신으로 온 제갈량이라 합니다."

'조조를 회군시켜야 한다.'

'회군이라니요? 사군을 공격하러 오는 자를 말 몇 마디로 회

군시킨다는 게 가능하단 말입니까?'

'응, 가능해. 조조가 원하는 건 어디까지나 자기 자신이 천하의 패자가 되는 거지, 원소의 휘하에 남는 게 아니라네. 강동의 쥐새끼가 그랬으니 확실하다.'

이곳으로 오기 전, 위속과 나누던 대화를 떠올리던 제갈량이 조조의 모습을 응시했다.

강동의 쥐새끼라는 것이 누굴 말하는 건지는 알 수 없지만, 상당히 현명한 자일 거다. 강동의 쥐새끼가 했다는 그 말은 조조가 지금껏 보여온 수많은 행적을 명쾌하게 설명하는 게 가능했으니까.

제갈량은 그렇게 생각하며 입을 열었다.

"퇴각하시죠. 그리하신다면 장군께선 평안하실 수 있을 겁니다."

"군사를 돌리라? 네 주공의 목을 베러 가는 이 시점에서 말이냐?"

"그렇습니다."

"형님. 헛소리하는 걸 보니 더 말할 필요도 없소. 그냥 목을 베십시다. 그러고서 전투가 시작되기 전에 저놈의 머리를 여포나 위속 놈에게 던져준다면 그놈들 얼굴이 꽤 볼만할 겁니다."

약간은 흥분한 목소리로 조인이 말했다. 그 얼굴이 딱딱하게 굳어져 있었다.

"자효. 그 어떤 상황에서도 평정심을 유지하는 건 장수된 자로서 기본적으로 지녀야 할 덕목이라 내 몇 번이나 말하질 않았느냐. 다시 한번 더 말해줘야 알아듣겠느냐?"

"아니, 형님 그래도 저놈은……."

더는 말하지 말라는 듯 손을 들어 보이며 조조가 제갈량 쪽으로 다시 시선을 옮겼다.

"비록 내 종제가 흥분해 말하긴 하였으나 내 뜻 역시 종제와 같다. 퇴각하면 마음이 편안해질 것이라니? 한낱 사신 따위가 군심을 흐리고자 한 죄는 목숨으로 갚아야 할 것이다."

조조의 그 말과 동시에 사방에서 칼을 뽑아 드는 소리가 들려오더니 수십 명이나 되는 병사들이 달려들어 제갈량에게 무기를 들이댔다.

목과 가슴, 허리 어디 하나 빠질 것 없이 온 사방에서 수십 개나 되는 창칼이 제갈량을 겨누는 와중에도 그는 낯빛 하나 변하지 않은 얼굴로 주변을 한번 돌아보더니 피식 웃으며 싸늘한 목소리로 말을 이었다.

"약관도 채 되지 않은 사신의 세 치 혀가 그리도 무서우십니까? 뭐, 마음대로 하십시오. 서주의 백성을 학살한 악명 위에 한 가지가 더해지겠군요."

정말 될 대로 되라는 식으로 말하는 제갈량의 목소리에 조조의 눈매가 가늘어졌다.

"내 너를 죽이지 못할 것이라 생각하느냐?"

"사신을 베는 건 예로부터 치욕적인 일입니다. 게다가 장군께선 스스로가 의로운 것으로 포장하며 활동하시는데 사자를 죽이면 그 명성에 누가 될 테니 어지간해서는 죽이지 않으시겠지요."

"당돌한 놈이로구나. 네놈이 정말로 아직 약관에 이르지 않은 것이냐?"

"거짓을 고해서 제가 무슨 이득이 있겠습니까."

그렇게 말하며 제갈량은 조조의 눈동자를 똑바로 응시했다. 그 상태로 있기를 잠시, 조조가 껄껄 웃음을 터뜨렸다.

"어디 계속해서 지껄여 보거라. 내게 있어 가장 커다란 우환이 바로 네 주공이고 그 종제인 위속이다. 어째서 그놈들을 죽이는 게 아니라 집으로 돌아가라는 것이냐?"

"장군께서 이대로 서주를 치는 것에 힘을 더하신다면 우리 모두 패하게 될 것이기 때문입니다."

"패하는 것은 유비와 여포다. 나는 연주를 얻고, 나아가 예주를 얻게 될 터."

"여포와 유비가 망하고 나면 그다음 순서는 조조다. 사냥이 끝나고 나면 그다음은 사냥개를 잡아먹을 뿐이니 사냥감과 사냥개가 동시에 살아남기 위해선 사냥이 끝나지 않는 게 최선이다. 제 스승께서 하신 말씀입니다."

"말은 맞는 말이나 사냥개가 움직이기 전에 주인이 먼저 사냥을 끝내 버리면 토사구팽이 되긴 마찬가지다."

"저흰 이미 상장 안량을 베었으며 그 선봉 오만을 괴멸시켰습니다. 나아가 도독 원담의 십만 대군을 쳐부수기 일보 직전인데 더 무슨 설명이 필요하겠습니까."

제갈량의 그 말에 조조의 눈이 가늘어졌다.

안량이 죽었다는 건 이미 들어서 알고 있다. 그 선봉이 괴멸당한 것 역시 마찬가지다.

지금까지 위속이 보인 그 전공을 생각해 본다면, 여포가 보인 위용을 생각해 본다면 확실히 전풍과 원담 역시 격파할 수 있을지도 모른다. 아니, 격파하게 될 것이다.

자신이 동민에서 당했던 것처럼, 원술이 세양에서 당했던 것처럼 원소의 아들놈 역시 서주의 입구에서 위속에게 대차게 당해 북방으로 쫓겨나게 될 것이다.

설령 위속이 대승을 거두지 못한다 해도 상관 없다. 이미 원담의 군은 치명상을 입은 것이나 마찬가지. 적당한 선에서 막기만 해도 그들은 빈손으로 돌아갈 수밖에 없다. 그리고 그렇게 된 이후부턴 위속이 사신을 통해 제안하는 것처럼 화남이 화북을 견제하며 각자도생하는 길로 가게 될 터.

"현명한 자로군."

"스승님께 그리 전하면 되겠습니까?"

"그리 전하라. 네 스승이 원하는 대로 나는 군을 물릴 것이다."

"혀, 형님?"

"두 번 말할 필요 없다. 어차피 원본초와는 언제고 이리될 일이었다. 그러니 차라리 적의 적이 강건할 이때 이리되는 것이 나아."

조조는 그렇게 말하며 제갈량 쪽으로 시선을 옮겼다. 그런 조조의 눈동자에서 묘한 빛이 일렁이고 있었다.

"제갈량이라 하였느냐."

"그렇습니다."

"네 스승을 버리고 내게로 오는 것이 어떻겠느냐? 천금을 내리고 내 직속의 주부로 삼아 널 키울 것이다. 장량과 소하가 되어볼 수도 있을 터."

임관을 제안하는 거다.

이번엔 제갈량의 얼굴이 딱딱하게 굳어졌다. 그저 차갑기만 하던 그 눈동자에 분노가 깃들고, 허옇기만 하던 얼굴에 붉은 기운이 샘솟기 시작했다.

"장군이 서주에서 백성을 도륙할 때 전 그곳에 있었습니다."

"서주의 백성에게 원한이 생겨 도륙한 게 아니었다. 백성을 줄여 도겸의 군사적인 역량을 제거하기 위함이었지."

"무릇 조정의 대소신료는 위로 조정에 충성을 다하고 밑으로 백성을 아끼며 사랑해야 한다 하였습니다. 장군께선 무엇을 하고 계십니까?"

쏴아아아-

제갈량이 그렇게 말함과 동시에 차갑기만 한 바람이 불어왔다. 머리카락이 흩날리고, 나뭇가지가 흔들리는 그 와중에 제갈량의 말을 들은 이들은 누구도 입을 열지 못했다.

오직 조조 하나만이 재미있다는 듯 씩 웃고 있을 뿐이었다.

"참으로 당돌한 녀석이로고. 난세에서 살아남기 위해 사람을 부린다면 사람 그 자체가 아니라 그가 지닌 능력 하나만을 보아야 한다. 다른 것들은 모두 쓸모가 없지. 잘 생각해 보아라."

조조가 말 머리를 돌리라는 듯 손짓하자 병사들이, 장수들이 길을 바꿔 움직이기 시작했다.

제갈량은 그저 조조의 뒷모습을 뚫어져라 노려보고만 있을 뿐이었다.

📱

"와아아아아아아-!"

사방에서 온 천지를 진동하게 하는 함성이 들려온다.

모래 먼지가 하늘 높이 가득 피어올라 있다. 이미 원담군과의 전투가 벌어지고 있는 것이었다.

"제갈 공자! 위속 장군의 전언입니다. 기대한 대로 좋은 성과를 거둬서 고맙다고 하시며 전선은 위험하니 유 장군의 본대가 위치한 곳으로 가 보급대와 함께 부상자를 호송하며 전황을 파악해 보라 하셨습니다."

전장에선 꽤 멀리 떨어진 곳에서 대기 중이던 제갈량에게 전령이 달려와 말했다. 그러고서 전령은 계속해서 급하게 전해야 할 소식이 있는 듯 말을 달려 어딘가를 향해 움직였다.

"흠. 살펴보는 것 정도만 허락하시겠다는 건가?"

마음 같아선 자신도 뭔가 역할을 부여받아 활약하고 싶지만 위속의 판단이 그렇다면 안전한 곳으로 가 전황만을 파악하며 전투가 마무리되기를 기다려야 할 수밖에.

제갈량은 그렇게 생각하며 자신을 호위하는 병사들과 함께 유비가 이끄는 본군의 후방으로 향했다.

이미 한 차례 호송이 끝난 듯, 공터에 핏자국만이 가득했다.

그 와중에.

"이쪽이다! 어서들 날라!"

우마차를 가득 몰고 온 문관 하나가 그 모습을 드러냈다.

마차 위엔 새하얀 쌀밥이 잔뜩 담겨 있었다.

전투를 치르는 와중이라도 밥은 먹어가며 싸워야 하는 법이다. 중간의 식사를 위해 후방에서 밥을 지어다 나르는 모양.

가만히 그 모습을 지켜보고 있던 제갈량에게 익숙한 얼굴의 장수 하나가 다가왔다.

"위속 장군이 부상병을 호송할 자를 보내셨다고 들었다. 네가 온 것이냐?"

"예. 그런데 전황이 좀 어떻습니까?"

"일진일퇴다. 온후를 비롯한 여러 장군이 분전 중이지만 전풍의 책략에 번번이 막히는 형편이라."

"위속 장군의 책략이 막힌다는 겁니까?"

"아니, 그쪽은 아닐 거다. 우리 주공이 밀려난다는 거지. 전풍의 지휘가 귀신같거든. 참으로 소름 끼치는 놈이다."

생각하는 것만으로도 오금이 저린다는 듯 장수가 고개를 절레절레 저으며 말했다.

그 모습을 지켜보며 제갈량은 생각했다.

여포에겐 위속이 달라붙어 있을 거다. 사전의 계획대로면 분명 함께 움직이며 전장의 상황을 보고 그때그때 그에 걸맞은 작전을 세우며 적들을 격파하고 있을 터. 하지만 유비의 곁에는 책사라고 할 만한 자가 사실상 없는 거나 마찬가지.

비록 스승이 허락한 것은 아니지만, 이들을 데리고 뭔가 할 수 있지 않을까?

"장군."

"왜 그러느냐?"

"부상병의 호송은 다른 이에게 맡겨주십시오. 스승님의 명이 있었으니 제가 가서 전황을 좀 봐야겠습니다."

"오, 위속 장군께서 뭔가 지시하신 게 있다는 것이냐?"

제갈량이 고개를 끄덕였다.

전투에 개입하라는 명령까지는 아니었지만, 전황을 파악하는 것은 허락받았다. 그러니 전황을 보면서 뭔가 조언을 하는 것 정도는 괜찮지 않을까?

제갈량은 그렇게 생각하며 주먹을 움켜쥐었다.

심장이 뛴다. 어렸을 적부터 공부하고 익혔던 것들을 펼칠 기회가 성큼 다가온 느낌이다.

제갈량의 눈빛이 번뜩이고 있었다.

📱

"아오, 시발."

일이 어디에서부터 일그러진 거지?

무릉도원에선 분명 측면이 돌파당하는 것을 막기 위해 온 갖 자원을 집중했다고 했다.

강궁병에게 커다란 방패를 뒤집어쓰고 땅에 드러눕게 해서 엄폐시키고, 적 기마가 접근해 오면 벌떡 일어나 화살을 쏟아 내는 것부터 시작해 말을 베는 것을 전문적으로 훈련받은 참마단이며 장수의 움직임을 봉쇄할 목적으로 만든 장비들까지.

형님이며 허저, 관우, 장비 등 맹장들이 기병을 끌고 적진을 이곳저곳 돌파하는 것을 주요한 작전으로 채택한 우리에겐 하드 카운터나 마찬가지인 대비책이다.

그런 것들이 측면에 집중되어 있다는 무릉도원의 정보를 믿고 어떻게든 정면을 돌파하고자 했던 건데 강궁병은 이쪽에도 적지 않은 숫자가 숨겨져 있었다.

덕분에 전투 개시와 동시에 사정없이 파죽지세로 몰아붙여 적들의 사기를 땅에 떨어뜨려 흙으로 반죽해 버리려던 애초의 계획은 물 건너간 것이나 마찬가지.

어떻게든 적들을 깨부수기 위해 형님과 허저, 관우와 장비가 비교적 방어가 약한 지점을 찾아내 돌파하고 또 돌파하며 수도 없이 많은 적을 베었으나 아직 도망가려는 움직임은 없다.

수적으로 열세인 상황에서도 오히려 우리가 공세적인 입장을 취하고 있는 만큼, 놈들이 패주하지 않으면 이 전투는 우리가 질 거다.

'방법을 찾아야 한다, 방법을.'

"장군!"

기병 오백을 대동한 채 전장의 상황을 살피고 있는데 후성의 목소리가 들려왔다.

부상이 심해 후방에서 치료나 하고 있으라고 얘기했음에도 기어코 따라 나온 놈이 손을 들어 저 앞을 가리키고 있었다.

원(袁)과 함께 고(高)의 깃발을 휘날리는 장수가 대충 봐도 수천 명은 되는 기마를 끌고 전장을 크게 돌아 우회해서 달려오고 있다.

그들의 돌입 방향은 당연하게도 위월이 이끄는 우리 쪽 좌익의 후방이었다.

저게 돌격하도록 놔두면 안 그래도 간신히 형태만 유지하며 버티고 있던 우리 군 좌익은 완벽하게 무너질 거다. 그러면 본대 역시 측면에서부터 얻어터지며 무너지겠지.

저렇게 둬서는 안 된다.

"야. 다들 기억하지? 급할 때 뭐라고 했는지."

"기억하고 있습니다."

"지금이 그때야. 지금!"

내가 그렇게 말함과 동시에.

"안량의 목을 벤 위속이 여기에 있다! 우리와 자웅을 겨룰 자 누구인가!"

"안량의 목을 벤 위속이 여기에 있다! 우리와 자웅을 겨룰 자 누구인가!"

죽고 죽이는 이들의 괴성이 가득 메운 전장이지만 오백 명이 동시에 외치는 목소리는 그 괴성을 뚫으며 주변으로 퍼져 나갔다.

적 기마의 선두에서 달리던 장수가 고개를 돌려 이쪽을 쳐다본다. 이런 상황에 대비해 특별히 커다란 깃발까지 준비한 만큼, 몰라볼 수가 없을 것이다.

게다가 우리는 지금 아군에게서 멀리 떨어져 있다. 적들에게 습격당한다 한들 눈으로는 볼 수 있을지언정 손쉽게 도와줄 수 없을 거리를 유지하고 있었으니.

"자, 장군. 옵니다."

놈들을 손가락으로 가리키며 후성이 말했다.

당장에라도 위월의 후방을 들이치려던 놈들이 말 머리를 돌려 정확히 우리 쪽을 향해 달려오고 있다. 1㎞나 될까 싶었던 거리가 빠른 속도로 좁혀지고 있었다.

"후성아. 후달리냐?"

"후달리는 게 뭡니까?"

"긴장되거나 무섭거나 뭐 그러냐고."

"그럴 리가 있겠습니까! 그저 유인해 낸 적들을 어떻게 해야 할지 걱정스러울 뿐이지요."

"어떻게 하긴 뭘 어떻게 해? 지금까지 하던 것처럼 하면 되지. 허저 부르고, 형님 불러. 홍산 쪽으로 간다."

"예, 장군!"

병사들이 고개를 끄덕인다.

"그럼 튀자!"

그렇게 소리치며 내가 말을 달리기 시작했을 때, 저 멀리에서 갑자기 육중한 느낌의 발굽 소리가 들려오기 시작했다. 음머어어어 하는 소들의 울음소리 역시 함께였다.

"뭐야?"

전투가 한창인데 소 소리라니? 못 해도 수백 마리는 되는 것 같은데 저쪽에서 무슨 일이 벌어지고 있는 거지?

"자, 장군! 속도를 올리십시오! 장군!"

저 멀리 본대 쪽을 쳐다보고 있던 내게 후성이 소리쳤다.

정신을 차리고 보니 어느새 적 기마와의 거리가 거의 수십 미터 수준까지 좁혀져, 놈들이 바로 코앞에서 달려오고 있었다.

'시, 시발.'

"달려, 초롱아!"

나도 모르게 있는 힘껏 말의 배를 걷어찼다. 히히힝- 소리와 함께 조금 천천히 달리던 내 말 초롱이의 속도가 다시 빨라지기 시작했다.

나를 호위해야 할 병사들이 저 앞에서 내 쪽을 힐끔힐끔 돌아보며 속도를 줄여야 할지를 고민하고 있었다.

"야! 괜찮으니까 튀어! 그냥 튀어라!"

이런 상황에서 어설프게 멈췄다간 다 죽는다. 그럴 바에 차라리 내가 죽어라 도망치며 달리는 게 낫다.

그렇긴 하지만…….

"아으."

"위속! 자웅을 겨루어보자는 놈이 어딜 도망치는 것이냐! 이노오오옴!"

누구인지 이름도 모르는 장수가 날 향해 소리치며 필사적으로 달려오고 있다.

안량 때문인지, 아니면 날 잡아 공을 세우려는 건지는 모르겠지만, 눈깔이 희번들하다. 잡히면 무조건 죽을 거다. 무조건 튀어야 한다.

피융-!

쉬쉬쉭!

그렇게 생각하며 이를 악물고 달리는데 화살이 날아와 내 주변에 떨어진다.

망할. 수천 명이 사람 하나 쫓는데 치사하게.

"야, 이 상도덕도 없는 놈들아! 활을 왜 쏴! 날 사로잡는 게 더 큰 공인 걸 모르냐?"

"네놈을 사로잡아 산 채로 포를 뜰 것이다! 얌전히 투항하지 못할까!"

"미친놈이세요? 그딴 말을 듣고 누가 항복하냐!"

시발. 애초부터 저놈들한테 잡히는 건 생각도 안 하고 있었지만 절대로, 더더욱, 네버 네버 잡히면 안 된다. 절대로!

산 채로 포를 뜬다니. 생각하는 것만으로도 끔찍하다.

나는 이를 악물고서 말의 배를 차고, 채찍을 휘둘러 엉덩이를 후려쳤다.

"장군! 이쪽입니다!"

그렇게 필사적으로 달리는데 저 앞에서 후성이 손을 흔든다. 진짜 미친 듯이 달리고 있어서 몰랐는데 지금 보니 산이 코앞이다. 저게 바로 홍산일 터.

"장군을 지켜라!"

후성의 목소리와 함께 저 앞에서 달리던 우리 쪽 병사들이 뒤로 반전해서 내 쪽으로 달려온다.

그런 녀석들의 사이로 허(許)의 깃발이 보였다. 그리고 동시에 내 쪽으로 달려오는 순박한 얼굴의 듬직한 녀석까지.

"허저야!"

"장군!"

"야, 너 보는 게 진짜 이렇게 반가울 줄 몰랐다."

"저두요, 장군. 이제 쟤들 때려잡으면 되는 거죠?"

녀석이 환하게 웃으며 저 뒤쪽을 손가락으로 가리켰다.

이미 나와 함께 움직이던 오백 명이 뒤에서 오던 놈들과 뒤엉켜 싸우는 중이다. 하지만 숫자가 적어 오래 버티지는 못할 터.

허저가 도와준다면 버틸 수는 있다. 녀석이 데리고 있는 병력도 얼마 되지는 않지만 그래도 우리 쪽에서 제일 잘 싸우는 축에 속하는 허저가 있으니까.

"응, 가서 쟤들 도와주면 돼."

"저만 믿으십쇼. 헤헤."

"문숙! 나도 왔다!"

허저가 창대를 꼬나 잡고 적들을 향해 달려가는 사이. 저 앞쪽에서 익숙하기 그지없는, 정말 반갑기만 한 목소리가 들려왔다.

'형님이다!'

"형님!"

"나도 가마. 일단 가서 저것들 먼저 때려잡고 그다음에 애기하자."

내 쪽으로 다가오던 형님이 당장에라도 적들을 향해 달려들 기세로 말했다.

쩍 벌어진 어깨에 짧은 수염, 갑옷 너머로도 알아볼 수 있을 정도로 우락부락한 근육을 지닌 형님의 모습이 이렇게 든든해 보일 수가 없다.

그렇긴 하지만.

"아뇨. 잠깐만요, 형님."

"엉?"

"제가 허저랑 같이 버티고 있을 테니까요. 형님은 산을 돌아서 쟤들 후방을 쳐주세요."

"뭐야. 그냥 여기에서 때려잡지? 문숙 너 설마, 이제 와서 쟤들이 욕심나는 거냐? 네가 다 잡으려고?"

팔로 날 툭 치며 형님이 날 쳐다본다.

"형님, 그게 아니라요. 지금 우리 전황이 별로 좋지가 않잖아요. 쟤네 딱 봐도 기병만 육천에서 칠천 명은 되는데 저거 여기에서 전멸시키면 전황이 우리 쪽으로 기울 거 아닙니까."

"그렇겠지?"

"그러니까 형님이 여기 산을 삥 돌아서 쟤네 후방을 치세요. 제가 형님 오실 때까지 최대한 버티고 있어 볼 테니까요."

"아, 이거 이러다가 우리 문숙이한테 다 뺏길 것 같은데."

"최대한 버티기만 하고 잡는 건 최소화할 테니까요. 예?"

"쓰으읍, 알았다. 최대한 빨리 올 테니까, 나 오기 전에 끝내면 안 된다. 알았지?"

"알았다니깐요!"

"가자!"

형님이 병력을 끌고서 움직이기 시작했다.

다행히 난전의 상황이라 저쪽에서는 형님의 등장도, 산 저편으로 움직이는 것도 보질 못한 것 같다. 기마와 기마의 싸움이기에 흙먼지가 말도 못 하게 피어올라 20m 앞을 보는 것도 어려운 와중이니까.

"쓰으읍."

코가 막히고 목이 아프다.

하지만 죽는 것보단 이게 차라리 낫다. 난 그렇게 생각하며 검을 뽑아 들었다.

후성이 걱정스러운 얼굴로 날 쳐다보고 있었다.

"괜찮겠습니까?"

"안 괜찮아도 버텨야지, 별수 있나? 따라오지 말고 넌 뒤에 있어!"

후성을 뒤에 남겨두고서 말을 달려 한참 난전이 펼쳐지고 있는 저 앞으로 나갔다.

보병 간의 싸움에서는 양측 모두가 각자의 진형을 유지하며 집단 대 집단으로 싸우는 게 일반적이지만 기병끼리의 싸움엔 그딴 거 없다. 일단 한번 부딪치고 나면 그때부턴 각자도생으로 진형이고 나발이고 그냥 뒤엉켜 싸우는 거다.

지금 역시 마찬가지.

부응-!

난데없이 날 향해 찌르고 들어오는 창을 간신히 피해내며 검으로 그것을 쳐냈다.

탕-!

둔탁한 소리가 들려옴과 함께 이번엔 푹, 찌르는 소리와 비명이 터져 나왔다.

우리 쪽 병사가 날 공격하던 놈을 처치하고 있었다.

"땡큐, 땡큐!"

그게 무슨 소리냐는 듯 녀석이 날 쳐다본다.

"고맙다고!"

마음 같아선 철자부터 시작해 제대로 된 발음까지 다 설명해 주고 싶은데 또 다른 원소군 병사들이 내 쪽으로 달려든다.

그런 놈들의 사이에서 위속이 여기에 있다는 함성까지 터져 나오고 있었다.

"시벌. 니들이 죽나, 내가 죽나 어디 한번 해보자고."

나는 평범한 농부였지만 위속은 진짜 장수였다. 이 인간의 몸을, 허저를 믿고서 버티는 수밖에.

그렇게 생각하며 초롱이와 함께 적들의 사이로 뛰어들었다. 사방에서 창이, 칼이 날아온다. 그것들의 움직임을 인지함과 동시에 내가 채 생각하기도 전에 본능적으로 몸이 움직인다.

내 칼이 놈들의 칼을, 창을 쳐내고 역으로 반격까지 하고 있다. 반격 한 번에 원소군이 한 놈씩 피를 토하며 쓰러진다.

그 와중에서 우리 쪽 병사들이 날 알아보고선 주변으로 몰려들고 있었다.

"위속 장군을 지켜라!"

"위속이 저기에 있다! 놈을 죽여라!"

"위속을 죽이는 것은 일반 병사라 할지라도 천인장에 봉할 것이고 백인장, 천인장은 장수로 만들어줄 것이다! 놈을 베어라! 무슨 수를 써서라도 베어!"

사방에서 내 이름을 외쳐댄다. 이젠 우리 쪽 병사들도 마찬가지다.

정신이 하나도 없다. 그럼에도 내 몸은 계속해서 움직였다. 검을 휘두르고, 막아내고, 피해내며, 다시 또 찌르고 베기까지.

"장군! 저도 같이 좀 하자고요!"

멀찌감치 혼자 적들을 막아내던 허저가 그렇게 소리치며 내게 달라붙으니 적들의 숫자가 더욱더 빠르게 줄어든다.

내가 한 놈을 벨 동안 허저는 세 놈, 네 놈을 쓰러뜨리고 있다. 내 쪽으로 집중되어 있던 원소군 병사들의 공격이 허저에게, 놈이 데리고 온 병사들에게 분산되며 조금씩 여유가 생겨나고 있었다.

"장군. 괜찮으십니까?"

부상으로 멀찌감치 뒤에서 병사들을 지휘하고만 있던 후성이 내게 다가와 말했다.

"어, 괜찮아."

"부상당하신 곳은 없고요?"

"어. 그것도 없는 것 같다."

아픈 곳이 하나도 없다. 격렬하게 움직인 탓인지 온몸의 근육이 다 뻐근하고 숨이 차오르는 게 전부일 뿐이다.

그 상태에서 난 주변을 돌아보았다.

내 쪽에서는 허저가, 녀석의 병사들이 미친 듯이 싸우고 있어서 여유가 있지만 다른 쪽에서는 정반대의 상황이 벌어지고 있었다.

우리 쪽이 수세에 몰려 있고, 수적으로 압도적인 원소군 병사들이 우리 병사들을 에워싸고 있다. 포위망이 만들어지는 거다. 아무래도 저놈들은 우릴 여기에서 포위해 그대로 전멸시켜 버리려는 모양.

"흐흐."

'그래. 포위할 수 있을 때 열심히 해라.'

여기가 지들 무덤인 줄도 모르고 기세가 잔뜩 올라 있다.

"이놈 위속아! 지금이라도 항복한다면 네놈 부하들의 목숨만은 살려주마!"

내가 그렇게 생각하며 웃고 있는데 저 멀리에서 원소군 장수가 소리치는 게 들려왔다.

"이 고람 님의 명예를 걸고 약속하마! 네놈 하나 살자고 수천 병사를 모두 죽일 셈이냐?"

"개소리 집어치워라! 우리가 다 죽는 한이 있어도 위속 장군은 살린다!"

"원소의 개가 어찌 범을 잡겠다고 날뛴단 말이냐!"

저걸 뭐라고 받아쳐 줘야 할까 고민하던 찰나, 우리 쪽 병사들의 목소리가 터져 나왔다.

"위속 장군! 안심하십시오! 장군은 저희가 목숨으로 지킬 것입니다!"

"맞습니다, 장군! 걱정하지 마십시오!"

"지키겠습니다!"

와, 뭐냐…… 이거. 이렇게 갑자기 훅 들어와도 되는 거야?

자기들도 죽느냐 사느냐 하는 와중인데 목숨으로 지키겠다니. 갑자기 가슴이 뭉클해진다.

"야! 이 전투 우리가 이긴다! 그러니까 무리하지 말고 버티기만 해라, 알았냐?"

죽기만 해봐라. 진짜 용서 안 한다.

날 지켜주겠다고 했던 놈들, 여기에서 싸우던 놈들 다 데려다가 고기만 잔뜩 멕이면서 확대시켜 버릴 거다.

내가 그렇게 생각하며 주먹을 움켜쥐고 있을 때, 저 멀리 원소군의 뒤편에서 맹렬하게 달려오는 말발굽 소리가 들려오기 시작했다.

날 죽이라고, 잡으라고 고래고래 소리를 질러가며 떠들어대던 고람의 시선이 저 뒤쪽을 향한다. 놈과 함께 있던 원소군 병사들 역시 마찬가지.

그리고 그쪽에서 들려오는 건.

"인중룡 비장 여포가 왔다!"

정말 몇백 미터도 넘게 떨어져 있는데도 쩌렁쩌렁하게 들려오는 형님의 목소리.

형님과 함께 온 병사들이 함성을 내지르며 고람이 이끄는 원소군 기병의 후미를 맛깔나게 후려갈기고 있었다.

"야, 내가 얘기했잖아! 니들 다 산다니까?"

"저흰 장군만 믿고 있었습니다!"

"이렇게 될 걸 알고 목숨으로 지켜 드린다고 한 거라니까요!"

"저흰 하나도 안 후달렸습니다!"

나랑 같이 다니던 애들이라 그런지 내 말투를 그대로 써먹는다.

흐흐. 지금은 마냥 좋다.

"전투가 끝날 때까지 죽지 말고 살아남아라! 그러면 내가 배 터지게 고기를 먹여줄 테니까. 오늘 확대 한번 해보자!"

"와아아아-!"

전투의 와중에서 전의를 다지는 것과는 또 다른, 기쁨의 함성이 터져 나온다. 이미 이쪽에서의 전투는 우리 쪽으로 완전히 기운 것이나 마찬가지.

무척이나 빠른 속도로 숫자가 줄어드는 원소군 병사들의 모습을 보고 있자니 마음이 편안해진다.

내가 그러고 있는데.

두두두두-!

저 멀리에서 또 다른 말발굽 소리가 들려왔다.

일단의 기마대가 맹렬한 속도로 우리 쪽을 향해 달려오고 있었다.

'설마 원소 쪽 지원군인가?'

머릿속에서 온갖 생각이 다 떠오른다.

'유비가 이끄는 본대가 밀려난 건가?'

그러고 보니 아까 소 떼 소리가 들려왔었는데. 그게 전풍의 책략이었던 건가? 만약 본대가 뚫린 거면 어떻게 해야 하지? 바로 낭야 쪽으로 퇴각해서 농성을 벌여야 하나?

'이러면 나가린데?'

"장군, 장군! 보십시오! 유(劉)와 장(張)입니다!"

내 얼굴이 조금씩 굳어지고 있을 때, 옆에서 후성이 소리쳤다.

이윽고 흙먼지 사이로 저들 깃발의 형체가 드러났다. 녀석의 말대로 유와 장이다.

'장비인가?'

"연인 장비가 왔다! 원소군 놈들은 목을 길게 빼고 죽을 준비를 하라!"

"와이, 씨. 형님! 익덕 형님!"

'겁나 반갑네, 진짜!'

나도 모르게 손을 번쩍 들어 올리며 소리쳤다.

장비 형이 날 알아보고선 씩 웃으며 장팔사모를 번쩍 들어 올리고 있었다.

"고람! 니들 다 죽었어! 여포에 장비까지 왔다, 이 새끼들아!"

가슴 깊숙한 곳에서부터 벅차오르는 그 감정을 느끼며 내가 소리쳤다.

하지만 고람의 모습은 이미 보이지도 않는다. 기세등등한 모습으로 우릴 포위한 채 죽이네, 살리네 떠들던 원소군 기병

놈들은 하나같이 얼굴에 공포가 드리워져 있다.

이리처럼, 늑대처럼 우리 병사들을 물어뜯고 있던 놈들이 이젠 사냥감이 되어 사방으로 흩어져 자기 살길을 찾아 움직이고 있다.

하지만 그런 놈들은 거의 전부라고 해도 과언이 아닐 정도로 형님과 그 병력에게, 장비와 그 병력에게 당해 죽어나가고 있었다.

흐흐흐. 승리다. 우리가 이겼다!

6장
이런 괘씸한 놈

"감사합니다, 형님. 덕분에 살았어요."

전투가 끝난 직후, 병사들을 추스르고 있는 형님에게 다가가 말했다.

그러고서 장비 쪽으로 시선을 옮겼다. 보는 것만으로도 질투가 날 정도로 잘생긴 우리 장비 형이 씩 웃으며 이런 내 모습을 쳐다보고 있었다.

"본대 쪽에서도 상황이 여유롭지 않았을 텐데. 어떻게 지원을 다 오신 겁니까?"

"다 네 덕분이지. 고맙다, 문숙."

"예?"

"네가 낸 계책으로 네 제자가 전풍의 콧대를 뭉개줬다."

"제가 낸 계책이라고요?"

'중앙 돌파? 내가 얘기한 건 그게 전분데? 그거 잘 안 통해서 지금까지 쟤들이 버티고 있던 거 아닌가?'

이상한 마음에 내가 고개를 갸웃거리고 있는데 형이 내 어깨를 두드린다.

"네 계책 덕분에 적 본대가 무너졌어. 적들은 지금 오십 리 떨어진 곳까지 퇴각 중이다. 원담이 직접 후위로 나와서 맹렬하게 저항하는 통에 추격하지는 못했지만, 대승을 거뒀어."

아니, 이게 도대체 무슨 소리야?

"감축드립니다, 위속 장군!"

"감사드립니다, 장군! 장군께서 내신 계책 덕분에 저희가 살았습니다!"

유비와 그 휘하 장수들이 기다리고 있다는 영채로 향하는 내내 날 알아본 병사와 장수들이 인사를 건넸다.

농담이 아니라 진짜 잠깐 사이에 천 번도 넘게 저 소리를 들은 것 같다.

"아, 오셨군요."

영채에 도착했을 때, 입구까지 나와 있던 유비가 날 맞이했다. 그런 유비의 옆으로 관우를 비롯한 유비군 장수들이, 득의양양한 얼굴의 공명이 함께였다.

"참으로 고생하시었습니다, 위속 장군. 제자를 통해 전황을 일거에 뒤집을 계책을 시행하는 와중에서도 적 우익 기마 칠천 이상을 단번에 괴멸시키다니. 장량이나 한신이 살아 돌아와도 장군과 같은 공을 세우진 못할 것입니다."

나를 향해 포권하며 유비가 말했고.

"참으로 훌륭하였소."

관우가 말했다.

"내 동생이 좀 똑똑하고 많이 잘나긴 했지."

형님은 만족스럽다는 얼굴로 고개를 끄덕이고 있었다.

"감사합니다."

유비를 향해 포권하며 난 공명 쪽으로 시선을 옮겼다.

녀석이 태연하기 그지없는 얼굴로, 오히려 진심으로 날 축하하기라도 하려는 것 같은 얼굴을 하고 있다.

분명 안전한 곳으로 가서 있으라는 지시를 받았음에도 자기 마음대로 전투에 개입한 거다. 돌아가는 상황을 봐서 내 이름을 팔기까지 한 것이고. 충분히 문제가 될 수 있는 일.

그러나 내가 그러한 부분들에 대해 추궁할 것이라곤 아예 생각조차 않는 모습이었다.

"공명아."

"예, 스승님."

"잘했다. 일단은."

"감사합니다. 스승님께서 내리신 계책이 훌륭해 제자가 어리고 미욱함에도 유 사군과 휘하 장군들의 도움을 받아 전투를 승리로 이끌 수 있었습니다."

여지를 남기는 내 말에도 아무렇지 않게 포권하는 녀석의 모습이 자연스럽기 그지없다.

이대로 그냥 넘어가면 문제될 게 없다. 녀석이 세운 공은 자연히 내 것이 되는 거고.

녀석은 이렇게 상황을 정리하고 넘어갈 생각인 것 같다. 지가 세운 공을 내게 넘기고, 상황에 대한 책임도 불문에 부치겠거니 하나 본데.

저거 쥐방울만 한 놈이 생각하는 게 괘씸하기 그지없다.

'진짜 쥐방울만 한 놈이 말이야.'

사고를 쳐놓고 공만 넘기면 다 된다고 생각하는 모양인데, 한 명의 어른으로서 따끔한 맛을 보여주지 않으면 안 될 것 같다.

"제자야."

"예?"

"무슨 짓이냐."

"왜 그러십니까? 스승님."

여전히 태연한 얼굴로 녀석이 반문한다. 하지만 녀석의 눈가가 아주 미세하게 살짝 부르르 떨리고 있다.

내가 이렇게 나올 거라곤 예상하지 못한 모양. 덕분에 자기도 긴장한 거겠지.

"네가 진짜 양심이 있는 거냐, 없는 거냐."

"스, 스승님. 제자 량이 죄를 청합니다! 제가 감히……."

"감히 공을 세워놓고도 나한테 떠넘기려고 해? 이런 괘씸한 자식아."

"감히 제가…… 예?"

털썩 무릎을 꿇었던 녀석이 날 쳐다본다. 내가 무슨 말을 하려는 건지 모르겠다는 얼굴이다.

"내가 언제 너한테 계책을 알려줬어? 내가 너한테 말한 건 딱 하나다. 적절한 상황에 적절한 계략이 떠오르면 내 이름을 파는 한이 있더라도 최적의 순간을 놓치지 말라는 것. 근데 뭐가 어쩌고 어째? 스승님이 내리신 계책이 훌륭해?"

"잠깐만. 그럼 이 녀석이 얘기했던 그 계책이 위속 네가 만든 게 아니었어? 이 녀석이 자기 혼자서 전장을 파악하고 그대로 떠올린 거라고?"

옆에서 우리의 모습을 지켜보고 있던 장비 형의 얼굴에 황당해하는 기색이 피어올랐다. 그것은 유비를 비롯한 그 휘하의 장수들 역시 마찬가지.

다만 형님이나 위월, 후성, 허저는 공명이 무슨 짓을 했는지 잘 모르겠다는 듯 그저 나와 녀석을 번갈아 쳐다보고만 있을 뿐이었다.

"우린 당연히 위속 장군이 만든 계책일 것으로 생각했습니다. 이야기를 듣고서도 확실히 위속 장군이기에 그런 기발하면서도 과감하고 효과적인 계책을 만들 수 있었겠구나 싶었는데, 그것이 사실은 제자의 임기응변이었다니. 허허…… 온후가 참으로 부러워지는군요."

유비의 그 그윽한 눈빛이 나와 공명을 훑더니 형님을 향한다.

뭐랄까, 인재를 탐내는 음흉함보단 그저 순수하게 감탄하며 부러워하는 것 같은 느낌이다. 인의 군자는 인의 군자라는 건가?

"보통 이런 중차대한 일은 한 세력의 명운이 걸리기까지 하는 만큼, 철저하게 검증해 신뢰할 수 있는 자가 아니면 그렇게 중요한 역할을 맡기진 않을 텐데. 위속 장군의 용인술에 이 유현덕은 감탄하고 또 감탄할 뿐입니다."

유비가 나를 향해 포권하며 말했다.

"과찬이십니다, 장군."

"그런데 진짜로 아우가 만든 계책이 아니었어? 하다못해 귀띔이라도 해줬을 것 같은데. 그것도 아닌가?"

"아이고, 익덕 형님. 제가 전장 여기저기를 돌아다니면서 전황 파악하고 임기응변으로 이곳저곳 때리고 다니느라 얼마나 정신이 없었는데요. 그 상황에서 언제 그런 계책까지 만들겠습니까."

"확실히 우리가 좀 정신없이 돌아다니긴 했지."

형님이 고개를 끄덕이고.

"생각해 보니 또 그렇기는 하네. 아까 네가 좀 다급해 보이기는 했다. 적절한 시기에 구원이 오지 않았으면 그대로 포위돼서 섬멸당했을 상황이었으니."

형이 그 상황을 떠올리며 말했다.

나는 형님을, 유비를 번갈아 한 번씩 쳐다보고선 흙먼지로 뒤덮여 살짝 누렇게 변한 공명의 백의 장삼을 툭툭 털어줬다.

녀석의 얼굴이 복잡하기 그지없었다.

"적들이 완전히 물러간 것은 아니니 병사들을 쉬도록 하고, 상황을 살펴보지요. 장군과 형님께서 허락하신다면 저도 이만 물러가 휴식을 취하겠습니다."

유비의 동의를 구하고서 난 형님과 함께 우리 쪽 장수들 그리고 공명을 데리고 군막으로 향했다.

그 와중에 공명이 내 바로 옆으로 달라붙었다.

"스승님. 미욱한 제자가 스승님께 여쭙고자 하는 것이 있습니다."

"뭔데."

"조금 전엔 왜 그러신 것입니까?"

"뭘?"

"스승님께서 말씀하셨던 것 말입니다. 스승님께서 아무런 말씀도 하지 않으셨다면 그 모든 것이 스승님의 공이 되었을 것인데……."

"얌마. 내가 공이나 세우자고 죽자 살자 돌아다니면서 싸우는 줄 알아? 그리고 스승씩이나 돼서 제자가 세운 공 그걸 뺏겠다고 덤비면 그게 사람이냐?"

녀석이 우두커니 멈춰서 날 쳐다본다.

"스승님은 공이 욕심나지 않으십니까?"

"그걸 왜 욕심내?"

"스승님께서 공을 세우시면 그만큼 더 많은 것들이 스승님께 주어질 것입니다. 명예, 직위, 더 많은 권한과 더 많은 병력까지. 게다가 후세는 스승님께서 하신 일들을 떠올리며 찬양하게 될 것이잖습니까."

"첫째로 명예? 그게 뭐 밥 먹여주냐? 필요 없다. 작위? 적당히 넓은 장원에서 적당히 편안하게 놀고먹을 재산만 있으면 돼.

작위도 필요 없다. 더 많은 권한과 병력 역시 마찬가지이고."

"그럼 후세의 평가는……."

"내가 죽고 난 다음의 일인데 그게 뭐가 중요해? 지금이 중요한 거지. 다 필요 없어, 부질없는 거야."

죽고 나서 만고의 충신이라 불리면 뭐 하나. 죽고 나서 인류에게 다시없을 위대한 인물이라고 찬양받으면 또 뭐 하고. 그게 밥 먹여주는 것도 아닌데.

"내가 잘 먹고 마음 편하게 살려면 형님이 잘되셔야 해. 그러려면 권력이고 나발이고 다 필요 없어. 그냥 여러 인재가 각자의 능력을 최고의 효율로 발휘할 수 있는 자리에서 일하도록 하면 되는 것이고. 그런 의미에서 널 괘씸하게 생각했던 거다. 능력이 있으면 그걸 그대로 드러내서 평가받고, 인정받으면 되지 왜 나한테 넘겨? 넘기긴."

"스, 스승님……."

녀석의 얼굴이 살짝 묘하다. 날 쳐다보는 눈빛이 지금까지와는 좀 달라진 것 같다고나 할까?

손을 뻗어 녀석의 볼을 가볍게 쓰다듬어 줬다.

녀석과 나 사이에 있던, 필요로 의해 만난 관계에서 만들어진 벽이 허물어지고 인간과 인간으로서의 사이가 가까워지는 느낌이다.

직접 말은 안 했어도 아까 괘씸하니 어쩌니 운운하면서 분위기를 풍긴 게 있으니 똑똑한 공명이는 내가 경고했다는 것도 알아먹을 거다. 앞으로 다시는 그렇게 독단적으로 월권하며 움직이지 않겠지.

뭐, 오늘 이후로는 이 녀석에게도 이런저런 권한이 부여될 테니 그럴 필요도 없겠지만.

"그나저나 아깐 왜 그랬던 거냐?"

"예?"

"왜 내 이름을 팔아가면서 그렇게 계책을 푼 거냐고."

"그게…… 즐거웠습니다. 스승님의 명령이라는 말에 유비군 장수들의 눈빛이 달라지는 걸 보면서 저도 모르게…… 죄인 줄 알면서도 상황에 알맞을 계책이 떠올라 그대로 행해 버리고 말았습니다."

뒷감당은 나한테 공을 넘기는 것으로 해결될 거라 생각했겠지.

"그래서 어떤 계책을 진상한 것이었느냐? 아까부터 그게 몹시 궁금했는데 아무도 얘기를 안 해줘서……."

뒤에서 말없이 우리의 대화를 들으며 따라오던 후성이 반문했다.

"아, 그래. 나도 이게 궁금했다. 뭘 어떻게 한 건데?"

"적 보병이 아군 기병의 공격을 막고자 필요 이상으로 밀집해 있는 것이 보였습니다. 그때 제나라 전단의 화우계(火牛計)가 머릿속에 떠올랐고요."

"소의 꼬리에 불을 붙여 돌격시키는 방법 말이냐?"

후성의 목소리에 녀석이 고개를 끄덕이며 말을 이었다.

"마침 보급을 위해 우마차를 끌고 온 소 팔백여 마리가 있었습니다. 전투에서 이기지 못하면 어차피 보급이 이어진들 의미가 없으니 그것들을 활용했고요. 확실히 성공할 것이란 판단이 들었습니다."

어차피 뒤가 없는 싸움이니 보급용으로 써야 할 소들을 동원해 적진으로 돌격시켰다는 얘기다. 그 과정에서 소들에 의해 적의 밀집 보병이 짓밟혀 죽으며 진형이 있는 대로 흐트러졌을 것이고.

그런 곳을 유비의 본대와 장비, 관우의 기마가 급습해 무너뜨렸다는 얘기겠지.

"센스 쩌는데?"

"그러게 말입니다. 적병은 소 떼가 돌격해 오는 모습을 보며 엄청나게 후달렸겠지요. 입장 바꿔서 제가 그 입장이었다고 해도 후달리긴 마찬가지였을 겁니다."

후성에 이어 위월이 말했다.

'얘네 말투가 좀 이상한데.'

"그럼 오늘 빨아줘야 하는 건 네 제자 놈이겠군."

거기에 형님까지.

"센스? 후달리는 건 또 무엇이고 빨아주는 건……."

옆에서 공명이 살짝 멍해진 얼굴로 반문하고 있다.

21세기의 대한민국이었으면 공명 녀석은 급식을 먹으며 학교에 다녀야 할 나이다. 이런 녀석 앞에서 급식체를 쓴다면…….

"아, 안 돼."

앞으로 말조심해야겠다.

그래도 제갈공명이면 천재의 화신, 삼국지 시대에 다시없을 책략가인데 이런 녀석이 급식체를 쓰기 시작하면 진짜 감당이 안 될 것 같다.

내가 그렇게 생각하면서 혼자 다짐하고 있는데 저 멀리에서 말발굽 소리가 들려왔다.

전령 하나가 우리 쪽을 향해 다급하게 달려오고 있었다.

"주공, 주공!"

"뭐야. 뭔데 그렇게 호들갑이야?"

"원담군을 정찰한 결과입니다. 적은 영채를 물리는 대신 방비를 튼튼히 하며 패잔병을 수습하는 일에 주력하고 있습니다!"

"그 이외에 다른 움직임은?"

전령의 말이 끝나기가 무섭게 공명이 반문했으나, 전령이 자신은 들은 바가 없다며 답했다.

공명의 눈매가 가늘어졌다.

📱

상황이 좋지가 못하다.

원담은 영채 안쪽, 자신의 막사에서 뒷짐을 진 채 지도를 노려보고 있었다.

"병사들의 2할이 죽거나 다쳤으며 또 다른 2할은 패주해 사방으로 흩어져 그 행방이 파악되질 않는 중입니다. 현재 장군의 휘하에 남은 건 칠만가량이며 그나마 기병은 절반이 섬멸당해 단 육천 기만이 남아 있는 수준입니다."

그런 원담의 귓가에 음색의 고저가 전혀 없는, 무미건조하기까지 한 전풍의 목소리가 들려왔다.

분노에 일그러진 얼굴로 이를 악물고 있던 원담이 고개를 돌렸을 때, 전풍은 역시나 무표정한 얼굴로 고개만을 숙이고 있을 뿐이었다.

"그대의 말을 믿고서 전투에 나섰다. 조맹덕이 적의 후방을 공격할 것이라 하기에 믿었고, 적은 기마의 돌격에 승부를 걸 것이라 하기에 믿고서 대비했다. 그런데 결과는 어떻게 됐지? 어떻게 되었느냐고 묻고 있잖은가!"

"송구합니다."

전풍이 허리를 굽히고 원담을 향해 깊이 읍하며 말했다.

"여포의 지낭이자 종제인 위속의 지혜가 범상치 않은 것 같습니다. 그가 대국을 읽고 조조에게 사신을 보내 연합을 제안했다 합니다."

"연합을 제안했다? 믿었던 원군이 도착하질 않아 우리가 낭패를 보게 되었는데 그게 할 소리인가! 위속 그 씹어 죽여도 마땅찮을 놈 때문에 우리 군이 어떤 피해를 입었는지 그대 역시 눈이 있다면 똑똑히 보았을 것 아닌가!"

"보았습니다."

"보았다? 지금 그걸 말이라고 하는 것인가?"

"죽어가는 자들을 보았고, 고통스러워하는 자들을 보았습니다. 오늘의 패배로 도독께서 겪게 되실 고난 역시 보았지요.

하여 오늘의 고난을 해결할 계책을 도독께 드리고자 가지고 왔습니다."

"계책이라니?"

"허를 찌르는 책략입니다. 적들은 오봉곡에 이어 오늘조차 대승을 거뒀기에 교만해졌을 터. 사기가 땅에 떨어진 아군은 당분간 아무것도 하지 못하고 방어에만 전념하리라 믿을 것입니다. 하여 그 허를 꿰뚫어 보고자 합니다."

"……상황이 이러한데 기습이라도 하자는 것인가?"

분노가 약간은 누그러진 목소리로 원담이 말했다.

전풍이 천천히 고개를 들어 올렸다. 무표정한 얼굴 속에서 눈동자가 사나운 기세를 토해내고 있었다.

"대국을 뒤집을 방법은 오늘 밤, 적들이 승리의 기쁨을 만끽하고 있을 그때 우리 군의 모든 것을 걸고 야습을 벌이는 것뿐입니다."

📱

"연인 장비가 여기에 있노라! 원담은 썩 나오지 못할까!"

쉴 새 없이 도망치길 한참.

이제는 정말 좀 쉴 수 있겠다 싶은 마음에 거친 숨을 몰아쉬며 병사들과 함께 땅에 철퍼덕 주저앉았던 원담의 귓가에 끔찍하기 그지없는 그 목소리가 들려왔다.

수도 없이 많은 기마의 말발굽 소리가 저 멀리에서부터 이쪽을 향해 빠른 속도로 가까워져 오고 있었다.

'추격이다.'

원담이 이를 악물었다.

"도, 도독! 피하셔야 합니다!"

"크으으으윽!"

원담의 입가에서 시뻘건 선혈이 흘러내렸다. 주변의 병사들이, 장수들이 그런 원담을 억지로 일으켜 세우며 말 위에 올려 앉히고 있었다.

"어서 가십시오, 도독! 도독께서는 살아남으셔야 합니다!"

"저, 적이다! 장비가 왔다!"

"죽음으로 막아라! 팔이 없으면 다리로 막고, 다리가 없으면 입으로 물어뜯어서라도 막아야 한다!"

후위를 맡기로 한 듯, 한 장수가 검을 뽑아 들며 비장하기 그지없는 목소리로 외쳤다.

원담은 그 모습을 머릿속에 아로새기기라도 하려는 듯 잠시 주변을 돌아보더니 말 엉덩이에 채찍을 후려갈기며 달리기 시작했다.

그런 원담의 머릿속에선 전풍의 제안을 받아들여 야습을 위해 적진으로 돌입해 들어가던 순간의 기억들이 떠오르고 있었다.

싸움이 시작되기까지는 몹시 좋았다.

적들은 정말로 승전의 기쁨에 취한 듯, 술에 취해 웃고 떠드는 목소리가 영채를 가득 메우고 있었다.

늦은 밤중임에도 영채는 대낮처럼 훤히 밝았으며 수도 없이 많은 병사가 기쁨에 겨워 영채 안 곳곳을 돌아다니고 있었다.

그러던 것이 새벽이 되고 서서히 조용해지기 시작했다.

이윽고 해가 떠오를 즈음엔 제대로 된 경계병 하나 없이 유비와 여포의 연합군 전체가 잠들기라도 한 듯, 고요하게 변해 갔다. 정말 몇 안 되는 병사들만이 경계 같지도 않은 경계를 위해 영채 외곽에 서 있을 뿐이었다.

"천하를 어지럽히는 역도의 무리를 모조리 쓸어버려라! 공격하라!"

그런 광경을 두 번, 세 번, 네 번이나 확인하고서 확신을 얻은 전풍이 고개를 끄덕이자 원담은 그렇게 외치며 공격을 명령했다.

두 번이나 대패했음에도 십만에 가까운 규모로 남은 병력을 모두 이끌고 원담은 부하 장수들과 함께 연합군의 영채로 치고 들어갔다.

하지만 그들을 기다리고 있던 건 취한 척 떠들고 있던, 정신이 멀쩡한 만 명의 병사들과 청룡언월도를 손에 쥐고서 원래부터 시뻘겋던 얼굴로 수염을 쓰다듬고 있던 관우였다.

그런 관우와 휘하 병력의 맹공에 원담이 당황하고 있을 때, 여포와 허저가 이끄는 기마가 측면을 공격해 오고 있다는 소식이 들려왔다.

그다음은 후방으로 빙 돌아서 움직여 온 유비와 조표의 공격이었다.

"내 오늘의 치욕은 결코······."

자신을 살리기 위해 죽어가는 병사들이 내지르는 비명을 들으며 원담은 다짐하고 또 다짐했다. 그런 원담이 달리고 있는 멀리 앞으로 원(袁)의 깃발을 휘날리는 일대의 병력이 다가오고 있었다.

📱

"으흐흐."

그냥 웃음이 나온다.

난 아무것도 안 하고 가만히 있었는데 공명이 알아서 전풍과 원담의 계책을 알아차렸고, 난 아무것도 안 했는데 또 자기가 알아서 병력의 매복 및 추격에 대한 계획을 정해 승전을 만들어냈다.

물론 내가 한 게 아주 완벽하게 없는 것은 아니었다.

공명이 계책을 세우는 걸 옆에서 지켜보면서 고개를 끄덕여 주고, 녀석이 유비와 형님의 앞에서 자신의 계책을 설명할 때 또 한 번 고개를 끄덕여 준 것 정도?

꿀이다, 꿀. 그것도 그냥 꿀이 아니라 이 정도면 개꿀 핵꿀이다.

아무것도 안 하고 그냥 나만을 위한 궁궐 같은 집을 지어놓고 거기에서 떵가떵가 놀고먹을 날이 머지않았다.

'으흐흐흐.'

그렇게 웃고 있는데 저 멀리에서 말발굽 소리가 들려온다. 동시에 기쁨에 가득 찬 환호성이 터져 나오고 있었다.

"으하하하. 나 익덕이 적 사천의 목을 베어 돌아왔소!"

더없이 환한 얼굴의 장비가 대본영 안쪽으로 들어오며 말했다.

자리에 앉아 있던 공명이 그런 장비의 모습을 약간은 걱정스러운 얼굴로 응시하고 있었다.

"장군. 외람되나 소생 한 가지 여쭈어야겠습니다. 적장 원담의 목은 그대로 붙여두셨겠지요?"

"응? 아아, 걱정 말게. 그놈은 건드리지도 않고 멀쩡히 살려서 보냈으니까. 자네 말대로 원담 그놈이 이렇게 대패했으니 장자 자리에서 밀려나고, 후계 싸움으로 분란이 벌어질 가능성이 커지는 거잖아?"

"참으로 영명하십니다, 장군."

공명이 장비를 향해 포권하고, 장비가 고개를 끄덕인다.

난 그냥 옆에서 이 모든 것들을 지켜보는 거다. 싱글벙글 웃는 낯으로, 앞으로 무엇을 하며 재미있게 지낼까 고민하며.

이 얼마나 바람직하고 보람차며 행복한 광경이란 말인가.

'공명아. 넌 이미 다 자랐다. 모든 것이 다 완벽하니 앞으로는 네가 다 하렴.'

이 말을 어떻게 있어 보이게 할지, 그게 좀 고민이긴 한데. 뭐, 없어 보이면 좀 어때?

"승전한 게 그리도 좋으냐?"

형님의 목소리가 들려왔다.

내가 고개를 끄덕였다.

"당연히 좋죠. 앞으로의 가능성도 확인했으니 더 좋고요. 공명아, 진짜 네가 최고다. 너 정도 능력이면 나 없어도 되겠는데?"

"무슨 그런 말씀을 하십니까, 스승님. 소생 아직 스승님께 배워야 할 것들이 산더미처럼 많이 있습니다."

"아냐, 아냐. 농담이 아니라 너 정도면 나보다 낫다. 청출어람이야, 청출어람."

"이 제자, 스승님의 크고도 관대하신 은혜에 깊이 고개를 조아리며 감사드릴 따름입니다. 앞으로도 많은 가르침을 내려주십시오."

공명이가 내게 공손히 허리를 굽히며 읍한다.

저 모습이 왜 이렇게 예뻐 보이는 건지. 마음 같아서는 가서 뽀뽀라도 해주고 싶다.

"허허. 천하를 뒤흔들 두 영웅의 사승 관계가 이리도 아름다우니 온후가 참으로 부럽습니다."

"응? 하하, 나는 그냥 동생 하나 잘 둔 게 전부인데 무슨."

유비가 감탄하며 웃고 형님도 즐거워하며 웃는다. 관우도 장비도 나도 제갈량도 다 웃는다.

'그래. 이게 행복이지.'

앞으로도 이렇게만 갔으면 좋겠다. 물론 내가 아무것도 안 하는 걸 포함해서.

전투가 마무리되고, 뒷정리도 거의 다 끝났을 즘 우리는 서주로 원정을 떠났던 병력을 이끌고 연주로 돌아왔다. 무려 십오만이나 되는 적들을 때려잡으러 갔던 것치곤 피해도 미미한 탓에 분위기가 무척이나 좋았다.

"다들 고생 많았다. 각자 돌아가서 쉬도록."

산양성에 도착하기가 무섭게 형님은 그 말을 남기고서 태수부로 향했다.

"우리가 서주에 가 있는 사이에 둘째가 태어났다고 하던데. 주공께서 애가 타셨나 봅니다."

"그러게. 어쨌든 너도 고생했을 테니 가서 쉬어. 한동안은 어디 돌아다니지 말고. 그거 완벽하게 회복해야지."

아직도 상처가 아물지 않아 아직은 핏자국이 보이는 후성의 옆구리 붕대를 손으로 가리키며 내가 말했다.

"걱정 마십시오. 급한 불은 껐으니 이제 저도 정양이라는 걸 좀 해볼 생각입니다."

"제발 좀 그래라, 제발 좀. 괜히 상처 덧나게 하지 말고."

"예, 걱정 마십시오, 장군."

아무렴 자기 몸이니 알아서 잘 챙기겠지.

나는 그렇게 생각하며 태수부 한쪽에 마련되어져 있는, 집이라기엔 약간 뭣한 그곳으로 향했다.

내가 장가를 든 것도 아니고, 가족이랄 것도 딱히 없지만 그래도 슬슬 집이라는 걸 가져야겠다는 생각이 든다. 태수부의 커다란 건물 한구석에 있는 이런 게 아니라 진짜 내 취향대로 꾸며진 으리으리한 전원주택 같은 뭐 그런 거.

예전엔 돈이 없어서 그냥 전형적인 시골집에서 살았지만, 이제는 나름 핫 플레이스라고 할 만한 번화가 한가운데의 대저택을 보유하는 것도 가능해졌으니까.

조만간 부동산 좀 보러 다녀야겠군.

"오셨습니까요, 나리."

"네. 황 노인도 그동안 잘 지냈죠?"

"아이고, 장군께서 무사히 돌아오시길 비느라 제대로 잠든 날이 없었습니다요."

"빈말이라도 고맙네요. 바로 잘 거니까 준비 좀 해줘요."

서주에서도 잤고, 오면서도 계속해서 짬짬이 자기는 했지만 정말 제대로 마음 편하게 푹 잔 적은 몇 번 없다. 집이 아니면 푹 잠들지 못하는 성격이라.

이제 집에 돌아왔으니 내일 해가 중천에 뜰 때까지 계속 그냥 쭉 잘 거다.

그렇게 생각하며 흐뭇하게 웃고 있는데 황 노인이 뭔가 할 말이 있다는 얼굴로 날 쳐다보고 있었다.

"왜요?"

"저, 손님이 와 계십니다."

"손님?"

"제갈 선생이십니다. 제자이신 공명님도 함께 와 계시고요."

그 양반이 갑자기 왜?

"장군께서 승전해서 돌아오신 걸 축하드릴 겸, 드릴 말씀이 있다고…… 그렇게 말씀하셨습니다. 어떻게 할까요?"

내가 피곤해서 도저히 못 만나겠다고 하면 황 노인이 알아서 잘 얘기할 거다. 장군께서 전투의 피로로 인해 몸이 좋질 않으시니 양해해 달라고.

제갈근도, 제갈량도 그 말을 듣고서 알았다고는 하겠지만 약간은 서운한 마음을 갖겠지.

'쩝. 어쩔 수 없다.'

"만나야죠. 어디에 계시다고요?"

"외당입니다."

나는 황 노인과 함께 외당으로 향했다.

그곳엔 제갈근과, 나와 다르게 쌩쌩하기 그지없는 모습의 공명이가 함께 서 있었다.

"장군을 뵙습니다. 량이를 통해 승전 소식을 전해 들었습니다. 참으로 대단하십니다. 감축드립니다."

"감축은요. 오히려 제가 축하드려야죠. 공명이가 어떤 활약을 했는지 들으셨습니까?"

"하하. 그게 다 좋은 스승께 가르침을 받은 덕분이지요."

사실 내가 공명에게 가르친 건 없다. 단언컨대 진짜로 없다.

그렇기는 하지만 이렇게 제갈근쯤 되는 사람이 공명이랑 같이 와서 추켜세워 주니, 괜히 어깨가 으쓱으쓱해져 나도 모르게 입꼬리가 올라가고 있었다.

"우리가 서주로 가 있는 동안 이쪽은 괜찮았습니까?"

"공대 선생께서 장료, 고순 두 장군과 함께 철통같은 방비를 하며 조조군을 견제하신 덕택에 큰 사건은 없었습니다. 다행스러울 일이지요."

확실히 진궁이 일 처리를 잘해주기는 했다. 조조군이 움직이는 것도 사전에 다 파악해서 알려주기도 했었고.

'무릉도원을 통해 이미 알고 있던 사실이긴 하지만.'

그렇게 생각하고 있는데 나도 모르게 하품이 나왔다. 참고자 할 사이도 없이 나오는 걸 황급히 손으로 입을 가리니 제갈근이 어색하게 웃고 있었다.

"형님, 스승님께서 많이 피곤하실 것입니다. 서주에서 돌아오시는 동안 잠을 제대로 못 이루셨거든요."

"아, 그랬느냐?"

고맙다, 공명아. 그래도 스승이라고 이렇게 실드를 다 쳐주는구나.

"오랜 시간 전장에서 싸우며 공을 세우고 돌아오신 분께 용건만 간단히 말씀드리기가 죄송스러워 환담을 좀 나누고자 한 것인데, 피곤하시니 결례를 범해야 할 수밖에 없겠군요. 미리 용서를 구하겠습니다."

"아닙니다. 결례는요. 괜찮으니 편하게 말씀하세요."

"그럼 염치 불고하고 말씀 올리겠습니다. 사실은 지난번, 급박한 일 때문에 제대로 진행하지 못했던 혼사를 다시 진행하는 게 좋지 않을까 하여 찾아온 것입니다."

"아, 혼사요. 좋죠."

제갈영. 너무 바빠서 생각도 못 하고 있었다.

'예뻤지.'

그리고 어떤 사람인지 제대로 알아보지도 못했기에 아쉽기까지 했었다.

"괜찮으시다면 이틀 뒤에 저희 제갈부를 찾아주시겠습니까?"

"물론이죠. 찾아뵙겠습니다."

"이렇게 수락해 주시니 감사할 따름입니다. 그럼 피곤하실테니 저희는 이만 물러가겠습니다."

제갈근이 그렇게 말하며 공명을 데리고 외당을 나섰다.

그들을 보내고 나니 진짜 이젠 내 인생에도 봄날이 오는구나 싶다.

예쁜 마누라에 놀고먹을 재산까지 있으면 이거 완전……

"21세기보단 여기가 백배 낫지."

이 정도면 빼박 캔트, 반박 불가다.

그렇게 생각하며 외당 한쪽에 소파처럼 만들어둔 의자에 앉는데 문득 하늘에 떠올라 있는 달이 시야에 들어왔다. 보름달이다.

그런데 그 보름달이 오늘따라 유난히 붉게 보였다.

"블러드 문인가?"

21세기를 살아가던 시절, 한 번씩 봤던 거다.

그때는 달에 관심이 없어서 떴다고 해도 그러려니 했던 건데 여기에서 저걸 보니 느낌이 묘하다. 마치 무릉도원에서도 무슨 일이 벌어질 것만 같은.

"뭐…… 별일이야 있겠어?"

기껏 해봐야 한 2년 뒤, 3년 뒤에 뭘 안 하면 멸망한다, 이런 얘기겠지. 당장에 급한 불은 다 껐으니까.

한동안은 원술도 북쪽으로 밀고 올라오지 못할 것이고, 원소도 남쪽으로 내려오지 못할 거다. 조조도 뭐, 원소랑 척을 져가면서까지 우리 쪽이랑 협약을 맺었으니 한동안은 싸울 일이 없고.

굳이 위기라고 하면 유비가 갑자기 우릴 배신해서 공격하는 전개인데 그런 일이 벌어질 것 같지는 않다.

그러니까 진짜 급할 건 없을 거다.

오늘은 진짜 오랜만에 마음 편히 무릉도원 게시판 이곳저곳이나 구경하면서 인재 사냥을 위한 준비나 해봐야겠다.

📱

쏴아아아아-

마음 편히 잠을 청하며 눈을 감기가 무섭게 시야가 달라진다.

내 눈앞에 새로이 나타난 건 짙은 안개로 가득한 침실, 그리고 이젠 정말 반갑기만 한 핸드폰이었다.

"후후."

익숙한 터치로 무릉도원에 들어가니 이런저런 글들이 잔뜩 올라와 있었다.

'삼갤에서 삼국지 15 위속 능력치 때문에 전쟁 났네요. ㅇㅇ',

'님들 뉴스 속보 보세요. 지금 미쳤음. ㅎㄷㄷㄷㄷ', '금오도에서 보패 받아왔습니다. ㅋㅋㅋㅋㅋㅋㅋㅋㅋㅋㅋ' 같은 글들이었다.

"내가 삼국지 게임에도 나오는 건가?"

문득 궁금해져서 그 글을 클릭했다.

〈삼국지 초기로 한정하면 위속이 확실히 능력치 1등이긴 한데, 무력 92에 지력 99 정치 90 매력 95는 좀 너무하다고 얘기 나와서 지금 전쟁 터졌슴욬ㅋㅋㅋㅋㅋㅋㅋ〉

ㄴ전풍좌: 솔직히 위속 능력치 너프해야 하는 건 맞음. 아무리 안량을 잡았다고 해도 그거 외엔 활약한 게 별로 없는데 무력 95는 말도 안 됨. 242년에 여포네 망할 때까지 위속 이상으로 무위 펼친 장수가 얼마나 많았는데.

ㄴ돌돌허저: 단기 임팩트는 물론이고 장기 임팩트로도 위속만 한 사람이 몇이나 있다고. —— 우리 위승상 까면 사살임, 까지 마셈. 전반기 한정이면 제갈량이고 나발이고 다 압도적으로 깔 ㄴㄴ임.

ㄴ패왕유비: 솔직히 위속 거품 맞음. 인물 평가에 한정이 어딨음? 평생을 놓고 봐야지. 개거품 맞여.

ㄴ저격수여포: 서주 공방전까지 하면서 위속이 제갈량 키운 걸로 여포네가 먹고 살았는데, 솔직히 그거 감안해야 함. 그리고 위속 정도면 ㄹㅇ 개사기급 아님? 너프는 좀…….

ㄴ위속위문숙: 나도 위빠지만 위속 너프 ㅇㅈ합니다. 근데 위속 썰로 싸울 거면 여기 말고 삼토 게시판으로 가시져. 거기에서 이미 이거 때문에 200플임. ㅇㅇ

"크."

처음엔 내 이름으로 검색해도 별말 안 나오더니 이제는 내가 실존 인물이 맞는지조차 의심될 정도로 활약했다는 말까지 나오는구나.

진짜 무릉도원이 많이 달라지기는 했구나 싶다. 내 이름에 자를 아이디로 쓰는 사람까지 나오고.

그나저나 우리 세력이 앞으로도 얼추 50년은 더 버틴다는 걸 보니 이제 뭐 때문에 망하고 뭐 때문에 몰락하고 이런 얘기는 안 나올 것 같다.

앞으로 무릉도원 보면서 이번엔 또 무슨 소리가 나올지 걱정할 필요는 없을 것 같다.

나는 그렇게 생각하며 위속위문숙이 얘기했던 삼국지 토론 게시판으로 넘어갔다.

"오."

〈삼국지 최고의 거품은 위속임. 님들 ㅇㅈ하심?〉 [204]

댓글이 204개나 달려 있다. 이 글인 모양.

〈197년, 198년의 위속은 진짜 핵쩔었죠. 이거 완전 미친 새끼였음. 가는 곳마다 다 그냥 이기는 것도 아니고 대승에다가 나중에 원소군 15만도 떡실신시키고 안량까지 지손으로 죽였으니까여. 근데 그 이후로는 딱히 인상적이라고 할 뭐가 없음. 특히 그 미친 활약 시즌이랑 아닌 시즌을 가르는 기점이 곽공 항복 사건이었음. 위속이 그전 클라스만 유지했어도 곽공네 세력을 꿀으로 집어삼켰을 텐데 갑자기 바보가 돼서. ㅋㅋㅋㅋ 님들은 어떻게 생각하심? 최강 거품 위속 ㅇㅈ하는 각입니까?)

무릉도원 없이 나 혼자 움직이게 되면 마이너스의 손이 되어버리는 건가.

그렇게 생각하며 글을 읽어 내려가는데 중간에서 내 시선이 딱 고정됐다.

'곽공이 항복한다니?'

활약이 끊겼다는 걸 보면 우리가 아니라 다른 쪽에 항복했다는 건데…… 내가 미리 이걸 알고 있었으면 우리가 줍줍할 수도 있었다는 의미잖아?

"못 봤으면 또 몰라도 빤히 보고도 놓칠 순 없지."

안 그래도 곽공을 한번 때려야 하나 생각하고 있던 차이긴 하다.

곽공의 집이라 할 수 있을 예주 패국을 기준으로 생각해 본다면 연주의 산양과 진류는 북쪽, 유벽의 여남군은 서쪽, 원술은 남쪽이며 유비는 동쪽이다.

말 그대로 우리와 원술의 사이에 콕 박혀 있는, 아직은 어느 쪽에도 속하지 않아 잡아먹기도 딱 좋고 언제고 꼭 때려야만 하는 눈엣가시 같은 뭐 그런 느낌이라고나 할까?

이번엔 키워드를 곽공, 항복으로 두고 검색을 시작했다. '곽공은 무엇을 하고 싶었던 걸까', '삼국지에서 성격이 가장 답답했던 인물은?', '손책 부활의 신호탄, 곽공 항복', '곽공은 도대체 왜 항복했던 걸까?'와 같은 글들이 올라와 있다.

역시 제대로 보려면 항복의 이유를 찾아보는 게 낫겠지만 손책의 얘기가 더 궁금해진다.

〈세양에서 위속한테 대패하고 빤스 런하고서 손책, 주유 둘 다 한동안 천덕꾸러기 상태로 지냈죠. 그러다가 다시 유능한 인재로 인정받게 된 게 곽공 항복시킨 거. ㅇㅇ 주유가 곽공이 유약한 보신주의자라는 걸 알아차리고 손책이랑 군대 끌고 가서 압박하는 거로 깔끔하게 항복시키는 거 성공. 이걸로 오나라 기초가 만들어짐. ㅋ)

└강동의손제리: 진짜 위속 이 새끼 연주 근처에서 벌어지는 일은 전부 다 가서 끼어들었는데 이건 안 껴들어서 둘 다 살아남음. ㅋㅋ

└문숙승상: 승상님이 낄 수가 없었슴. 시기적으로 서주에서 원소군 때려잡는 전투 끝나고 한 달도 안 돼서 곽공이 항복해 버린 거라……. ㅋㅋㅋㅋㅋ 만약 진궁이랑 유벽 구할 때처럼 이때도 끼어들었으면 손책 주유 원술한테 끔살당했을지도

└천하제일미주랑: ㄴㄴ주유가 이때 준비 진짜 많이 했음 위속 왔어도 상대 안 됐을 듯. 실제로 데리고 갔던 건 병력 1만이었는데 허장성세로 8만까지 뻥튀기했던 것도 있고. ㅋㅋ

└조건달: 내가 봤을 땐 주유가 잘한 게 아니라 강 곽공이 만사 다 귀찮아서 항복했을 것 같음. 항복할 때쯤 곽공 와이프가 엄청 아팠다고 했었으니. ㅇㅇ

└여봉봉선: 아, 나도 그거 봤었음. 어떻게든 치료하겠다고 남만 쪽 무슨 주술사 비슷한 사람까지 데려다가 약 만들었다고 했던 듯. ――a

이런 상황이었군.

전풍과 원담을 격퇴시킨 뒤로 한 달도 지나기 전에 벌어진 일이라. 곽공을 항복시키려면 최대한 빠르게 사람을 보내야 할 것 같다.

역시 이런 일이면 진궁이나 제갈량 중 한 명을……

"아, 안 되겠구만."

진궁은 다시 진류로 돌아가는 중이다. 사람을 보내 상황을 알리고 뭐 하고 하다가 보면 족히 사흘은 잡아먹을 거다. 그렇게 해서는 진궁이 제시간 내에 도착할 수 있을 것이란 보장도 없다.

제갈량을 보내는 것도 좀 꺼림칙하긴 마찬가지다. 그 자식이 능력이야 확실하겠지만, 나이가 문제. 이런 일에는 공신력이 뒷받침될 만한 직위와 연륜을 지닌 인간이 나서야 한다.

즉, 지금 상황에선 내가 제일 적합하다.

"뭐, 나쁘지 않지."

패국까지 오고 가고 하려면 못 해도 열흘은 잡아야겠지만 가서 손책과 주유의 얼굴을 볼 수 있다면 꽤 재미있을 것 같다.

운 좋게 비가 와서 살아 돌아가긴 했지만 한번 잡아놨던 애들, 이번에 또 확실히 잡아놓고 싶다는 생각도 들고.

"어디 좀 더 살펴볼까."

"흠……."

조금 이상하다.

곽공에 대해서, 그가 항복하게 되는 계기와 그 전후좌우의 상황에 대해 무릉도원에 있는 글들을 전부 꼼꼼히 살펴보고 나서도 꿈에서 깨어날 기미가 보이질 않는다.

평소 같으면 이쯤에서 갑자기 주변이 녹아내린다든지, 밖에서 무슨 이상한 소리가 들린다든지, 지진이 난다든지 하면서 깨어났어도 벌써 몇 번은 깨어났어야 할 것 같은데.

"블러드 문의 영향인가?"

이변의 원인으로 꼽을 만한 건 그것밖에 없다.

블러드 문이 뜨면 무릉도원에서 지내는 시간이 길어진다. 이건 확실히 기억해야겠군.

역시 이런 보너스 시간에서는 내가 영입할 수 있을 인재를 알아보는 게 낫겠지?

그렇게 생각하며 핸드폰을 만지작거리는데 글 하나가 내 시야에 들어왔다. '위속 정도면 SSS급 아님?'이란 글이었다.

〈까놓고 말해서 위속 정도면 SSS급 아님? 내가 봤을 땐 삼국지 초기에서 제일 크게 영향력 끼친 게 위속임. 여포 살려서 조조가 연주 집어삼키는 거 막았고, 원술이 여남 쪽 꿀땅 집어삼키는 거 막고서 오히려 지들이 먹었지, 차세대 에이스로 떠오르던 원담 커리어 땅에 처박으면서 원소 쪽 후계 구도 싸움 만들었지. 사실상 위속 때문에 천하 구도가 재편됐다고 봐도 과언이 아닌데 왜 S급이요?〉

└가후문화부장관: 님 미쳤음? 어디 위속을 조조, 원소, 가후보다 윗줄에 놓으려고?

└대기만성형중달: ㄹㅇ 개오바임. ㅋㅋㅋㅋㅋㅋㅋㅋ

└문숙승상: 위빠들 껏ㅗㅗㅗㅗ 가후가 한게 뭐가 있음? 기껏해야 조조 데리고 서쪽으로 가서 서천이랑 한중이랑 서량 먹은 거, 이각 곽사 숨통 붙여준 게 전부 아님? 위속만큼 위기 상황에서 활약한 게 뭐 있음?

└무신여포: 린정, 또 린정합니다 절대 평가로 봐야져. 조조나 가후나 원소가 위속 입장이었다고 생각해 보셈. 절대 그렇게 활약 못 함. 근데 반대로 생각해서 위속이 조조, 원소 입장이었으면 걔네 210년 전에 천하 통일함. 가후 입장이었으면 삼국지 시작되기도 전에 컷이었을 듯. ㅋㅋㅋㅋㅋㅋㅋㅋㅋㅋㅋㅋㅋㅋㅋ

└전풍이롤모델: ㅅㅂ 전빠인 나도 위속이 갓속인 건 인정하는데 어디 위빠새끼들이 ㅋㅋㅋㅋㅋㅋㅋㅋㅋㅋㅋㅋㅋㅋㅋ 위속한테 개털린 게 어디 계신 누구시더랔ㅋㅋㅋㅋㅋㅋㅋㅋ

└쥐새끼로소이다: 변방의 오빠인 내 입장에서 봐도 솔직히 조조나 가후를 위속한테 갖다 대는 건 좀 오바인듯; SSS급은 위속이고 SS급에 조조, 원소, 가후, 손책, 손권 정도가 맞을 듯

└현덕짱짱맨: 손권 손책이 여기에서 왜나오는거죰ㅋㅋㅋㅋㅋㅋㅋ ㅋㅋㅋㅋㅋㅋㅋㅋㅋㅋㅋㅋㅋㅋㅋ

└전풍이롤모델: 오빠 새끼들 양심 어디? ㅋㅋㅋㅋㅋㅋㅋㅋㅋㅋㅋ ㅋㅋㅋㅋㅋㅋㅋㅋㅋ

"크크크크."

이 인간들, 날 가지고 자기들끼리 신나서 떠드는구나.

지금의 이 시대에서 나는 그냥 조금 유명한, 신진으로 떠오르는 정도의 장수일 뿐인데 1,800년 뒤의 미래에서는 그게 아닌 모양이다.

삼국지에 별 관심이 없었는데 이렇게 내 이름을 가지고 다른 인물들이랑 같이 평가하며 떠드는 걸 보니 괜히 재미있어 보인다.

이럴 줄 알았으면 삼국지 좀 열심히 봐둘걸.

내가 급 밀려오는 아쉬움을 느끼며 다시 정신을 차리고 다른 인재들을 영입하기 위해 글을 찾아보기 시작했을 때.

스으으으으–

침실이 녹아내리기 시작했다.

잠에서 깨어날 시간인 모양이다.

다각, 다각.

사방에서 말발굽 소리와 함께 병사들의 발걸음 소리가 들려온다.

휘날리는 깃발은 원(袁), 손(孫), 주(周)다.

수많은 병사의 선두에서 위풍당당하게 움직이며 주유는 한참이나 인상을 찌푸리고 있었다.

"공근. 표정이 왜 그러나?"

그런 주유를 향해 손책이 다가와 말했다.

"그냥. 느낌이 별로 안 좋아서 말일세."

"느낌이 안 좋다니? 곽공을 항복시키기 위한 준비는 이미 완벽하게 다 끝났잖은가?"

"준비야 완벽하게 끝났지. 헌데 그놈이 있잖아, 그놈."

주유의 그 목소리에 손책은 인상을 찌푸린 채 잠시 한숨을 내쉬더니 고개를 저었다.

"서주에서 기주 원가와의 전투가 벌어지고 있다질 않나. 그놈 역시 서주에 가 있을 터. 이곳에서 우리의 일을 방해할 수 있을 리가 없네. 쓸데없이 근심하는 걸세."

"맞습니다, 형님. 서주와 연주의 명운을 건 전투가 벌어지는 와중에서 위속 그자가 어떻게 패국으로 와 있겠습니까? 그자가 무슨 천 리를 접어 달린다는 축지법을 펼치는 도사가 아니고서야 있을 수 없는 일입니다."

손책의 뒤에서 새삼 신기하다는 얼굴로 주변을 구경하며 따라오던 앳된 얼굴의 소년, 손권의 말에 주유가 고개를 끄덕였다.

그러나 주유의 얼굴은 수척하기 그지없었다.

"그래…… 권이 네 말이 맞다. 그자가 여기에 와 있을 리가 없지. 내가 요즘 기운이 허해져서 잔걱정이 많아진 모양이야."

힘없이 말하며 주유가 말을 몰아 앞으로 나아가기 시작했다.

손권이 고개를 갸웃거리고 있었다.

"형님. 주유 형님께 무슨 일이 있던 겁니까?"

"최근에? 최근엔 별일 없었지. 그냥 계책을 준비하느라 여러

날 밤을 새워서 기운이 쇠해진 모양이다. 권이 너는 걱정할 필요 없다. 그저 우리가 하는 것들을 보며 잘 배우기만 하면 된다. 알았지?"

"예, 형님. 이 손권, 두 분 형님께서 하시는 것들을 빠짐없이 보고 배워서 훌륭한 자가 되어보겠습니다."

"그래그래."

밝은 얼굴로 말하는 손권의 어깨를 가볍게 두드려 주며 손책은 며칠 전, 계책을 완성한 주유가 자축하는 의미에서 자신과 함께 술을 마시던 때를 떠올렸다.

피곤했던 것인지 평소보다 반도 안 되는 술을 마시고도 곯아떨어졌던 주유가 잠꼬대를 하고 있었다.

'안 돼…… 살려줘……. 위속, 위속 장군…… 장군!'

처음엔 그저 가볍게 중얼거리던 것이 나중에 가서는 온 동네가 다 떠나가라 고래고래 소리를 지르기까지. 그러고나서 식은 땀으로 범벅이 된 얼굴이 되어서 깨어나 몸을 부르르 떨었었다.

'충격이 컸던 모양이지.'

사실 정도의 차이만 있을 뿐, 자신도 주유와 비슷한 입장이기는 했다.

세양에서 간신히 목숨만 건져 도망친 이후, 한동안은 잠을 청할 때마다 온 세상을 태워 버릴 것만 같은 거대한 불길이 자신을 향해 밀려오는 것을 보아야 했다.

처음엔 꿈을 꾸는 것이 두려워 잠을 청하는 것조차 어려웠을 정도.

자신은 그 충격을 비교적 빠르게 떨쳐냈지만 모든 계책을 입안했던 주유의 입장에선 그리 쉬운 일이 아니리라.

'공근…… 자네는 이겨낼 수 있을 걸세.'

저 멀리 앞에서 다각 다각 말을 달리며 나아가는 주유의 뒷모습을 응시하며 손책은 주먹을 움켜쥐었다.

자신들이 세운 계획대로 곽공을 항복시키고, 원술의 휘하에서 흔들리던 입지를 다지는 것에 성공한다면 여포를 공격해 그에게 포로로 잡혔던 황개와 한당을 비롯한 여러 장수들을 돌려받는 것도 불가능하지만은 않으리라.

"저곳이다."

패국, 상현.

황하에서 갈라져 나온 지류의 옆에 세워져 있는 그 거대한 성을 응시하며 손책이 말했다.

성벽 위에는 곽(郭)이 새겨진 깃발 수십 개가 휘날리고 있고, 그 깃발 아래에 천 명은 되어 보이는 궁병이 활을 붙들고 서서 이쪽의 접근을 경계하고 있었다.

사거리 안으로 들어간다면 곧장 수천 발의 화살이 장대비처럼 쏟아질 거다. 이곳을 무력으로 정복하려 했다면 꽤나 골치가 아팠을 터.

하지만 손책은 걱정하지 않았다. 어차피 그들은 힘이 아니라 지략으로 곽공을 굴복시킬 것이고, 이곳에서는 피 한 방울 흘리지 않을 테니까.

다각, 다각, 다각-!

커다란 백기를 든 채 저 멀리 성문으로 달려 들어가는, 사자를 응시하며 손책은 말을 몰아 주유의 옆으로 다가갔다.

성문이 열리고 있었다.

"공근. 자네가 보기엔 어떤 것 같나?"

"아직까지는…… 순조로운 것 같군."

이곳까지 오면서 패군의 외곽에 있는 자그마한 현들은 모두 점령했다. 그곳의 병사들 역시 도륙하는 대신 포로로 잡아 묶어두는 것으로 대신했고.

이쯤이면 곽공도 사전에 자신들이 이동해 오는 것 정돈 파악하고 있었을 터.

사자가 들어가 말을 전하고 나면 뭔가 반응이 나올 거다. 그러면 그때부터 시작하면 된다.

아직까지는 모든 것들이 계산대로 진행되고 있다.

'아직까지는.'

주유는 그렇게 확신하고 있었다.

그랬는데.

"그, 급보입니다! 주공!"

이쪽을 향해 달려오는 말발굽 소리와 함께 다급한 목소리가 들려왔다.

성 주변을 샅샅이 뒤지기 위해 보냈던 정찰병 중 하나가 그들을 향해 달려오고 있었다.

"무슨 일이냐."

지금껏 느끼던 불안한 감정은 온데간데없이 숨긴, 무표정하면서도 근엄하며 침착하기까지 한 얼굴로 주유가 말했다.

"부, 북서쪽에서 적지 않은 숫자의 병마가 접근해 오고 있습니다!"

"북서쪽이라니?"

주유의 목소리가 아주 살짝 떨렸다.

병사는 눈치채지 못했지만 손책은 알아차릴 수 있었다.

그가 주유를 힐끔 쳐다봤다. 주유의 눈매 끄트머리가 부르르 떨리고 있었다.

"기, 깃발을 보니 여(呂)와 위(魏)가 함께였습니다."

"여와 위면…… 위, 위속이 이곳엘 왔다고?"

주유가 반문했다.

그런 주유의 눈이 지금까지와는 비교조차 할 수 없을 정도로 동그랗게 커지고 있었다.

7장
멋있지 않습니까?

'늦은 건가?'

전투가 벌어지는 것 같지는 않다. 성은 성대로 버티는 중이고, 손책은 손책대로 성 앞에 진을 치는 중이고.

"헉, 헉. 아오, 시발."

힘들다. 넘나 힘들다.

그나마 싸움이 벌어질지도 모른다는 생각에 애들 체력을 조금이라도 남겼으니 이거라도 버티는 거지, 그냥 전력 질주로 왔으면 도착하기가 무섭게 그대로 지쳐서 자빠졌을 거다.

"자, 장군. 괜찮으십니까?"

뒤에서부터 따라오는 병사들을 향해 멈추라는 신호를 보내며 후성이 내 옆으로 다가왔다. 지도 힘들어서 얼굴에 땀방울이 주룩주룩 흘러내리면서 무슨.

"야. 넌 아직 제대로 회복도 안 된 놈이 왜 날 걱정해? 넌 괜찮고?"

"하하. 저야 괜찮습니다. 말씀드렸잖습니까. 말끔하게 다 회복됐다고요."

"회복은 개뿔이. 아직 상처도 다 안 아물어서 만날 붕대 갈아 감으면서. 너 그러다가 진짜 훅 간다. 한 방에 훅 가."

"이 후성, 장군보다 두 살이나 어립니다. 가서도 장군께서 먼저 가시지, 제가 먼저 가겠습니까? 아직 젊으니 걱정 마십쇼."

그러면서 제 가슴을 두드리며 껄껄 웃는데, 눈가를 살짝살짝 찌푸리는 게 보인다. 가슴을 두드리는 것만으로도 고통이 느껴지는 모양.

"일단 가자. 사자 보내고 우리도 앞에서 기다려야지."

"예, 장군."

후성이 백기를 든 사자를 성안으로 보내는 동안 난 위월, 허저와 함께 병사들을 이끌고 성 쪽으로 나아갔다.

그러는 동안 내 머릿속에선 후성이 자기 얼굴을 찌푸리던 모습이 떠나질 않고 있었다.

"야. 위월아."

"예?"

"전투가 벌어지는 일은 최대한 없도록 할 거지만 그래도 혹시 모르니 싸움이 나면 후성 쟤는 네가 눈치껏 알아서 뒤로 빼. 무슨 말인지 알지?"

"알겠습니다, 장군."

병사들을 지휘하는 건 우리 중에서 위월이 최고다.

아직 장료나 고순이 어떻게 하는지는 못 봤지만, 지금껏 함께 다니며 그 능력을 확인했던 만큼, 위월이 알겠다고 하면 걱정하지 않아도 될 터.

나는 그렇게 생각하며 성으로 접근했다.

약간의 시간이 지나니 조금 전, 성으로 들어갔던 병사가 역시나 백기를 든 채 이쪽으로 돌아오고 있었다.

"금방 왔네? 그래도 상황이 상황이니 좀 걸릴 줄 알았는데. 그래서 곽공은 뭐래?"

"아룁니다. 곧 성문 앞에 자리를 마련할 것이니 함께 대화를 나누어보자 하였습니다."

"함께라면 쟤들도 같이?"

손을 뻗어 저 멀리 앞에서 날 노려보고 있는 원술군 녀석들을 가리켰다. 병사가 그렇다는 듯, '예!' 하며 대답했다.

무릉도원에서 봤던 대로다.

무슨 이유에서였건 간에 곽공은 자신의 세력 전체를 들어바치며 안전을 보장받고자 하고 있다.

"그래. 고생했다. 쉬어."

녀석의 어깨를 가볍게 두드려 주고서 나는 위월 쪽으로 시선을 옮겼다.

"어떻게 하시겠습니까?"

"일단은 곽공이 하자는 대로 해줘야지 뭘. 전체적인 상황이야 어쨌건 간에 여기에선 곽공이 갑이잖아."

"그러면…… 이쪽에 영채를 꾸립니까?"

"응, 그래야지. 어차피 저것들 병력도 얼마 안 돼서 헛짓거리하지는 못할 테니까."

무릉도원에서 그랬다.

손책과 주유가 끌고 오는 병력은 총 일만에 불과하지만, 그것을 무려 팔만으로 뻥튀기해서 허장성세를 펼쳐 곽공을 압박했다고.

지금 보이는 건 기껏 해봐야 삼천 명 정도밖에 안 된다. 나머지는 다 산이든 어디 영채든 틀어박혀서 허장성세하는 중이겠지.

"그래도 만약이라는 것이 있으니 대비에 만전을 기하겠습니다."

"그런 쪽으론 위월 너만 믿는다."

병사들을 지휘하고 전투를 치르는 건 내가 훈수를 두고 말고 할 것도 없이 완벽하게 잘하는 놈이니까.

곽공의 안방인 패성 앞에 영채를 꾸리고서 휴식을 취하길 잠시, 성 쪽에서 요란스러운 소리가 들려왔다.

활짝 열린 성문 너머로 적지 않은 숫자의 병사들과 함께 곽(郭)이 새겨진 깃발을 휘날리며 말을 탄 장년인 하나가 나오고 있다.

그냥 얼굴을 쳐다보는 것만으로도 길고 긴 인생사의 피로감과 괴로움이 절절하게 묻어나오는, '나 힘들어요'라는 걸 알 수 있을 얼굴의 장년인이다.

옷차림도 나쁘지 않고, 병사들이 저 사람을 중심으로 방진을 펼치고 있다.

'아마 저 양반이 곽공이겠지.'

그리고.

"예주 자사께서 위속 장군을 만나겠다 하십니다!"

부장쯤 되어 보이는 이가 말을 타고 내 영채를 향해 달려와 소리쳤다.

"장군. 제가 모실까요?"

허저가 반색하며 내게 말했다.

그 순박한 얼굴에 함지박만 한 미소가 피어올라 있었다. 전장에서는 말도 안 되게 무서운 놈이지만 평소엔 참 귀엽다니까.

형님이랑 다르게 특별히 싸움을 좋아하는 것 같지도 않고, 맛 좋은 음식 찾는 것 정도가 낙인 놈이니까. 데리고 다니면서 언제 스위치가 들어갈지 몰라 전전긍긍해야 할 필요도 없고 참 좋은 녀석이다.

"오냐. 너만 믿는다, 허저야."

"헤헤. 걱정 마십쇼, 장군."

녀석이 자신의 그 커다란 창을 들어 보이며 말했다.

'진짜 듬직하다니까.'

내가 그렇게 생각하며 위월에게 힘 좋고 센스 있는 녀석들로 병사를 백 명 정도만 추려달라는 말을 하고자 했을 때.

"아, 싸움 났으면 좋겠다."

저 뒤에서 허저의 목소리가 들려왔다.

'자, 잘못 들은 거겠지?'

"오늘도 못 싸우면 벌써 한 달째인데. 답답하네, 이거."

잘못 들은 게 아닌 모양이다.

고개를 돌려 허저를 쳐다봤다. 여전히 그 순진무구한 얼굴로 환하게 웃고 있기는 한데, 아오…….

"서주에서부터 돌아오는 내내 형님이랑 붙어 다니더니 애완전 다 버려났네."

어떻게 잘 키워서 싸움도 잘하고 똑똑하며 전투 지휘도 잘하는 만능형으로 한번 만들어볼까 했는데…… 망한 것 같다.

'으…….'

📱

소설이나 만화에서 보면 무슨 기파 같은 게 퍼져 나가는 걸 묘사하는 장면이 있다.

만약 지금 내 앞에 서 있는 손책과 주유의 모습을 만화로 묘사한다면 저놈들 모습 옆으로 그오오오오-! 하는 글자가 새겨졌을 것 같다.

전투에 나가기라도 하는 것처럼 갑옷 차림에 전마를 타고, 백 명 남짓한 호위와 참관 역으로 데리고 온 소년을 대동한 손책과 주유가 무슨 부모를 죽인 원수라도 되는 양 나를 노려보고 있다.

살기 가득한 눈빛이다. 할 수만 있다면 당장에라도 내 목을 베어버릴 것만 같은, 그런 모습.

내가 이 시대에 오게 된 지 얼마 되지 않았을 때라면 저 눈빛만 보고도 쫄았을 것이다. 엄청 후달렸겠지.

근데 지금은 아무렇지도 않다. 그 여포하고 눈싸움도 해봤고, 직접 전장에 나가서 몇 번 싸우기도 했다. 운빨이긴 하지만 안량도 잡았고.

나보다 새파랗게 어려 보이는 놈들이 노려보는 것 정돈 아무렇지도 않다.

"귀엽네."

'아.'

그래서 나도 모르게 소리 내서 말해 버렸다.

그런데 그게 저놈들 심기를 건드린 모양이다.

"뭐라고?"

싸늘하기 그지없는 목소리로 손책이 말하며 말을 몰아 앞으로 나왔다. 주유 역시 마찬가지.

"싸움인가? 장군, 저 돌격해도 되나요?"

허저가 옆에서 신난다는 듯 말하니 저것들이 움찔거린다. 지들도 허저가 뭐 하는 놈인지 정도는 아는 모양.

"지금 뭣들 하는 것이오? 이 자리는 예주 자사께서 직접 만드신 자리이거늘, 감히 칼부림이나 벌이고자 하려는 것인가!"

곽공의 부하 장수 중 하나가 있는 대로 인상을 찌푸리며 소리쳤다.

"그러게. 외교 사절로 왔으면 얌전하나 있을 것이지. 왜 그렇게 분위기를 험악하게 만들어?"

"그대가 그런 말을 할 입장인가!"

손책이 삿대질을 하며 소리친다.

"아니, 내가 못 할 건 또 뭔데? 그리고 진정 좀 하지?"

내가 성 쪽을 턱짓으로 가리키며 말했다. 손책과 주유의 시선이 그쪽으로 향했다.

조금 전에 봤던 장년인, 곽공이 장수 몇몇과 함께 말을 몰아 이쪽으로 오고 있었다.

"예주의 사군을 뵙소."

자기가 언제 화를 냈느냐는 듯, 얼굴을 싹 고치고서 손책이 포권했다. 바로 옆에 서 있던 주유와 소년 역시 마찬가지.

곽공이 가볍게 고개를 끄덕이며 내 쪽으로 시선을 옮기고 있었다.

"연주 자사의 명을 받아 온 위속이라 합니다."

"오, 그대가 그 위속이로군. 장군의 위명을 내 오랫동안 들어 왔소이다. 헌데 내게 항복을 권하러 왔다 하였소?"

"예."

"듣던 그대로구려. 참으로 대담하군. 이곳까지 오려면 족히 서른 개가 넘는 성을 지나야 하는데 그곳들 모두에 항복을 권하러 왔다는 것을 솔직히 밝히다니."

"지금이야 서로에게 창칼을 겨누는 적과 같은 사이라지만 한식구가 될 수도 있는 것 아니겠습니까?"

"재미있는 말씀이시오."

곽공은 그렇게 말하며 혼자 고개를 끄덕였다.

"그래, 이리됐으니 어디 들어나 봅시다. 내가 연주에 항복해야 하겠소, 아니면 회남에 항복해야 하겠소?"

"회남으로 귀부하십시오. 내 주공께서는 사세삼공의 명문인 원가의 가주이시며 천하의 능력 있는 인재가 그분의 발아래에 구름처럼 모여 있습니다. 병마도 물경 이십만에 이르니 사군과 예주를 보호하는 것에는 지장이 없을 것입니다."

주유의 말이 끝나자 이번엔 내가 얘기해 보라는 듯 곽공의 시선이 날 향했다.

"원가가 명문인 건 인정. 그런데 병력이 많다고 전투에서 무조건 승리하는 건 아니지. 그렇게 따지면 세양에서 우린 패했어야 하고, 서주에서도 마찬가지잖아? 사군께서도 아시다시피 싸움이라는 건 장수가 중요한 법입니다."

곽공을 향해 작게 포권하며 말하고서 난 주유 쪽으로 시선을 옮겼다.

주유의 입가엔 미소가 피어올라 있다. 하지만 그런 녀석의 눈매가 부르르 떨리고 있었다.

'빡친 거야? 벌써?'

"위속 그대가 직접 모든 싸움에 종군할 수 있다면 좀 낫겠지. 하나 그대의 몸은 하나일 뿐이오. 이곳 예주에서 그대가 종군하지 못할 싸움이 벌어진다면? 인재도 없고 병마도 없는 연주로선 예주를 지키지 못할 것이 아니오?"

"주유, 네 말에선 두 가지가 틀렸어. 연주엔 병마가 물경 팔만에 이른다. 그리고 인재가 없는 게 아니야. 공대 선생도 있고, 내 제자인 공명이도 있지. 사실 서주에서 원담과 전풍을 때려잡는데 가장 큰 공을 세운 게 제자 놈이거든."

"헛소리. 그대의 제자라 함은 약관도 넘지 못한 젖비린내 나는 녀석일 뿐인데 어찌 그러한 녀석이 부도독으로 종군한 전풍을 지략에서 압도할 수가 있단 말인가."

"믿기 싫으면 말든가."

'제갈량이 인마, 너 빡치게 해서 죽인 사람이야.'

내가 삼국지에 대해 잘 모르지만 그래도 이거만큼은 알고 있다.

"흠, 공명이라. 원소의 명을 받고 그대들을 공격하기 위해 서주로 가던 조맹덕에게 사자로 찾아가 대국을 논하며 군을 돌리는 것에 성공한 자라지?"

"오, 들어보셨군요."

주유가 인정하는 건 상관없다. 곽공만 설득할 수 있으면 그걸로 충분하지 뭐.

내가 그렇게 생각하며 곽공을, 주유를 번갈아 쳐다봤다.

주유 놈의 얼굴이 조금씩 벌겋게 달아오르고 있다. 빡침의 수치가 높아지는 거다.

"이야, 주유 너 머리 위에다가 냄비 올리면 라면 잘 끓겠는데?"

"뭐? 라면?"

"그런 게 있어."

살짝살짝 툭툭 건드려 가며 빡침 수치를 높이는데도 곽공을 설득하는 것에 전념하느라 제대로 대응도 못 하고 혼자 부들부들하는 모습이 꽤 우습다.

저거 모르긴 몰라도 속에선 천불이 치솟을 거다.

"사군. 우리 주공께서 말씀하시길 사군께서 귀부하신다면 예주 자사에 더해 정동 장군으로 봉하고 예주 전역과 연주, 서주를 안정시키는 중책을 맡기겠다 하셨습니다. 이는 우리 회남의 북진에 있어 중심이라 할 수 있는 중차대한 일이니 사군께도, 패에도 좋은 일일 것입니다."

잠시 심호흡을 하며 분노를 가라앉히던 주유가 그렇게 말했다.

원소가 원술이랑 협력하려고 자기가 데리고 있던 황제에게 부탁해 대장군으로 임명했다더니. 황제를 바로 이렇게 써먹는구나.

"허, 그렇게까지 신경을 써주겠다는 것인가?"

"물론입니다."

"연주는 무엇을 해줄 작정인가?"

곽공의 시선이 다시 내 쪽으로 향했다.

이 양반, 처음 협상을 시작했을 땐 다 귀찮다는 것 같은 얼굴이더니 관직을 높여준다니까 갑자기 기력이 확 높아지는 것 같다. 확실히 승진은 승진이다 이건가?

"연주가 해드릴 수 있는 건 몇 가지 없습니다. 직위를 내릴 수도 없고, 재물을 드릴 수도 없죠. 다만."

"다만?"

"중요한 몇 가지 정보는 넘겨 드릴 수 있죠. 패의 장수 중 성막이라는 자가 있을 겁니다."

"성막 그 친구는 갑자기 왜?"

의아하다는 듯 곽공이 반문한다.

〈솔직히 세양에서야 위속이 있었으니까 안 통했던 거지, 곽공 정도는 백퍼라고 봐야 함. 주유가 1만을 8만으로 허장성세하고 성막이라고 첩자까지 심어놨잖음. 만약 일이 제대로 안 풀리면 기습해서 점령하려고. ㅋㅋㅋㅋㅋㅋ 확실히 주유는 주유임 존나 치밀함.〉

'고맙다, 강동의 손제리.'

나는 그 댓글 내용을 떠올리며 주유 쪽으로 시선을 옮겼다.

입가엔 여전히 영업용임이 분명할 미소가 지어져 있지만, 얼굴 윗부분은 딱딱하게 굳어져 간다. 그 눈동자에 당혹스러운 기색이 피어오르고 있었다.

"세양에서 원술군과 전투를 치르던 때, 여남군 내부에 매수당한 자가 있었습니다. 그가 성문을 열어 여기 주공근과 손백부가 지휘하는 원술군을 받아들이고자 했지요. 만약 그게 성공했더라면 유벽 장군은 물론이고 여남군을 지원하고자 가 있던 저와 제 형님 역시 전사했을 겁니다."

"그러면 지금 장군이 하려는 말은……."

곽공의 눈매가 가늘어진다. 내가 고개를 끄덕였다. 주유의 얼굴이 일그러지고 있었다.

"그 무슨 말도 안 되는 헛소리란 말인가!"

"헛소리인지 아닌지는 사군께서 확인해 보시면 알 일이지. 안 그렇습니까?"

곽공이 자신의 장수에게 턱짓하자 그가 성 쪽으로 황급히 달리기 시작했다. 성막이라는 녀석이 진짜로 주유에게 매수되었는지를 확인하려는 것이겠지.

"만약 위속 장군의 말이 사실이라면 몹시 실망스러울 것 같군."

곽공의 나지막한 목소리에 주유가 이를 악물었다.

"본디 당근이 있으면 채찍도 함께 있는 법. 이 혼란스러운 난세에서 호의만으로 할 수 있는 일이 뭐가 있겠습니까."

"그래서 말로 안 되면 힘으로라도 굴복시키려고 내 부하를 매수하고 팔만이나 되는 대군을 이끌고 온 것인가?"

"애초부터 우리에게 힘이 없었더라면 사군께서 항복을 고려하지도 않았을 터. 힘 있는 자가 힘을 내보이는 것이 뭐가 잘못이란 말입니까. 선택하십시오. 권주를 받으시겠습니까, 벌주를 받으시겠습니까."

기세등등한 모습으로 주유가 손책과 함께 서며 말했다.

호위로 데리고 온 손책 쪽 병사들이 당장에라도 싸움을 벌이겠다는 듯 흉흉한 눈빛을 쏘아내고 있다. 여차하면 검을 뽑아 들 기세다.

그런 와중에서 손책의 옆에 있던 꼬맹이는 흥미진진하다는 얼굴로 나를, 손책과 주유를, 곽공을 번갈아 쳐다보고 있었다.

'저 초딩은 뭔데 계속 저러고 구경하는 거지?'

뭐 어쨌든 간에.

"주유."

"뭐냐."

"팔만을 데리고 왔다고 했잖아. 그럼 여기에서 한판 뜰까?"

"뭐, 뭐라고?"

주유의 눈이 동그랗게 커진다. 옆에 서 있던 손책 역시 마찬가지.

"데리고 온 게 팔만이라며. 붙어보자고. 내가 데리고 온 건 오천 명밖에 안 되기는 한데 내가 만인지적이고 쟤가 또 만인지적이야."

손가락으로 날, 허저를 번갈아 가리키고서 말을 이었다.

"우리 병사들도 기본적으로 일당백은 하니까 대충 오십만까진 상대할 수 있거든? 어때."

"오, 장군. 진짜죠?"

가만히 우리의 대화를 듣고만 있던 허저가 반색한다. 녀석이 쇠 방망이를 고쳐 쥐고 있었다.

"결정하십시오, 사군. 어떻게 하실 겁니까."

나하곤 더 말할 필요조차 없다는 듯 주유의 시선이 곽공을 향해 옮겨졌다.

곽공의 눈매가 가늘어진다. 뭔가 이상하다는 것을 캐치한 거겠지.

특별히 유능하다고 할 수도 없고, 야망이 넘치는 인물도 아니지만 주자사쯤 되는 자리까지 올라갔으면 능력이 없다고 할수는 없으니까.

"그대들은 대군을 끌고 온 것이 아니었군?"

"허. 위속의 저 간교한 혀에 완전히 말려들었군. 정말 그리 생각하시오? 말씀만 하시오. 지금 당장에라도 대군을 불러들일 터이니."

상대가 이렇게 강하게 나오면 이쪽에선 유하게 나가면 된다. 나그네의 옷을 벗긴 건 강한 바람이 아니라 따듯한 햇빛이었으니까.

"사군. 세양을 떠올려 보십시오. 제 형님이신 주공께서는 유벽 장군을 구하고자 천 명 남짓한 병력으로 세양에 들어가 생사를 함께했습니다. 회남보단 신의와 인의를 아는 형님께서 계신 우리 연주가 낫지 않겠습니까?"

곽공이 나와 주유를 번갈아 쳐다본다. 그러길 잠시, 곽공이 내 쪽으로 다가오기 시작했다.

"연주 자사께 귀부하겠다."

"현명하신 판단입니다."

"크으으윽. 후회하게 될 것이오!"

내가 곽공에게 포권함과 동시에 주유가 그렇게 외치더니 손책과 함께 병사들을 이끌고 자신들의 영채를 향해 돌아가기 시작했다.

나는 그 모습을 응시하며 만족스럽게 웃을 뿐이었다.

'휴. 줍줍 안 뺏겼다.'

빠드드득.

영채로 돌아가는 내내 분노한 주유의 이 가는 소리가 울려 퍼졌다.

분노하긴 손책 역시 마찬가지. 그는 검집의 검을 만지작거리며 위속의 그 얼굴을 떠올리고 있었다.

할 수만 있으면 베어버리고 싶다. 하는 일마다 사사건건이 끼어들어 방해하고 어깃장을 놔버리는 놈을 이대로 베어서 없앨 수만 있다면, 후환을 송두리째 제거할 수만 있다면 그 대가가 무엇이 되었건 지불할 수 있을 것 같다.

손책은 그렇게 생각하고 있었다.

그런 와중에.

"와……."

손책의 아우, 손권은 계속해서 감탄사를 내뱉으며 뒤를 돌아보고 있었다.

"중모. 앞을 봐라. 낙마하고 싶은 것이냐?"

"아니요, 형님. 그게 아니라…… 아까 그 장군 말입니다."

"그 장군? 위속?"

"예, 멋있지 않습니까?"

"뭐라고?"

순수하기 그지없는 소년의 눈으로 감탄하던 손권의 시야에 야차처럼 일그러진 손책의 얼굴이 들어왔다.

앞에서 움직이고 있던 주유 역시 말 머리를 돌려 그런 손권의 모습을 응시하고 있었다.

"자세하게 얘기해 봐라, 중모."

싸늘하기 그지없는 주유의 목소리가 손권의 귓속을 파고들었다.

손권이 몸을 움찔거렸다.

아직 진정한 의미에서의 남자가 되지 못한 소년이 전장을 전전해 온 두 장수의 분노로 가득한 기세를 받아내기란 어려운 일이다.

손권이 주눅 든 모습으로 손책과 주유 두 사람의 눈치를 보며 말했다.

"소제도…… 위속 장군처럼 신출귀몰하며 행하는 일마다 족족 성공하는 명장이 되고 싶다고 생각했을 뿐입니다."

"그래서 위속처럼 되고 싶다고?"

끄덕끄덕.

꾹 쥔 손책의 주먹이 부들부들 떨린다.

"중모. 정신 차리거라. 위속 그놈은! 어억!"

화가 끓어오르는 목소리로 소리치려던 주유가 갑자기 뒷목을 부여잡았다.

"자, 장군!"

"공근! 자네 괜찮은 건가!"

그 모습에 황급히 외치는 손책의 목소리 그리고 주변 장수와 병사들의 목소리 속에서 주유는 고통스러워하는 얼굴로 눈을 질끈 감은 채 심호흡을 하며 분노를 가라앉히기 위해 노력했다.

그런 와중에서도 손권은 힐끔힐끔 저 멀리 뒤에서 곽공과 대화를 나누고 있는 위속의 모습을 훔쳐보고 있을 뿐이었다.

"이제 이것들은 내 것이 아니네. 자네가 받도록 하게."

곽공은 손책과 주유를 돌려보낸 직후, 나를 데리고 태수부에 들어온 사람을 불러 뭔가를 말하더니 갑자기 상자 하나를 내밀었다.

"뭡니까? 이게."

"내가 조맹덕에게 받았던 예주 자사로서의 직인과 함께 이곳 패와 양, 두 곳의 태수 직인일세. 말했다시피 이젠 내 것이 아니니 자네가 가지고 있게. 이것들을 어떻게 할지는 자네의 주군이 결정하면 되겠지."

"그냥 이렇게 그만두시는 겁니까?"

내 질문에 곽공이 피식 웃으며 고개를 끄덕인다.

무릉도원에선 항복하게 되는 과정만 얘기했을 뿐, 항복한 이후에 대해서는 언급하는 게 없었다.

주유는 곽공이 항복하고 나면 이 사람을 어떻게 대우할 건지, 어떻게 더 많은 권력을 넘겨줄 것인지에 대해서만 얘기했었는데 그게 이래서 안 통했던 거구나 싶다.

"애초부터 예주는 내 자리가 아니었네. 지금은 오랜 세월 함께해 온 조강지처가 죽어가고 있으니 그저 그 곁을 지키고 싶은 마음이 간절할 뿐이야."

"아. 소문을 들으니 남만 쪽에서 온 의원의 처방 약을 부인께 드리고 계시다던데. 사실입니까?"

"사실이네. 아내의 병이 낫지를 않아 온 천하를 뒤져가며 간신히 찾아낸 남만의 도사가 약을 만들어주고 있지."

"제가 봐도 되겠습니까?"

"의학에도 조예가 있었던가?"

"조예가 깊은 건 아니지만 도와 드릴 길이 있을지도 모릅니다."

"그렇다면…… 가보세. 이쪽일세."

나는 앞장서서 움직이는 곽공을 따라 걸어갔다.

〈동의보감만 해도 말도 안 되는 치료법이 수두룩 빽빽한데 베트남에서 데려왔다는 주술사가 무슨 약을 만들었겠음. 먹으면 안 될 걸 약이랍시고 만들어서 줬겠지. 솔직히 이 당시 의학이 뭐 의학임?〉

무릉도원에서 봤던 댓글 내용 하나를 떠올리며 나는 작게 한숨을 내쉬었다.

약을 만드는 곳이라고 데리고 가기에 한약을 달이는 냄새가 나지 않을까 했는데 웬 요상한 냄새가 진동하고 있다.

지금껏 살아오면서 한 번도 맡아보지 못한, 기이한 냄새다. 한약재의 그것에 요상한 것이 뒤섞인 것 같은 느낌.

태수부의 후원 한쪽에 한약재 같은 것이 물에 젖은 뭔가와 함께 통에 담겨 발효되어 가고 있었다.

"저게 뭡니까?"

"그 도사가 가지고 온 걸세. 부인에게 저 약을 먹이면 나을 것이라더군."

"하하……."

말이 안 나온다. 저건 그냥 딱 봐도 절대 먹으면 안 되는 것처럼 보인다.

뭔지도 모를 것들과 함께 뒤섞어 발효를 시킨다니. 세균을 증식시키기 딱이다.

"혹시 부인의 증세가 어떠신지 알 수 있겠습니까?"

"복통이 심하네. 항상 식은땀을 흘리고 뭘 먹질 못하지. 먹으면 통증이 심해져서 토악질을 하거든. 의원들의 말로는 진기가 허해진 데다 화기가 많이 쌓여 그런 것이라고는 하는데……."

흠. 뭔가 익숙한 증세다.

식은땀에 구토에 복통이면…… 여름에 음식이 쉬거나 상한 줄도 모르고 아깝다며 주워 먹었던 동네 어른들이 꼭 두어 명씩은 있었다.

"다른 증세는 없고요?"

"기력이 많이 쇠해졌어. 사람이…… 아주 산송장이 다 되어 버렸네."

못 먹다시피 하며 허구한 날 토하고 싸기만 하는 게 장염이다. 그 상태로 오랫동안 지내면 산송장이 될 수밖에 없지.

"사군. 이렇게 해보시죠."

"방법이 있겠나?"

"예. 이쪽 의원들이 해주는 약 같은 건 다 끊고요, 그냥 깨끗한 물을 가져다가 한참을 끓이고, 그 물을 잘 식혀서 마시게 하세요. 물을 많이 마시고 식사는 미음 같은 것으로 간을 최대한 하지 않은 상태로 허기만 채우게 하시고요."

"그렇게 하면 치료가 된다고?"

"100%…… 가 아니라, 무조건 확실하게 치료될 거라고 장담할 수는 없습니다. 하지만 지금처럼 저 약을 드시게 하는 것보단 나을 거예요. 저건 약이 아니라 독입니다."

내가 확신에 가득한 어조로 말하자 곽공의 미간이 좁혀진다.

그가 날, 저 발효 중인 약들을 번갈아 쳐다보더니 한숨을 푹 내쉬고 있었다.

"다른 사람도 아니고 위속 장군의 말이니…… 믿어봐야겠군. 내 그리해 보도록 하지."

"후회하지 않으실 겁니다."

"그럼 내당으로 가보시게. 자네가 알아두어야 할 것들에 대해 자료를 모아 가져오라 일러두었으니 지금쯤 도착했을 걸세."

"예."

심란하기 그지없는 얼굴의 곽공을 향해 작게 포권하며 인사하고서 난 내당으로 돌아갔다.

그곳엔 곽공이 말했던 것과 같은, 그의 지배 아래에 놓여 있던 여러 군현과 성들의 인구 및 병력 현황과 식량 비축량이 등이 정리되어 있는 죽간이 산더미처럼 쌓여 있다.

게다가.

"소장 백상이라 합니다."

"소관 여홍이라 합니다. 주공께서 장군께 직인을 넘기셨으니 지금부터 저희가 예주의 상황을 면밀히 보고하고자 하니 허락해 주시길 바랍니다."

웬 처음 보는 얼굴의 중년인 둘이 그것들의 앞에 서서 날 향해 포권과 읍을 하고 있었다.

싸늘하다. 가슴에 비수가 날아와 꽂히는 것 같다.

일이다. 산더미처럼 쌓인 일.

'일하기 싫다고……. 망할…….'

"끄으으……."

허리가 아프다. 머리도 아프다. 이젠 가슴까지 아프네.

놀아야 하는데 왜 놀지를 못하는 거니. 쉬고 싶은데 왜 쉬지를 못해…….

태수부의 내당, 곽공이 평소 앉아 업무를 봤다던 그 자리에 앉아 있는데 진짜 좀이 쑤신다.

농담이 아니라 며칠 전부터 제대로 움직이지도 못하고 여기에서 먹고 자고 하면서 여홍이랑 백상이 가지고 오는 죽간만 읽었다.

원래는 아무것도 안 할 생각이었다.

항복도 받았겠다, 손책과 주유가 북상하면서 제압했을 남쪽의 군현만 원상태로 복구시켜 놓고선 연주로 돌아가 사람을 보내는 것으로 곽공 건을 마무리하는 게 내 계획이었으니까.

그런 날 붙잡고서 여홍과 백상이 급박한, 수도 없이 많은 백성의 목숨이 달린 일이라며 간절히 말하기에 사람이 올 때까지 잠깐만 있기로 했던 건데…….

"원술군에게 제압당했던 여러 현들의 상황을 정리한 내용입니다. 지금 바로 확인하시고서 어찌해야 할지 정해주셔야 할 것 같습니다."

백상이 하급 관리들과 함께 또 죽간을 한가득 가지고 와서는 내 앞에 내려놓으며 말했다.

저거 못 해도 백 묶음은 된다. 다 읽으려면 오늘도 하루 종일 아무것도 안 하고 저것만 봐야 한다. 밥도 여기에서 먹어야 하고, 잠도 여기에서 자야 한다.

해가 저물고 난 이후로도 한참을 등불에 의지해야 했다.

벌써부터 눈 침침해지는 소리가 들려온다. 허리 디스크가 터지고, 거북목이 되어가는 것 같다.

부어라 마셔라 하고, 말을 달리며 재미있게 놀아야 할 내 미래가 지금의 이 순간으로 인해 망가져 가는 것만 같았다.

"이건 아니야."

"예?"

"위월을 불러. 지금 당장."

내가 왜 이러는지 모르겠다는 눈으로 멀뚱히 쳐다보고만 있던 백상에게 왜 그러고 있느냐는 듯 손을 들어 보였다.

녀석이 그제야 움직이기 시작했다.

그러고 나서 얼마 지나지 않아 돌아온 위월은.

"자, 장군?"

자기한테 왜 이러냐는 얼굴로 날 쳐다보고 있었다.

"내가 어지간하면 안 이러겠는데 진짜 죽을 것 같다."

"장군. 그래도 이건…… 예주의 대소사이지 않습니까. 저 같은 말단 무장이 어찌……."

"이거 다 해결해서 처리해 주면 너 만부장으로 올려준다. 콜?"

"콜. 제가 다 처리하겠습니다."

위월의 눈빛이 달라진다.

평소 같으면 콜이 무슨 뜻인지 물어봤을 텐데 지금은 그런 것도 없다. 그냥 한 방에 알아먹고서 내 자리 옆에 앉아 간절하면서도 강렬한 눈빛으로 죽간의 내용들을 읽어 내려가기 시작했다.

백상이 그런 위월의 모습을 묘한 눈으로 쳐다보고 있었다.

"후, 좋구만."

진즉에 이렇게 할 걸 그랬다.

어차피 위월은 자신의 능력을 검증한 만큼, 고작 천부장밖에 안 되었던 지금의 자리에 눌러 앉힐 녀석이 아니다.

승진시킴이 마땅할 녀석에게 승진을 미끼로 일거리를 넘겼으니까…… 흠, 이렇게 보면 내가 나쁜 건가?

"편안하십니까?"

성벽 위에 올라 바람을 쐬고 있던 내게 후성이 다가와 말했다. 녀석이 못 말리겠다는 얼굴로 날 쳐다보고 있었다.

"야. 내 눈 밑에 이거 다크서클 안 보이냐? 엄청 퀭하잖아."

"다크서클이 뭔지는 모르겠지만 피곤해하셨던 건 알겠습니다. 그래도 조금만 더 버티지 그러셨습니까? 오늘이나 늦어도 내일쯤이면 업무를 담당할 자가 오기로 했잖습니까."

"사람은 누구나 다 한계라는 걸 가지고 있거든? 근데 난 오늘까지가 한계였어. 거기에서 더 죽간 붙잡고 늘어졌으면 나 아마 미쳤을걸?"

진짜 생각하는 것만으로도 끔찍하다.

하루 이틀도 아니고, 패에 도착한 이후로 무려 열흘 동안이나 죽간 더미에 파묻혀서 지냈다.

호족들과 씨름할 때엔 옆에서 이렇게 저렇게 돕는 사람들이라도 있었지, 지금은 돕는 것 자체가 무의미하다. 주자사가 직접 읽고서 판단해야 할 시급한 일들이 전부니까.

난이도가 높지 않은, 상식적으로 판단해서 처리하기만 하면 되는 일들이나 판단하기까지 알아둬야 할 제반 사항들이 너무나도 많다. 정말 토가 나올 정도로.

"하루만 더 그 짓을 했으면 나 진짜 미쳐 버렸을 거야."

"그 정도였습니까?"

"후성아. 내 꿈이 뭔 줄 알아?"

"뭔데요?"

"놀고먹는 거. 예쁜 마누라하고 토끼 같은 자식들 낳아놓고 알콩달콩 여행이나 다니면서 취미 생활이나 하고 유유자적하는 게 꿈이라고."

"음……."

후성이 묘한 얼굴로 날 쳐다본다.

그때, 저 멀리에서부터 다각다각 달려오는 말발굽 소리가 들려왔다.

북쪽에서부터 전령 하나가 정말 정신없이 질주해 오고 있다. 성벽 위에서 보기로도 숨넘어가기 직전까지 몰아붙이며 달려왔다는 걸 알아차릴 수 있을 정도.

"급보입니다!"

"나 임시 예주 자사 위속이다. 뭔데?"

"여, 연주에서 대군이 남하해 내려오고 있습니다!"

"엉? 연주? 연주면 우리 쪽인데?"

연주에서 대군이 왜 내려와?

"자, 장군. 설마 그 사이에 원소의 대군이……."

후성의 안색이 새하얗게 변해간다.

"야, 인마. 뒤에 공명이랑 공대 선생이랑 사마랑, 제갈근에 장료, 고순 그리고 형님까지 버티고 있는데 우리가 여기 온 지 얼마나 됐다고 벌써 원소가 내려와?"

"그, 그럼 대군이 내려올 이유가 없질 않습니까."

"그 대군의 깃발엔 뭐라고 쓰여 있었어?"

"여(呂)였습니다!"

"그럼 우리 쪽인데? 어쨌든 고생했다! 들어와서 쉬어!"

전령을 성안으로 들여보내고서 난 후성의 얼굴을 응시했다. 창백해졌던 게 가라앉기는 했지만, 녀석은 여전히 혼란스럽다는 얼굴을 하고 있다.

사실 혼란스럽기는 나 역시 마찬가지다.

우리가 예주로 내려올 때까지만 해도 아무런 말도 없었으니 공격 계획이 갑자기 생겼을 리도 만무하다.

애초에 내가 여기에 와 있는데 누가 공격 계획을 만들겠어. 심지어는 북쪽에 원소까지 있는데…….

"아, 모르겠다."

"자, 장군?"

"직접 가서 알아봐야겠다. 전령이 올 정도면 여기에서 하루 정도 거리겠지. 직접 가서 알아보자고."

다각, 다각.

다음 날. 아침 해가 뜨기가 무섭게 나는 백 명 남짓한 인원만 데리고 후성과 함께 형님이 직접 대군을 이끌고 내려오고 있다는 곳을 향해 달려갔다.

그렇게 달리길 거의 반나절.

저 멀리 앞에서 여(呂)가 새겨진 깃발을 휘날리며 위풍당당한 모습으로 남하해 내려오고 있는 군대를, 그리고 형님을 발견할 수 있었다.

"오, 문숙! 마중 나온 거냐?"

"마중이라뇨, 형님. 도대체 무슨 일인가 싶어서 허겁지겁 달려온 거죠."

"아, 그런 거였어?"

형님이 씩 웃는다.

그런 형님의 옆에서 정말 오랜만에 보는 고순이 한숨을 푹 내쉬고 있었다.

"고순 장군. 어떻게 된 겁니까?"

"주공께서 싸우고 싶다고 말씀하시었네."

"……예?"

형님의 미소가 환해지고 있다.

"그냥 싸우고 싶어서 병력을 끌고 내려온 거예요? 진짜로?"

"무려 일만 오천 명이나 되네. 그것도 우리 군에 있는 최정예라고 할 수 있는 자들이고."

자세히 보니 병사들 하나하나의 무장이 범상치가 않다.

지난번, 서주에서 노획한 원소군의 갑옷 중 상태가 좋은 것들을 골라 약간씩 개조해서 우리 쪽 병사들에게 입힐 거라더니 그 작업이 끝난 모양. 화살 두어 발 정돈 간단히 막아낼 수 있을 것처럼 튼튼해 보이는 갑옷이다.

이렇게 무장한 최정예로 일만 오천이라니…….

"그래서 목표가 어딘데요?"

"원술. 수춘을 치러 간다."

"수, 수춘?"

아니, 이게 무슨 소리야.

"형님, 수춘이면 원술의 안방이잖아요?"

"장군, 고정하시게. 첩보가 있었네."

고순이 나지막한 목소리로 말했다.

"첩보라뇨?"

"회남군의 주 전력이 강남을 평정하는 것에 투입되어 있다더군. 수춘은 텅 비다시피 했고 말이야. 하여 이를 어찌할까 고심하던 차에 주공께서 무모…… 가 아니라 과감하게 결단을 내리셨지."

생글생글하던 형님의 얼굴이 굳어지는 걸 확인한 고순이 말을 바꿨다. 그러자 다시 형님의 얼굴이 생글생글해진다.

이 양반, 절대 안 굽힐 것 같더니 이런 쪽에선 또 굽히기도 하는구나.

"수춘을 치고 원술을 잡는다. 물론, 문숙 네가 공을 세울 기회도 줄 테니 걱정 말거라."

"예?"

공을 세울 기회? 나한테?

"우리 군의 선봉장으로 널 임명하마."

"헙. 서, 선봉장……"

옆에서 형님의 말을 듣던 후성이 숨을 집어삼킨다.

'이 자식아. 선봉장이 뭐가 좋다고……'

예주 건을 맡겨놓고서 푹 쉬려고 했는데 완전 망해 버린 것 같다.

8장
너무 감격스럽잖아……

수춘성의 태수부 외당.

그곳에서 원술은 하늘을 향해 날아오르는 두 마리 용의 형상이 새겨진 자그마한 상자를 두 손에 쥔 채 만족스러운 얼굴로 자신의 앞에 모여 있는 수하들의 모습을 응시했다.

활동하기 간편한 무복 차림으로 칼을 찬 이들이 수십 명이다. 그리고 문관 특유의 장삼에 관을 쓴 이들이 또 수십 명이고.

모두가 원씨의 위명을 듣고서 그의 휘하로 모여든 인재였다.

"강남에서의 전황이 참으로 좋습니다. 교유 장군은 단양을, 이풍 장군과 장훈 장군은 장강을 따라 강 이남의 현 서른 곳을 평정했다고 알려왔습니다. 이대로라면 오래지 않아 강남의 중심지인 오군 역시 제압할 수 있을 것으로 보입니다."

"좋군. 좋아."

원술이 고개를 끄덕였다.

"유요가 병사한 지 벌써 1년이 지났으나 그 휘하가 제대로 정돈되지 않아 사분오열되었으니 천운이 주공께 있음입니다. 감축드립니다."

잔잔한 목소리로 원술을 향해 읍하며 염상이 보고를 끝냈다. 원술의 얼굴이 더욱더 만족스러운 그것으로 바뀌고 있었다.

"헌데 곽공은?"

"아, 그것은……."

염상의 얼굴에 그늘이 생겨났다. 도열해 있던 장수들과 문관들 역시 마찬가지.

상자를 매만지던 원술의 손에 힘이 들어갔다. 그 손이 상자를 부숴 버릴 듯 강하게 움켜쥐고 있었다.

"소장 손책, 주공께 죄를 청합니다."

"소장 주유, 마찬가지로 주공께 죄를 청합니다."

그늘진 얼굴로 서 있던 손책과 주유, 두 사람이 앞으로 나와 부복하며 말했다.

원술의 미간에 주름이 생겨나고 있었다.

"손책. 네가 내게 말하질 않았더냐. 곽공을 항복시키는 것은 어린아이의 손목을 비트는 일만큼이나 쉽다고."

"소장, 그리 말씀드렸었습니다."

"그랬는데 왜 이렇게 된 것이냐? 설마하니 네가 아이의 손목조차 비틀지 못할 정도는 아니었을 터인데 말이다."

손책이 푹 고개를 숙였다. 그리고 이를 악물었다.

말을 하고 싶다. 계획은 완벽했노라고. 상황도 완벽했노라고.

하지만 그럴 수가 없다. 위속의 얼굴을 떠올리고, 분노하는 것만큼이나 손책은 자신의 능력이 그를 따르지 못함에 분노하고 있었다.

"이번에도 위속 그놈이 나섰다지?"

그런 손책의 귓가에 그럴 줄 알았다는 원술의 짜증 가득한 목소리가 들려왔다.

"그놈 때문에 일을 그르치게 된 것이냐?"

"소, 송구합니다."

"허……."

짜증으로 가득한 원술의 한숨이 외당을 가득 메웠다.

"세양에서도 위속 그놈 때문에 망했다. 그런데 이번엔 패에서도 망했군. 여포 그 개망나니는 위속을 써서 조조도 격파했고, 종년의 아들놈도 격파했다지?"

종년의 아들. 평소 원술이 가문의 여종이 낳은 원소를 멸시하며 사용하는 표현이다.

그런 원소의 군대가 패배했다는 것은 분명 나쁘지만은 않은 일이지만 하필이면 그 일을 벌인 게 위속이고, 그 위속이 또 자신의 일을 방해했다는 게 문제였다.

"쯔쯔……."

원술은 혀를 차며 외당에 모여 있는 수많은 이들의 면면을 돌아보았다. 매섭기 그지없는 그 눈동자에 짜증스러운 기색마저 짙게 서려 있었다.

"내 아래엔 천하를 진동케 할 인재가 구름처럼 몰려 있다는데 어째서 그대들의 사이엔 위속과 같은 자가 없는지 모르겠군. 기회를 얻지 못해 능력을 발휘하지 못한 것이었다면 좋겠는데 말이지."

원술이 그렇게 말하고 있을 때, 저 밖에서 누군가 다급히 달려오는 소리가 들려왔다.

좌중의 시선이 집중된 와중에서 말단 장수 하나가 원술에게서 멀찌감치 앞에 꿇어앉으며 소리쳤다.

"주공! 적들이 다가오고 있습니다!"

"적이라니? 갑자기 그게 무슨 소리인가?"

"위속! 위속이 여포군을 이끌고 남하해 내려오고 있습니다!"

"위, 위속이라고!"

"위속이 온단 말인가? 그 위속이?"

"이, 이를 어쩐다……."

"하필이면 주력이 모두 강남에 나가 있는 이 때에……."

무장, 문관 할 것 없이 외당에 모여 있던 이들의 얼굴이 사색이 되어 웅성이기 시작했다.

원술이 황당하다는 듯 앉아 있던 자리에서 일어나 그 장수를 향해 걸어오며 말했다.

"아니, 곽공이 항복한 지 얼마나 됐다고 공격을 온단 말이냐? 네가 잘못 안 게 아니더냐?"

"아룁니다, 주공. 여포가 직접 군을 끌고 나섰으며 위속을 선봉으로 삼았다 합니다."

"그래서 그들이 어디로 오는 것인데?"

"저, 정확히 이곳을 향해⋯⋯."

원술의 얼굴이 딱딱하게 굳어졌다. 주변에 있던 이들 역시 마찬가지였다.

"지금 수춘에 남은 병력이 얼마나 되지?"

자신의 자리로 돌아가 인상을 찌푸린 채 생각을 정리하던 원술이 말했다.

"아룁니다, 주공. 현재 수춘엔 일만가량의 병력이 남아 있을 뿐입니다."

"적들, 적들의 숫자는 얼마나 되느냐?"

"확실하지 않습니다, 주공. 척후가 접근하는 족족 화살이 날아와 죽어나가는 바람에⋯⋯."

"적이 공격을 해온다는데 아직도 그 숫자를 파악하지 못했다는 게 말이 되느냐, 말이!"

원술의 짜증스러운 목소리가 외당을 가득 메웠다.

그런 와중에서 염상이 조심스레 앞으로 나왔다.

"주공. 적들의 숫자가 얼마가 되었건 간에 당장 수춘에 남아 있는 병력만으론 적들을 상대하기 어렵습니다. 일단은 방비를 굳건히 하시며 사방으로 사람을 보내 병력을 불러 모으시는 것이 어떻겠습니까?"

"염상 그대의 말이 옳다."

"여강에 이만이 주둔해 있고, 단양에 삼만이 나가 있으니 그들을 불러 모으십시오. 여강태수 손책과 주유가 남아 있는 장수 중 야전에 능하니 이들이 단양의 교유 장군을 보조하는 것이 좋을 것입니다."

"잘할 수 있겠느냐?"

원술의 시선이 손책을 향했다. 잠시 고민하던 손책이 부복하며 원술을 향해 포권했다.

"맡겨만 주십시오."

"지금 당장 출발하거라."

"예, 주공."

손책과 주유, 두 사람이 황급히 외당을 빠져나가기 시작했다.

원술이 뭔가 마음에 안 든다는 얼굴로 그 뒷모습을 응시하고 있었다.

그러던 때.

"급보입니다! 급보오오오오오!"

저 밖에서 요란한 목소리와 함께 또 다른 하급 장수가 달려들어왔다.

"또 무슨 일이 벌어졌기에 그리 소란이냐!"

"여, 여, 여, 여, 여…… 여포가, 여포가 왔습니다!"

장수의 외침과 함께 원술의 얼굴이 기묘하게 일그러지기 시작했다.

📱

"아오, 죽겠네……."

"아직도 그 타령이시오?"

나와 말 머리를 나란히 하고 수춘까지 내려온 장료가 옆에서 말했다.

이 양반은 내가 죽겠다, 죽겠다 말하는 게 그냥 하는 소린 줄 아는 모양이다.

"진짜 죽을 것 같아서 하는 소리거든요?"

"허허, 장군 같은 이가 진짜로 죽을 리가 있겠소이까? 그 이름 높은 위속이 장군이시질 않소?"

"전투에서 죽을 것 같다는 게 아니라 힘들어서 죽겠다고요. 오면서 벌써 몇 번이나 말했잖아요. 패에서 곽공의 업무를 인수인계받느라 정말 미치기 직전까지 일했다고."

"저도 죽겠습니다."

뒤에서 우릴 따르던 위월이 진짜 다 죽어가는 목소리로 말했다.

나는 그나마 위월에게 일거리를 넘기고 나서부턴 며칠이나마 휴식을 취했기에 좀 상태가 돌아왔다.

하지만 승진에 눈이 멀어버린 위월은 내가 쉬는 동안 더욱더 맹렬하게, 그리고 절박하게 자신을 갈아 넣으며 업무에 집중했다. 그런 와중에서 쉬지도 못하고 형님과 내게 끌려왔으니 개피곤할 수밖에.

"힘내, 위월. 만부장으로 승진시키는 건 내가 이미 형님께 말씀드려 놨으니까."

"저, 정말이십니까!"

"당연히 정말이지. 우리 문숙이 추천했으니 넌 오늘부터 만 부장이다."

"주, 주공…… 이 위월, 백골이 진토가 되는 그 날까지 주공 께 충성하고 또 충성하겠습니다!"

어차피 만 오천 명밖에 안 되는 병력, 그냥 한 번에 다 같이 움직이자며 선봉과 합류한 채로 움직이던 형님을 향해 위월이 포권했다.

'쟤 울겠다, 울겠어.'

승진하는 게 그렇게 좋은가? 어차피 승진해 봐야 일만 많아 질 거고, 힘만 더 들어갈 텐데.

내게는 그냥 불쌍한 중생이 자기 스스로 무덤에 들어가 관 짝에 못질하고 싶어 안달 난 것처럼 보일 뿐이다.

"흠, 그나저나 요격이 전혀 없군요."

수춘성을 육안으로 확인할 수 있을 거리까지 접근했을 즈 음, 장료가 고개를 가웃거렸다.

"병력이 적으니까요. 주력이 다 강남을 제압하는데 내려가 있다고 했으니 얼마 안 되는 병력으로 요격에 나서는 건 자살 행위라고 판단했겠죠. 맞는 판단이잖습니까."

내 말에 장료가 잠시 날 쳐다보더니 씩 웃는다.

기분이 좋아 보이는 것도 아니고, 그렇다고 나빠 보이는 것 도 아닌 묘한 느낌의 미소다.

"그걸 말하려는 게 아니오. 사실 난 첩보가 잘못되었을 가 능성을 염두에 두고 있었는데 예까지 오는 동안 요격이 하나도 없다는 점이 첩보가 사실인 것 같다는 뜻이었소. 공대 선생께서 간자를 사방으로 풀었다더니 그 조직이 제대로 돌아가는 모양이외다."

"아."

"기다려 봐. 내가 가서 원술 놈을 도발해 보지."

"아닙니다, 주공. 소장이 가서 적들의 방어가 어떤지를 살펴볼 테니 조금만 기다려 주십시오."

당장에라도 방천화극을 들고 수춘성을 향해 달려갈 것처럼 굴던 형님을 멈춰 세우고서 장료가 움직이기 시작했다.

일단은 나도 궁금한 마음이 들어 장료를 따라 움직였다.

가까이에서 보니 성벽 위쪽으로 수많은 병사가 모여 활시위에 화살을 걸고 당장에라도 화살 비를 퍼부을 것 같은 모양새를 하고 있었다.

"잘못 건드리면 위험하겠는데요."

"아니오. 저 정도면…… 확실히 병력이 얼마 없기는 한 모양이군."

장료는 그렇게 말하며 말을 몰아 앞으로 성큼성큼 나아가더니 성벽을 향해 소리쳤다.

"장료가 예 왔노라! 원술의 잡병은 썩 항복하지 못할까!"

"……."

쩌렁쩌렁한 목소리가 온 사방에서 울린다. 소리가 성벽에 부딪혀 메아리가 울리기까지.

하지만 성벽 위에서는 아무런 움직임도 보이질 않는다. 적병들은 그저 장료가 사정거리 안쪽으로 들어오기만을 기다리며 활을 조준하는 것에 집중하고 있었다.

"흠. 뭔가 좀 움직임이 있어야 저들의 상황을 확인할 수 있을 터인데."

그 모습에 장료가 난감하다는 듯 고개를 갸웃거린다.

내가 말을 몰아 장료의 옆으로 다가갔다.

수많은 사람의 앞에서 나서는 건 별로 마음에 안 들지만, 이곳을 보다 적은 피해로, 보다 빠르게 처리하기 위해선 나 역시 수단과 방법을 가리지 말아야 한다.

"조조와 원소를 격퇴하고 안량을 벤 위속이 여기에 왔다! 목숨만은 살려줄 것이니 항복하라!"

"위, 위속이다!"

"위속이 나타났다!"

댕- 댕- 댕- 댕-

"지원을 불러! 병사들을 모아라!"

"위속이 나타났다아아아아아아! 위속이 나타났다고오오오!"

'뭐야?'

장료 땐 가만히 있더니 내가 한마디 한 거로 성벽 위에서 난리가 났다. 사방에서 소리를 질러대고 징을 울려대며 비상 신호를 보내고 있다. 이곳에서 멀찌감치 떨어져 있던 곳에서까지 병사들이 우르르 몰려오고 있었다.

"허."

그 모습에 장료가 헛웃음을 내뱉으며 날, 성벽 위를 번갈아 쳐다본다.

"장군의 위명이 이곳에서까지 진동하는구려."

"그러게요. 아, 이거 이러면 피곤해지는데."

쟤들, 쓸데없이 날 너무 무서워하는 것 같다. 어차피 나는 전투가 벌어져도 하는 거 없이 그냥 뒤에서 쟤들 째려보고 서 있기만 할 건데 말이지.

쯧. 이거 이러다가 나중엔 병사들 사기 올리는 토템으로 막 끌려다니는 거 아니야?

몹시 귀찮아질 것 같은 느낌적인 느낌이 마구마구 밀려온다.

그와 동시에 지금의 상황에서 써먹을 수 있을 만한 괜찮은 작전 하나가 머릿속에서 떠올랐다.

"장군."

"좋은 계책이 하나 떠올랐소."

내가 막 말을 꺼내기가 무섭게 장료가 말 머리를 돌리며 말했다.

"뭔데요?"

"적들이 위속 장군을 저도 두려워하고 있질 않소이까. 그러니 양동을 취해봅시다."

"양동?"

장료가 씩 웃으며 고개를 끄덕였다.

'이 양반, 내가 생각하는 거랑 똑같은 걸 생각하는 모양인데?'

"그러니까 장료 네 말은 문숙이 여기에서 버티고 있을 동안 내가 반대쪽에서 성벽을 올라가면 쉽게 점령할 수 있을 거다 이거잖아."

"그렇습니다, 주공. 소장이 보아하니 성내의 병력은 공대 선생의 말씀대로 얼마 되질 않습니다. 우린 이런 상황에 대비해 공성용 사다리를 챙겨온 것에 비해 적들은 수성전을 펼칠 준비조차 거의 되어 있지 않으니 속전속결로 끝내야 합니다. 시간을 끌면 사방에서 지원이 몰려올 테니까요."

"그렇겠지."

"그러니 이 역할이 중요합니다. 굉장히 위험하기에 주공과 같이 항우에 버금가는 무위를 지니신 분과 위속 장군처럼 그 위명을 널리 떨치신 분께서 나서주셔야 하지요."

이 양반 봐라? 내 패턴을 그대로 가져다 쓰는데?

"문숙. 네 생각은 어떠하냐?"

내가 그렇게 생각하며 장료를 쳐다보고 있을 때, 형님이 말했다.

"나쁘지 않은 것 같습니다. 애초에 저도 장료 장군께서 말씀하신 것처럼 생각하고 있기도 했고요."

"그래? 그럼 그렇게 하면 되겠군. 근데 일만지적인 문숙 너와 오만지적인 내가 함께 움직이는 게 낫지 않겠냐?"

"어…… 네? 형님이랑 제가 같이요?"

느낌이 갑자기 싸하다.

형님이 병사들을 지휘하며 공성 태세를 갖추던 위월에게 손짓했다.

"주공. 부르셨습니까?"

"위월아. 너랑 문숙이랑 갑옷 좀 바꿔 입어야겠다."

"예?"

"위월 네가 여기에서 문숙인 척하면서 장료랑 같이 성을 공격해. 문숙은 나와 함께 병사들을 이끌고 빙 돌아 방비가 허술한 곳에서 성벽을 오른다."

"혀, 형님?"

아니, 이게 무슨 소리야?

"형이 되어서 공을 세울 수 있는 자리를 독식할 수는 없지. 안 그러냐? 그렇다고 너무 감격하진 말고. 선봉장에게 이 정도는 당연히 해줘야 하는 거잖냐."

형님이 씩 웃으며 내 어깨를 턱턱 두드리며 말했다.

너무 감격스러워서 기절하고 싶어진다.

'이 양반은 무슨 날 끌어들이지 않으면 안 되는 병이라도 걸렸나?'

📱

"막아라! 무슨 수를 써서도 막아야 한다!"

"쏴! 저쪽에서도 올라오고 있잖아!"

"기름을 끓이란 말이야! 기름이 없으면 물이라도 끓여! 뭐라도 해서 가지고 오라고!"

"밀어! 사다리를 밀어서 떨어뜨려라!"

수춘성 북쪽.

쉴 새 없이 장수들의 외침이 터져 나오는 그곳에서 원술군 병사들은 이를 악물고 화살을 쏘며 끓는 기름을 부어 던졌다.

그런 원술군 병사들이 버티고 있는 성벽 아래쪽에선 여포군 병사들이 죽자 살자 사다리를 타고 올라오는 중이다.

위(魏)가 새겨진 깃발 아래에 서 있는 장수가 저 멀리에서 그 광경을 지켜보고 있다.

그래서일까? 원술군 병사들은 각자가 맡은 임무에 충실하면서도 힐끔힐끔 그쪽을 쳐다보고 있었다.

그것은 원술군의 장수들 역시 마찬가지.

"이런 식으로야 힘들긴 해도 막아낼 수는 있지만……."

"저 위속이 아무런 계책도 없이 그냥 공격할 리가 없을 터……."

뭔가 있을 거다. 하지만 그게 뭔지 알 수가 없다.

장수들은 두려워하며 잔뜩 굳어진 얼굴로 전투를 지휘할 뿐이었다.

그런 와중에.

"주, 주공!"

"주공께서 납시었다!"

원(袁)이 새겨진 커다란 대장기를 들고 따르게 하며 원술이 누각 위에 나타났다. 그의 등장에 장수들이 화들짝 놀라면서도 기뻐하고 있었다.

"상황이 어떻게 되어가는 중인가?"

"보, 보시다시피 공격은 어렵지 않게 막아내는 중입니다."

장수가 손을 뻗어 성벽 너머를 가리켰다.

고개를 끄덕이는 원술의 시선은 저 멀리서 펄럭이고 있는 위속의 깃발을 향해 있었다.

"……위속 놈."

"주공. 뭔가 이상합니다."

원술을 따라 함께 성루로 나온 염상이 말했다.

"뭐가 말인가?"

"우리가 알 듯 위속은 그 무위뿐만 아니라 지략 역시 범상치 않은 자입니다. 손백부도 위속을 상대할 때 그자의 기기묘묘한 책략에 낭패를 봐야 했습니다. 이는 조맹덕뿐만 아니라 원본초의 책사인 전풍 역시 마찬가지였지요."

"그래서 하고 싶은 말이 뭔데. 위속 저놈이 이곳에서도 책략을 쓰고 있다는 것인가?"

원술의 눈매가 가늘어졌다.

"지금 우리가 하는 것은 수성전이다. 네가 말하는 것과 같은 그 기기묘묘한 책략이 끼어들 틈이……"

"적들이 이동합니다!"

그 말이 채 끝내기도 전에 한 장수가 소리쳤다.

원술이 인상을 찌푸리며 고개를 돌렸다.

저 멀리 앞, 여(呂)가 새겨진 깃발과 함께 적토마를 탄 여포와 천 명 남짓한 병사들이 움직이고 있다. 그들이 향하는 것은 서쪽 방향이었다.

"적들이 사다리를 소지하고 있습니다!"

재차 들려오는 장수의 목소리에 원술은 눈살을 찌푸렸다.

"그래서 저놈들이 뭘 하려고 한다는 것이냐. 아무리 여포 놈이 직접 움직인다고 해도 병력이 고작 천 명 수준밖에 안 되는데 저걸로 뭘 하겠다고?"

"주공. 이것이 바로 위속의 계책일 것입니다."

염상이 옆에서 포권하며 말했다.

"계책이라니?"

"위속 역시 우리가 자신을 쉬이여기지 못한다는 점을 알고 있을 것입니다. 자신의 행동 하나하나를 살펴보고 있다는 점 역시 꿰뚫어 보고 있을 테지요."

"그래서?"

"그렇게 살피는 나머지 자그마한 행동 하나하나에도 놀라며 필요 이상으로 심각하게 대응하는 것을 노렸을 것입니다. 보십시오, 그 증좌로 여포가 직접 움직이고 있질 않습니까."

염상의 손가락이 선두에서 당당하게 움직이고 있는 여포를 가리켰다.

"위속은 여포를 서쪽으로 보내 대단한 계책이라도 되는 양 가뜩이나 부족한 우리 수비병을 끌어낼 작정입니다. 그러고서 방어가 얇아진 북문을 향해 총공세를 퍼부어 성벽을 넘겠다는 계획이겠지요."

"여, 여포가 직접 성벽을 올라올 수도 있지 않겠습니까?"

근처의 장수가 조심스럽게 반문하자 염상이 피식 웃음을 터뜨렸다.

"여포가 말인가? 그는 연주의 제후일세. 그런 자가 성벽을 오른다고?"

"말이 안 되지."

"예, 말이 안 되는 말입니다. 그저 유인책에 불과하지요."

계속해서 서쪽으로 움직이고 있는 여포를, 저 앞에서 여전히 휘날리고 있는 위(魏)의 깃발을 응시하던 원술이 단호하기 그지없는 어조로 말했다.

"저들의 술책일 뿐이다. 현혹당하지 말고 적의 주력을 막는 것에만 주력하라."

수춘성 서쪽 성벽을 담당하는 장수, 진연은 팔짱을 낀 채 성문 앞에 도열해 있는 여포군 병사들의 모습을 응시했다.

적의 주력이 공격해 오는 북문에서도 그러했지만, 이쪽에서도 판단하기론 비슷했다.

적들은 성벽에 올라오지 않을 것이다. 그저 여포의 이름값에 기대어 더 많은 병력을 이쪽으로 끌어오고자 하는 술책일 뿐이다.

진연은 그렇게 판단하며 병사들과 함께 경계만 철저히 하고 있었다.

그랬는데.

"쳐라!"

"와아아아아아아아-!"

누군가의 목소리와 함께 여포군 병사들이 함성을 내지르며 성벽을 향해 달려오기 시작했다. 열 개나 되는 사다리 역시 함께.

진연의 눈이 화등잔만 하게 커지고 있었다.

"자, 장군!"

"말도 안 된다. 겨우 저 병력으로 이곳을 공격한다고?"

"어떻게 해야 합니까요?"

"활을 쏴라! 적들이 접근해 오지 못하도록 하면 될 것이다!"

진연이 그렇게 외침과 동시에 저 멀리 아래에 있던 적토마가 히히히힝- 소리를 내며 울부짖더니 앞다리를 번쩍 들어 올리며 발길질을 해댔다.

그 광경이 막 진연의 시야에 들어왔을 때.

"오만지적 여포가 예 있노라! 나와 대적할 자 누구인가!"

듣는 것만으로도 오금이 저릴 그 목소리가 터져 나왔다.

여포가 말에서 뛰어내리며 병사들의 사이로 들어갔다. 그들이 함께, 그것도 직접 사다리를 들고 성 쪽으로 달려오고 있었다.

"무슨 생각을 하는 거지? 진짜 저 병력으로, 여포가 직접 성에 올라오려 한다고?"

상식적으로 이해가 되질 않는다.

진연이 말도 안 된다는 얼굴로 그 모습을 쳐다보고 있을 때.

척-!

첫 번째 사다리가 성벽 위에 걸렸다.

📱

피슝-!

화살 하나가 내 머리 바로 옆을 스치고 지나갔다.

'시발.'

심장이 철렁하는 와중에 내 쪽으로 활을 겨누고 있는 원술군 병사의 모습이 시야에 들어왔다.

"너, 시발! 야! 쏘기만 해봐, 죽는다! 진짜, 어? 시발!"

퉁-!

기어코 화살이 날아온다. 나도 모르게 왼손으로는 사다리를 있는 힘껏 붙잡고서 오른손을 놔버렸다. 마치 곡예라도 하는 것처럼 몸이 왼쪽으로 튕기듯 움직인다.

내가 있던 그 자리를 화살이 꿰뚫고 지나가는 게 보인다. 그런 와중에서 내 등짝은 성벽에 그대로 부딪히고 있었다.

"망할! 화살 맞고 뒈지는 것보다 뇌진탕으로 먼저 가겠네."

뒤통수까지 같이 부딪힌 덕분에 머리가 다 얼얼하다.

"장군! 조심하십시오!"

그런 와중에서 들려오는 또 다른 목소리.

누군가 내 쪽으로 창을 겨눈다. 화살로 안 되니 창을 던진다는 거다.

시발, 이 상도덕도 없는 새끼들.

"야! 활이든 창이든 하나만 하라고!"

부웅-!

이번에도 간신히 피해내며 이를 악물었다.

'진짜 내가 저 새끼들 다 죽인다. 시발.'

이를 악문 상태로 창이고 화살이고 할 것 없이 다 피해내며 사다리를 타고 올라갔다.

"죽엇!"

성벽에서 가까워지니 이제는 창이 세 개가 찔러온다. 급히 검을 뽑아 들고서 그것들을 모로 베었다. 나무로 되어 있던 창대가 깔끔하게 베이며 창대가 툭툭 떨어졌다.

원술군 병사들이 겁먹은 얼굴로 날 쳐다보고 있었다.

"니들 다 뒈졌어……."

기수식이라기도 뭣할 자세를 잡으며 나는 검을 쥔 손에 힘을 더했다.

내 뒤로 우리 쪽 병사들이 하나둘 올라오는 소리가 들려온다.

"퉤. 지금부터 복수혈전이다."

내가 손바닥에 침을 뱉으며 놈들을 향해 달려들려던 찰나.

"으, 으아아악!"

멀찌감치 원술군 병사들이 내지르는 괴성이 들려왔다.

몇 놈이 부웅- 허공을 날아 성 안쪽으로 떨어지고, 나머지는 아예 하얗게 질려 버린 얼굴로 도망치고 있다.

자세히 보니 형님이 방천화극을 휘두르며 원술군 병사들을 말 그대로 쓸어버리고 있었다.

"흐."

끝났구만.

성벽 위로 올라오는 데 실패했다면 또 모를까, 성공한 이상 수춘은 형님의 손아귀에 떨어진 것이나 마찬가지다.

"축하드립니다, 형님."

"흐흐. 계책이 좋았어. 자, 이제 바로 북문으로 가자."

형님이 방천화극을 들어 북문을 가리켰다.

그쪽에서 있던 병력 중 적지 않은 숫자가 허겁지겁 이쪽을 향해 달려오고 있다. 우리가 성벽 위로 올라온 걸 저쪽에서도 본 거겠지.

하지만 이미 상황 종료나 마찬가지.

"형님. 병력을 둘로 나누죠."

"엉?"

"형님께서 병사 오백을 데리고 북문으로 가세요. 제가 나머지를 데리고 성 안쪽으로 갈게요."

내가 손가락을 들어 수춘성의 중심부, 으리으리한 건물들이 잔뜩 세워져 있는 그 너머의 동문을 가리켰다.

"뭐야. 너 약탈이라도 하려는 거냐?"

와, 황당하네.

"형님. 제가 그럴 놈으로 보입니까?"

"그럼?"

"퇴로를 막아야죠. 북문 쪽으론 이미 우리 병사들이 모여 있을 거고, 지금쯤 전령이 갔을 테니 이쪽으로도 애들이 오겠죠. 그럼 남은 건 남문이랑 동문인데 미리 가서 원술이 도망치는 걸 막아야 나중에 골치 아플 일이 없을 거 아닙니까?"

"음. 그건 그렇지. 역시 우리 문숙이, 상황 판단이 빨라."

"그럼 제 생각대로 해도 되죠?"

"그렇게 해라. 원술 개 잡으면 네 공이 제일 큰 거 알지?"

형님이 씩 웃더니 병사들을 끌고서 북문 쪽으로 달려가기 시작했다.

"자, 우리도 가자!"

내가 위속의 몸으로 들어와 이 시대를 살아가며 느낀 게 하나 있다.

이 시대의 전쟁이란 전략, 전술도 좋지만, 일단은 기세가 가장 중요하다는 거. 기세에서 밀리면 끝장이다.

그런데 지금은 전술적으로도, 전략적으로도, 기세에서도 우리가 압도적이다.

'흐흐.'

"위, 위속이 나타났다!"

"위속이다!"

내 성인 위(魏)가 새겨진 깃발을 들고 성 안쪽으로 들어가니 적이 나타났다며 달려온 원술군 병사들이 되려 기겁해 무기를 버리며 도망친다.

뭐, 내 입장에서야 싸울 필요 없이 편하게 진격할 수 있으니 좋기는 한데…….

"내가 그렇게 무서운가?"

"장군. 설마 모르고 계셨습니까?"

"응?"

위월을 대신해 날 따라온 백부장 정양이 말했다.

내가 모르긴 뭘 몰라?

"전장에서 장군은 말입니다. 아군의 입장에선 개쩌는 명장이지만 마주하는 적들의 입장에선 미친 사신이거든요."

"개쩌는?"

"예. 진짜 개쩌는 명장요."

성양 애 앞에서는 내가 저런 말을 쓴 기억이 없는 것 같은데. 언제 저런 말을 배운 거지?

"그나저나 내가 왜 사신이야. 그냥 난 뒤에서 활약한 것밖에 없는데."

"장군이 오시면 누가 봐도 질 수밖에 없을 것 같은 전투도 이기잖습니까. 게다가 세양에서는 뭐……."

정양이 씩 웃는다.

주유와 손책 및 그 휘하 병사들 전부를 통구이로 만들어 버리려 했던 걸 말하는 모양이다.

"아, 확실히 게네는 그때 뜨거운 맛을 봤었으니까. 무서워하는 것도 무리가 아니겠군."

괜히 뿌듯해진다.

이번 전투가 끝나고 나서 무릉도원에 들어가면 컨셉러들이 또 무슨 소리를 하고 있을지 궁금해지기도 하고.

"흐흐."

내가 그렇게 생각하며 웃고 있을 때.

두두두두두두-

저 북쪽에서 말발굽 소리가 들려오기 시작했다. 흙먼지 역시 함께 피어오른다.

"장군."

"어. 내가 보기에도 저거 원술인 것 같다."

"어떻게 할까요?"

"어떻게 하긴 뭘 어떻게 해? 당연히 가서 잡아야지."

원술만 잡으면 남쪽으로는 당분간 걱정이 없다.

원술 쪽에 있던 관료들을 죄다 잡았다가 항복시켜서 형님의 휘하에 두고 일을 처리해도 될 거다. 곽공 때처럼 미칠 것 같은 업무량과 마주하는 일도 없겠지.

"저거 잡으면 내가 진짜 풀 서비스로 대접해 준다!"

"푸, 풀 서비스요?"

"아 그냥 좋은 거야. 술부터 고기까지 내가 다 책임지고 쏜 다고!"

"와아아아아-!"

병사들이 좋아하며 환호성을 내지른다. 나도 잔뜩 기세가 올라 원술의 말발굽 소리를 따라 달렸다.

그렇게 수춘성 내부에 있는, 커다란 도로로 나가는데, 비슷한 차림의 중년인 세 명이 각각 화려한 갑옷에 좋은 검을 들고 병사들의 호위를 받으며 달려오고 있었다.

"뭐야. 누가 원술이야?"

"그, 그건 저희도 잘……."

"어? 장군! 저것들 흩어집니다!"

중년인이 하나는 왼쪽, 하나는 오른쪽, 또 하나는 정확히 우리가 있는 곳을 향해 질주해 오고 있다.

그 휘하의 병력들 역시 마찬가지.

"쳇…… 일단 저거라도 잡자!"

"이겼다!"

"우와아아아아아아아아-!"

북문 쪽으로 터덜터덜 걸어가니 환호성이 터져 나오고 있다. 활짝 열린 성문 너머로 우리 쪽 병사들이 위월의 지휘를 받으며 우르르 밀려 들어오고 있고, 장료는 성문 앞에서 형님과 대화를 나누는 중이었다.

"어, 문숙. 어떻게 됐어?"

"하, 하하. 그게 말이죠."

"놓친 거냐?"

"그렇게 됐습니다."

아쉬워 죽겠다.

"짜식. 위에서 봤다. 세 갈래로 나눠서 도망치더만. 기병도 없이 그냥 보병만 데리고 갔으니 어쩔 수 없지. 자책하지 마라."

형님이 내게 다가와 어깨를 탁탁 두드려 주는데 괜히 자존심이 상한다.

한편으론 이만한 전력으로 수춘만 한 성을 이렇게 단시간 동안에 간단히 점령한 것만으로도 엄청나게 대단한 일이다 싶다가 또 한편으론 내가 조금만 더 철저하게 준비를 했으면 원술을 잡을 수 있지 않았을까 싶기도 하고.

"커리어에 오점이 생기게 됐어…… 으으."

다 된 밥상에 코 빠뜨린 꼴이다.

내가 인상을 찌푸리며 병사 하나가 가져다준 물을 벌컥벌컥 들이켜는데 정양이 헐레벌떡 내게로 달려오는 모습이 시야에 들어왔다.

"자, 장군! 장군!!"

"엉? 갑자기 왜 호들갑이야? 원술이라도 잡았어?"

"아, 아닙니다. 그런 게 아니라요."

"그러면?"

"잡았답니다!"

"응? 진짜?"

"아니, 원술이 아니라. 그, 적장 중에 손책이라는 자가 있질 않았습니까?"

"어, 그랬지."

"그자의 누이와 아우를 포로로 잡았답니다!"

"손책의 아우면…… 손권? 걜 잡았다고?"

유비, 조조랑 같이 삼국지의 세 축 하나였던 손권을?

옛날, 내가 보던 영화나 드라마에서 전쟁이 끝나고 나면 주인공은 기뻐하고 다음 장면으로 넘어가는 게 일반적이었다. 그래서 나도 얼마 전까지는 전쟁이 끝나고 나면 뒷정리만 하고 일상으로 돌아가겠거니 생각했다.

그것은 위속이 되고 난 이후로도 마찬가지였다.

그랬는데…….

"문숙. 형은 너만 믿고 있다. 알지?"

형님이 내 어깨를 두드리며 병사들과 함께 활을 들고 사냥을 떠났다.

아침 일찍이 성을 나가 밤에 돌아오는 형식인 만큼, 수춘 근처에서 돌아다니는 것이긴 하지만 이곳을 안정시키는 것에는 아무런 도움도 안 된다.

"이 사람은 장군을 신뢰하고 있습니다. 뒷일을 부탁합니다."

장료는 아예 자신의 임지인 제음을 지켜야겠다며 호위 몇 명만 데리고선 돌아가 버렸고.

애초부터 참전한 사람 중에 문관은 없었던 만큼, 남아서 나와 함께 진득하게 업무를 볼 수 있을 사람은 후성과 위월 정도가 전부다.

그리고 그런 우리의 눈앞에 밀려온 것은…….

"급보입니다! 안풍과 여강, 구강에서 원술군의 움직임이 심상치 않다고 합니다!"

"괜찮아. 형님이 계시니 수성으로 전환하면 어떻게든 버틸수 있다. 설마하니 원술이 전 병력을 전부 여기에 꼬라박지는 않을 거 아냐?"

"꼬, 꼬라박는다니요?"

"올인해서…… 에이 씨. 강남을 반쯤 정복한 상황인데 그거다 포기하고 여기에 전 병력을 몰아넣지는 않을 거라고."

전령을 내보내고 나니 또 다른 녀석이 달려 들어왔다.

"급보입니다! 원술군이 수춘 현 외곽의 여러 민가를 돌며 식량 등을 약탈하고 마을에 불을 지르는 중이라 합니다!"

"엥. 여기 원래 게네들 땅이었잖아. 그런데도 그러고 있다고?"

"그뿐만이 아닙니다, 장군! 거처를 잃게 된 백성들이 수춘성으로 몰려들고 있습니다!"

"흠."

"장군. 이거, 그거 아닙니까?"

"엉?"

후성이 내 귀에다가 대고 자그마한 목소리로 말했다.

"세양에서도 그랬잖습니까. 유벽 장군의 사람을 매수해서 자기들이 성을 공격할 때 성문을 열게 하는 것이요. 이번에도 그런 것 아니겠습니까?"

일리가 있는 말이다.

"대충 몇 명이나 오고 있냐?"

"워, 워낙 많은 마을이 불살라져서 정확하게 알 수는 없으나 족히 수만 명은 넘는 것 같았습니다."

"더럽게 많네."

"손책이 되었건 원술이 되었던 병사 백 명 정도는 충분히 끼워 넣을 수 있을 숫잡니다, 장군."

자신의 말이 맞지 않겠느냐는 듯 후성이 재차 말했다.

녀석의 의견도 일리가 있지만, 이 일을 벌인 놈은 단순히 그 것만을 노린 것 같지가 않다.

"후성. 우리 식량 여유분이 얼마나 되지?"

"수춘에 비축되어 있던 것을 포함해서 한 달 정돈 버틸 수 있습니다."

"그걸 백성들한테 나눠주면?"

"백성요? 그…… 지금 도망쳐 온다는 그 백성들 말씀이십니까?"

갑자기 무슨 소리를 하느냐는 듯 후성이 날 쳐다본다. 옆에서 잔뜩 쌓여 있는 죽간을 하나하나 확인하며 다시 조금씩 피로에 찌들어가던 위월 역시 마찬가지였다.

"백성도 물론 중요합니다만, 그보다 중요한 게 군 아닙니까? 장군. 어차피 백성은 산으로 가건, 강으로 가건 자기들 먹을 건 자기들이 알아서 구하게 마련입니다."

"야. 우리가 앞으로 수춘 이쪽에 다시 올 일이 없으면 또 모르겠는데 그게 아니잖아. 안 그래도 전투까지 벌어져서 흉흉할 텐데 자기들 사는 곳 바로 앞에서 사람이 굶어 죽으면 퍽이나 안정되겠다. 근데 그걸 먹여 살려주면 백성들이 우릴 다시 보지 않겠냐?"

"하, 하지만 그렇다고 해도 군량은……."

"됐으니까 계산이나 해봐. 십만 명을 더 먹여 살린다고 하면 며칠이나 가겠어?"

"열흘 정도밖에…… 안 될 겁니다."

미간을 찌푸리며 고민하던 후성이 말했다.

열흘이면 좀 아슬아슬한데.

"패랑 여남으로 사람을 보내서 이쪽에 식량 좀 보내라고 해. 원술 쪽 애들이 방해할 수도 있으니까 정찰 쫙 돌려서 걔들 움직이는 거 확실하게 파악하고."

"아니, 장군. 그렇게 위험을 감수하면서까지 원술의 백성을 먹여 살리려고 하시는 이유가 뭡니까?"

"후성아. 원술의 백성이 아니라 이젠 형님의 백성이다. 그리고 그 사람들이 열심히 농사짓고 애 슝풍슝풍 낳으면 그게 다 군량이고 병사야."

"그거야 그렇기는 하지만……. 에이, 소장은 모르겠습니다. 언젠 뭐 장군이 말씀하시는 걸 다 이해하면서 했나. 그냥 가서 말씀하신 대로 처리해 두겠습니다."

"야. 사람 보내는 건 보내는 거고, 네가 한 천 명만 데리고 나가서 성 옆에다가 영채 좀 만들어줘."

"예? 영채까지요?"

"그럼 집도 절도 없이 몰려왔는데 맨땅에서 먹고 자라고 하냐? 서비스해 줄 때 확실하게 해주자. 그래야 나중에 클레임 안 들어와."

"하아…… 클레임은 또 뭡니까?"

"항의 같은 거?"

"알겠습니다."

"아이고, 죽겠다."

나는 원술이 자신의 거처로 사용했다던 대장군부의 내당에서 대 자로 드러누웠다. 적성에 안 맞게 머리 쓰는 일을 잔뜩 했더니 과부하가 온 모양이다. 머리가 막 지끈거린다.

급보랍시고 사방에서 달려오는 걸 듣고 바로바로 결정 내려 주고, 끝도 없이 밀려드는 죽간을 확인하고서 또 결정하고, 수춘이 원술의 것이던 때와 비교하면 반의반도 안 남은 관료조직을 추스르기까지.

우리 쪽 애들이 올 때까지만 참으면 되는 일이지만 그때까지 버티는 게 너무 힘들다.

그나마 만부장 버프를 받은 위월이 의욕적으로 나서는 통에 여유가 좀 생긴 거지, 그게 아니었으면 진짜 며칠 동안 잠도 제대로 못 자고 뜬 눈으로 지내야 했을 터였다.

"장군. 사냥이라도 하러 나가보시겠습니까?"

업무로 바쁜 후성 대신 호위 겸 비서의 역할 정도로 따라붙은 정양이 말했다.

"힘들어 죽겠는데 무슨 사냥이야. 그리고 형님도 안 계신데 나까지 자리 비우면 여기 바로 개판될 걸?"

"그러면 낚시라도 해보시는 건 어떻습니까? 강은 바로 앞에 있잖습니까. 이곳에선 고기가 잘 잡힌다 하던데요."

"민물고기는 기생충이 많아서 회도 못 치는데 무슨 재미로 잡냐. 됐어. 그냥 이러고 방바닥이랑 한 몸이 되련다."

쉴 땐 역시 누워서 뒹구는 게 최고다.

옛날에 농사를 지을 때도 그랬다. 논 옆에 돗자리 펼쳐놓고 거기 누워서 밀짚모자로 햇빛만 가리면 딱이다. 햇빛이 있으니 따듯하고 바람도 솔솔 불어와 낮잠 때리기 딱이었지.

"아."

"음? 갑자기 왜 일어나십니까?"

"까먹고 있었어. 호족들 만나기로 했잖아. 아, 피곤해 죽겠는데……."

수춘을 안정시키기 위해선 행정적으로 성내의 모든 것을 장악해야 한다.

그러려면 원술을 지지하던 호족이 우리를 지지하도록 하는 작업이 필요하다. 그래야 현지의 사정에 빠삭한 호족들을 관리로 채용해 더 빨리, 더 효율적으로 수춘의 모든 것을 파악할 수 있을 테니.

이건 위월이나 후성에게 떠넘길 수도 없는 일이다. 피곤하지만 꼭 내가 직접 가야만 할 일이지.

"가자."

정양과 함께 대장군부를 나서려는데 내가 있던 건물의 앞쪽으로 병사들이 잔뜩 모여 있는 게 시야에 들어왔다. 그들이 건물을 완전히 에워싸고 있었다.

"뭐야? 저건."

"위월 장군의 지시로 손책의 아우와 누이를 가둬놓은 곳입니다."

"위월 장군?"

"이제 만부장이시질 않습니까."

정양이 자랑스럽다는 듯 씩 웃는다.

'그래. 만 명을 통솔하게 됐으니 확실히 장군이긴 하지.'

그나저나 손권이라, 포로로 잡혔다고 얘기만 듣고 직접 보지는 못했는데 솔직히 좀 궁금하긴 하다. 본 역사에서 삼국의 한 축이었던 손권의 어린 시절은 과연 어떤 모습이었을지.

지난번에는 곽공과 주유를 상대하느라 정신이 없어서 제대로 보지도 못했으니 한번 보는 것도 나쁘지 않을 것 같다. 어차피 호족들과의 약속 시간까지 여유도 있으니.

"장군께서 손 공자를 보고 싶어 하신다."

그 건물 쪽으로 가니 정양이 말했다. 병사들이 굳게 닫혀 있던 문을 열어주니 그다지 넓다고는 할 수 없을 방 안의 모습이 시야에 들어왔다.

손권임이 확실한, 머리를 올백으로 넘겨서 포니테일 스타일을 하고 있던 초딩이 한쪽에 앉아 잔뜩 쌓인 죽간을 읽다가 내쪽으로 시선을 옮기고 있다.

또 다른 예쁘장한, 아마도 손책의 누이일 초딩이 경계심 가득한 얼굴로 날 노려보고 있었다.

"위속 장군이십니까?"

"어. 네가 손권이지?"

"오정후 겸 중랑장, 장사 태수 손견의 아들 손권이 장군께 인사 올립니다."

녀석이 날 향해 공손히 읍했다. 그런 녀석의 눈빛엔 여초딩과 마찬가지로 경계심이 짙게 서려 있다. 약간은 무서워하는 것 같기도 하고.

근데 딱히…… 뭔가 범상치 않다는 그런 느낌은 없다. 그냥 흔히 볼 수 있을, 돈깨나 있는 집안의 꼬맹이라는 느낌 정도?

별 감흥이 없다. 이미 제갈량도 보고, 유비도 보고 그래서 그런가?

"뭐, 그냥 그렇구만."

"예?"

"응? 아, 그냥 그렇다고."

똘똘하게 생기기는 했다. 뭐, 그러니까 황제가 된 거겠지.

그리고 쟤는…….

"귀엽게 생겼네."

다 크면 사내놈들 가슴에 불깨나 지르고 다닐 것 같다. 여자 아이돌 중에서도 비주얼을 담당하는 애들의 어렸을 적 모습을 보는 것 같은 느낌이랄까?

"뭐 필요한 건 없냐? 불편한 거 있으면 얘기해. 아저씨가 어느 정도는 편의를 봐줄 테니까."

여초딩의 앞에 쭈그리고 앉아서 머리를 가볍게 쓰다듬어 주는데 녀석의 얼굴이 사납게 변해간다.

내 손을 탁 치더니 뒤로 물러나서는 품속에서 자그마한 칼까지 꺼내 들고 있었다.

"뭐, 뭐냐?"

"날 건드리면…… 주, 죽어버리겠어요."

"엉?"

"내 순결을 뺏으려고 하면…… 죽을 거라고요!"

'얘가 지금 무슨 소리를 하는 거야?'

여초딩이 눈물이 그렁그렁하게 맺힌 얼굴로 칼을 자기 목에다가 들이대고 있다.

손권은 초딩답지 않은, 씁쓸하면서도 체념했다는 듯 그 모습을 쳐다보고만 있을 뿐이고.

"야. 너 지금 뭔가 오해를 한 것 같은데. 나 너 안 건드려."

"그럼 머리는 왜 만졌는데요?"

"그냥 귀여우니까 쓰다듬어 준거지. 아니, 야. 내 나이가 몇인데 너 같이 어린 애를……. 와, 진짜 얘가 큰일 날 소리를 하네. 내가 그러면 철컹철컹이야, 철컹철컹."

아무리 내가 삼국지 시대에 와 있다고 해도 이건 진짜 경찰이 타임머신을 개발해 따라와서 손목에 수갑 채울 일이다.

'나이 서른에 어떻게 열다섯 살도 안 된 애를 건드려!'

"아, 갑자기 식은땀 나네."

생각하는 것만으로도 소름이 돋는다.

"지, 진짜 아니에요?"

"아니지, 그럼! 야, 지금 내가 혼약까지 하려고 얘기 오가는 중인데 아직 성인도 안 된 꼬맹이한테 무슨……."

"아……."

여초딩이 칼을 내려놓는다. 약간은 안심한 것 같은 얼굴이다. 그래, 제발 좀 안심해라. 나도 안심하게.

"감사드립니다, 장군."

대충 오해가 풀린 것 같아 내가 안도의 한숨을 내쉬는데 손권이 다가와 말했다.

"엉? 넌 또 뭐가 고맙다고?"

"전쟁에서 승리한 자가 전리품을 마음대로 취하는 것이 당연한 일인데……. 누이에게 아량을 베풀어주셨으니 감사할 따름입니다."

하긴 뭐, 이 시대에서는 언론이고 나발이고 아무것도 없으니까. 힘이 있고, 권력이 있으면 무슨 짓을 어떻게 하건 찍소리 못할 때이기는 하지.

"그리고 한 가지 더 감사드릴 게 있습니다."

"응?"

"수춘의 호족들에게 편지를 받았습니다. 장군께서 청야 전술로 식량과 집을 잃은 백성들에게 은혜를 베푸셨다지요?"

"그거야 뭐……. 이제부턴 원술의 백성이 아니라 우리 형님의 백성이니까."

"물경 십만에 이르는 백성입니다. 쉽지 않은 결정이셨을 터인데……. 백성을 위하는 장군의 마음에 비록 적이지만 감읍할 따름입니다."

손권이 다시 한번 더 나를 향해 읍한다.

"어, 그래……. 오해도 풀렸고 할 말도 다 했으니 이제 난 가보마. 호족들이랑 약속이 있거든. 필요한 게 있으면 쟤들한테 얘기해."

내가 그렇게 말하며 손을 흔드는데 손권의 눈매가 살짝 가늘어진다. 녀석이 나를, 제 누이를 번갈아 쳐다보더니 뭔가 결심했다는 얼굴로 내게 다가오고 있었다.

"장군께서 호족을 만나신다는 것은 그들의 협조를 받아 관리를 모집하겠다는 뜻입니까?"

"응? 뭐…… 그런 거지."

"지금 상태에서는 장군께서 그들을 만나신들 협조를 구하지 못하실 것입니다. 그들은 장군께서 수춘을 끝까지 여 장군의 강역으로 둘 수 있을지 확신하지 못하고 있습니다. 게다가 그들 중 상당수는 주공이 아닌 저희 가문을 지지하고 있기도 합니다."

"원술의 땅에서 원술이 아니라 너희를 지지한다고?"

"대장군께선 이미 인망을 잃은 지 오래니까요. 그 불만을 노숙 선생과 제가 함께 무마하며 지내고 있었습니다. 하여 제가 그들을 설득할 수 있을 것 같습니다."

"흠……."

뭔가 좀 묘하다. 진짜 비범하다 싶기도 하고.

아직 어린 나이인데도 어른들 사이에서 정치에 끼어들어 손 씨 가문의 일원으로서 역할을 하고 있던 모양이다.

내가 저 나이 땐 만날 게임이나 하고 만화나 보고 그랬는데 진짜 비교되네.

"근데 너랑 나랑은 적이잖아. 네가 왜 날 돕겠다는 건데?"

이게 제일 궁금한 거다.

손권이 또다시 쓰게 웃으며 말했다.

"민가를 불태우고, 식량을 징발한 것은 형님의 계책일 것입니다. 그렇다는 건 당장엔 수춘을 탈환할 수 없으니 조금이나마 장군을 괴롭혀 수춘의 민심을 흔들어둬 후일을 도모하겠다는 것이겠고요. 그런데 장군께선 백성을 거두고 계시질 않습니까?"

"그러니까 정리하자면 네 형의 방식에 동의하지 못하기 때문 이라는 건가?"

"그렇습니다."

녀석이 고개를 끄덕인다. 그 얼굴이 진지하기 그지없다.

"모자라나마 장군께 보답할 수 있도록, 수춘의 백성을 위해 행할 수 있도록 허락해 주십시오."

이번엔 아예 무릎을 꿇고, 날 향해 포권하며 녀석이 간절하 기 그지없는 얼굴로 말했다.

이렇게 간절하게 안 해도 콜 할 건데.

"으흐흐. 좋구만, 좋아."

대장군부에 꾸며진 정원을 거니는데 진짜 웃음만 나온다.

손권이가 호족들을 설득해 준 덕분에 하급, 중급 관료가 각각 112명, 35명이 추가된 탓이다.

덕분에 우리가 해야 하는 건 가끔 녀석들이 일을 제대로 하는지 살펴보면서 중요한 의사 결정을 내리는 것 정도로 줄어들었다.

말이 줄어든 거지, 하루에 10시간씩 일해도 끝나질 않던 게이제는 1시간 정도만 빡세게 보면 끝날 정도다.

"확실히 인재를 모으기는 해야 한다니까."

역사에 이름 한 줄 못 남긴 평범한 관리들만 모여도 이 정도인데 진짜 유명했던 사람들을 잔뜩 모으면 오죽하겠나 싶다.

거기에 이제는 공명이까지 있으니까……. 조금만 더 있으면이 고생도 다 끝이고 행복 시작이다. 흐흐.

"장군! 장군!"

내가 혼자 웃고 있을 때 저 멀리에서 익숙한 목소리가 들려왔다.

"어. 후성아. 갑자기 왜?"

"최염 선생께서 도착하셨습니다!"

"오, 드디어 왔구만."

제갈근이 평하길 최염은 아직 세상에 그 능력이 알려지진 않았으나 문무를 겸비한 인재라 했다.

최염한테 군을 맡기는 건 조금 불안하지만, 성을 지키고 안정시키는 일 정도는 충분할 거다.

이러면 걱정할 필요도 없다. 마음 편하게 해방되면 된다.

내가 그렇게 생각하며 후성과 함께 대장군부의 입구로 향했다.

그곳에 세워져 있던 커다란 마차에서 최염이 멋쩍은 얼굴로 내리고 있었다.

"오랜만에 뵙습니다, 장군."

"이런 곳에서 뵙게 되니 더 반갑네요. 잘 오셨습니다."

진짜 진심을 999% 담아 최염과 인사하는데 마차 쪽에서 뭔가 덜컹거리는 소리가 들려왔다.

'마차엔 최염 혼자만 타고 있던 거 아닌가?'

이상한 마음에 마차를 지켜보고 있는데 거기에서…….

"어라?"

익숙한 얼굴이 모습을 드러냈다.

하얀색 장삼에 백우선을 손에 든 훤칠한 키에 잘생긴 외모, 그러나 아직 중딩인 탓에 앳된 모습까지.

내가 기억하고 있던 공명이다.

그런 공명이 백우선으로 자기 얼굴을 가리며 마차에서 내리고 있었다. 그리고 그런 녀석의 한쪽 눈이…….

"너 누구한테 맞았냐?"

밤탱이가 되어 있었다.

사람이 왔는데 계속 밖에다가 세워둘 수만은 없는 노릇. 나는 최염과 공명을 데리고 대장군부의 외당으로 향했다.

대화의 첫 시작은 의례적인 인사말이었다. 그리고 가볍게 인사를 주고받았을 때, 최염은 당연하다는 듯 본론을 꺼냈다.

"북방에서의 방비를 소홀히 할 수 없는 만큼, 곽공 휘하에 있던 병사 일만과 진류에서 공대 선생이 새로이 양성한 병사 일만을 함께 데리고 왔습니다."

"이만 명이나 된다고요?"

"숫자만 많을 뿐, 실질적으로 야전에서 도움이 될 수 있을 병력은 아닙니다. 실전 경험도 매우 적은 데다 지휘 체계도 혼란하니 말입니다. 이런 병력은 수성전에서 활용하는 것이 가장 좋다고 공대 선생께서 말씀하시더군요."

다른 사람도 아니고 진궁의 말이면 그런 거겠지.

그래도 조금 걱정스럽기는 하다. 나랑 형님이 수춘에 있을 때야 원술이 병력을 얼마를 끌고 오건 별로 걱정이 안 되는데 우리가 가버리고 나면 평범한 장수1이 내려와 평범한 군대1과 함께 성을 지키는 상황이 되니까.

아무리 최염이 문무겸전이라고 해도 주유한테는 안 될 것 같은데.

"너무 걱정하지 마십시오. 나아가 공격하는 것이라면 또 모르겠으나 눌러앉아 지키는 것이라면 얼마든지 가능합니다. 게다가 공대 선생께 만약의 상황을 대비한 계책도 받아 왔으니까요."

"하, 하하."

내 얼굴에서 걱정하는 티가 났던 모양이다.

어색하게 웃고 있는데 최염이 품속에서 편지를 꺼내 내게 내밀었다.

"뭡니까? 이게."

"제갈자유가 장군께 전하라 한 것입니다."

'응?'

내가 편지를 받는데 한 손으로 밤탱이가 된 눈을 감싸고 있던 공명이가 갑자기 몸을 움찔거린다.

"공명이 눈이 왜 저렇게 된 건지, 혹시 아십니까?"

"읽어보시면 아실 겝니다."

입가에 자그마한 미소를 띤 채 최염이 말했다.

'뭐기에?'

비단을 촤락 펼쳤다.

<끊임없이 들려오는 장군의 승전보를 들으며 이 제갈 모는 감탄, 또 감탄⋯⋯.>

인사말이다. 의례적인 인사말. 대충 읽으며 쭉 내리니 오래 지나지 않아 본론이 나왔다.

<공명이 교만하여 내치의 대소사를 가벼이 여기고 업무를 처리함이 미욱한 데다 게으르기까지 합니다. 하여 스승이신 장군께서 공명의⋯⋯.>

"정신머리를 고쳐주시길 부탁드립니다?"

편지를 다 읽으니 공명이 내 시선을 피한다.

평소 그렇게도 당당하고 자신 넘치던 녀석의 얼굴이 시무룩해져 있었다.

이거 아무래도 저 눈은…….

"공명아. 설마 형한테 맞은 거냐?"

녀석이 또 몸을 움찔거린다. 그러면서도 아니라고는 말을 못 하는 게 진짜 맞기는 한 모양.

와, 제갈근 그 양반 진짜 올곧은 데다 감정 기복 같은 건 아예 없는 것 같았는데 의외네.

"전 먼저 일어나 보겠습니다. 아무래도 최대한 빠르게 이곳의 상황을 파악해 봐야 할 것 같군요."

"위월이 이곳 호족들의 협력을 받아 업무를 보고 있으니 그녀석을 찾아보십시오."

"예, 장군. 그럼."

최염이 외당을 빠져나가고 나니 풀 죽은 얼굴로 있던 공명의 모습이 조금씩 평소대로 돌아온다. 잔뜩 굳어 있던 것도 풀리고, 지금껏 손도 안 대고 있던 차도 들어 향을 음미하고 있었다.

"어떻게 된 거냐?"

"별거 아닌 일로 형님께서 진노하신 통에…… 이렇게 됐습니다. 스승님께선 심려치 마십시오. 괜찮습니다."

"편지에서는 별거 아닌 일이 아닌 것 같던데?"

공명이 한숨을 푹 내쉬더니 고개를 젓는다.

"인구가 일만도 안 되는 자그마한 현의 일 처리가 약간 늦어진 것으로 형님께서 진노하셨을 뿐입니다."

"그래?"

"예."

"그러면 뭐……. 알았다. 자유 선생에겐 내가 잘 얘기해 보마."

엄청 중요한 뭔가를 맡겼던 건 아닌 것 같다.

나도 이쪽 시대의 업무를 봐왔으니 알 수 있다. 인구 일만이 안 되는 작은 현에서는 큰일이라 봐야 백성들 간의 다툼, 재산의 상속, 농사에 관련한 몇몇 문제 정도가 전부니까.

그렇긴 하지만……. 확실히 제갈근의 말대로인 것 같긴 하다.

공명이가 내가 기억하는 역사에선 천재의 전형이자 완벽한 관리이며 충신의 표상이었지만 지금 내 앞에 있는 이 녀석은…….

"아직 어려서 그런가?"

"예?"

"응? 아냐. 아무것도."

"그나저나 스승님. 전투가 또 벌어진다고 하면 제자를 꼭 데리고 가주지 않으시겠습니까? 사내대장부로 태어난 이상, 사소한 일보단 대국의 향방을 가르는 큰일을 하고 싶습니다."

그러면서 녀석이 기대감 가득한 얼굴로 날 쳐다보는데 이러고 있으니 제갈근의 마음이 살짝 이해가 된다.

이거 완전 때려 키워야 할 각이다.

'잘 부탁드리겠습니다.'

'하하. 걱정하지 마십시오. 확실히 지켜내도록 하겠습니다.'

'믿겠습니다. 그럼.'

최염이랑 그렇게 인사를 나누고 수춘을 떠나온 게 벌써 한참이다. 나는 후성, 위월을 비롯한 장수들과 제갈량과 손권, 이름이 손상향이라던 그 누이를 데리고 양국으로 향했다.

"하여간…… 일이 원수라니까."

양국은 지금까지 형님이 확보한 진류, 제음, 산양, 임성, 패, 수춘까지 모든 곳을 아울러 봤을 때 정확히 중심부에 자리한 곳이다. 한국으로 치면 대전 정도의 느낌이라고나 할까?

'장군이 양국에 머무르며 예주 전역을 안정시키는 일에 힘을 보태주었으면 하오.'

최염을 통해 전해져 온 진궁의 전언이다.

마음 같아선 그냥 바로 산양으로 돌아가 휴식도 좀 취하고, 제갈영도 만나보고 싶은데 진궁의 말이 틀린 게 아니어서 결국엔 이렇게 와버렸다.

이런 날 반기는 것은 물론…….

"진짜 끝도 없이 밀려드는구나."

미쳐 버릴 것 같은 죽간의 산이다.

보통 드라마에서 보면 왕이나 주지사, 태수 같은 건 적당히 놀고먹으며 진짜 중요한 일은 밑에 사람들이 다 처리하던데. 왜 나는 가는 곳마다 이렇게 일이 넘쳐나는 거지?

그렇다고 사람이 없는 것도 아니다. 사마랑에 최염, 제갈근에 진궁, 거기에 제갈량까지 있기는 한데.

"하아……"

문득 깨달음이 왔다.

'그러네. 사람이 없네.'

땅은 넓은데 그걸 다 커버할 인재가 없다.

"왜 그러십니까? 장군."

내 옆에서 나보다 더 많은 죽간을 쌓아두고 있던 위월이 반문했다.

"내정을 전담해서 처리해 줄 인력이 너무 적다는 생각이 들어서."

"오. 인력을 충원하는 겁니까?"

"어. 일단은 충원이긴 하지. 재활용을 좀 해보려고."

"재활용이라고요?"

"우리 손아귀에 들어와 있지만, 활용은 못 하는 인재가 있잖냐."

즉시 전력감은 아니지만 일단 등용에 성공해서 제대로 키워놓기만 하면 1인분은 확실하게 할 거다. 어쩌면 4인분, 5인분이 될 수도 있고.

바로 가봐야겠다.

"자, 장군! 어디 가십니까?"

내가 자리에서 일어나니 위월이 황망한 얼굴로 날 쳐다본다. 후성과 다른 이곳의 다른 관리들 역시 마찬가지.

"흠흠. 내가 놀러 가는 것으로 보이냐?"

"업무가 이리도 산처럼 쌓여 있는데 갑자기 자리를 비우시면 당연히 그리 보이지요. 아니십니까?"

그래도 나랑 제일 친하다고 후성이 자리에서 일어나 대표로 말했다.

'하, 이 자식 나를 너무 잘 안단 말이야?'

나는 최대한 목소리를 내리깔고 근엄한 목소리로 말했다.

"후성아."

"예, 예?"

"나는 지금 놀러 가는 것이 아니다. 너희들은 상상도 못 할 중차대한 일을 처리하러 가는 것이지."

"무슨 일입니까? 소장도 함께 가서 장군을 보좌하겠습니다."

그러면서 제발 데리고 가달라는 듯 간절한 눈빛을 쏴대는데 미안하지만 안 돼. 나 혼자만 가야 하거든.

"후성이 너처럼 우수한 인력이 빠져서는 일이 돌아가질 않을 거다. 그러니 이곳에서 네 능력을 마음껏 발휘하도록. 다른 이들 역시 마찬가지다. 다만……."

"다만?"

후성이 눈동자를 반짝인다. 그러면서 위월을 쳐다보는 게 내 입에서 튀어나올 말이 몹시 기대되는 모양.

쟤도 승진하고 싶은 건가?

"이곳에서의 업무가 신속하고 명확하게 처리되면 내 책임지고 그 공을 형님께 알릴 것이다. 그러면 승진하는 것도 가능해지겠지?"

"오오오, 정말이시죠?"

"오냐."

후성이 자리로 돌아가 앉는다. 위월은 지금까지보다 최소 1.5배는 더 빠른 속도로 죽간을 확인하기 시작했다.

쟤는 승진한 지 얼마나 됐다고 또 저래?

그리고…… 일에는 별로 관심이 없어 보이던 공명이도 갑자기 죽간을 열심히 들여다보기 시작했다.

쟤도 승진 욕심이 있었던 건가?

뭐 어쨌든…….

"고생들 해라. 다녀올게."

좋구만.

쟤들은 승진해서 좋고, 난 영업 겸 인재 발굴에 몰두하며 원래 있던 우리 인재들의 옥석도 가리고.

<u>흐흐흐.</u>

📱

"무슨 일로 오셨습니까?"

손권과 손상향에게 내어줬던 자그마한 장원. 그곳에 도착하니 손권이 날 맞이했다.

녀석은 여전히 긴장한 얼굴로 날 쳐다보는 중이었다.

"야. 긴장 풀어. 내가 널 잡아먹기를 하냐, 뭘 하냐. 그냥 얘 기나 좀 하자고 온 거야."

"얘기라니요? 포로로 잡혀 있는 저와 장군이 나눌 이야기가 뭐가 있다고……."

그러면서 이젠 경계심까지 보인다.

"혹시나 해서 미리 말씀드리는 것입니다만, 제가 주공에 대해 장군께 토설할 이야기는 전혀 없습니다."

"야. 누가 정보나 캐러 온 줄 알아? 나 그냥 일이 너무 많아서 핑계 대고 도망 온 거니까 그냥 편하게 있어도 돼."

이번엔 또 손권이 고개를 갸웃거린다. 마치 내가 왜 이러는지 전혀 모르겠다는 것처럼.

아직 어려서 그런가, 얼굴에 표정이 그대로 드러나네. 귀여운 자식.

조금만 기다려라. 형이 완벽한 내정 셔틀로 만들어줄 테니까.

"장군께서는 제가 생각했던 것과는 상당히 다른 분이신 것 같습니다."

애를 세뇌하려면 어떤 부분에서부터 시작하는 게 좋을까, 그렇게 고민하고 있을 때 손권이 의외라는 듯 날 쳐다보며 말했다.

"응?"

"처음 장군의 위명을 전해 들었을 땐 정말 무서운 분이라고 생각했습니다."

"내가? 무섭다고?"

"장군께서는 가시는 곳마다 적의 계략을 꿰뚫어 대승을 거두셨잖습니까. 저희 형님께도 그러셨고요. 해서 바늘로 찔러도 피 한 방울 나오지 않을 냉정한 지략가가 아닐까 생각했었는데……."

"했었는데?"

"모르겠습니다. 이렇게 가까이에서 장군을 뵙고 나니 형님과 격의 없이 즐겁게 지내던 시절이 생각나기도 하고……."

그러니까 무서운 사람인 줄 알았는데 알고 보니 편안하다는, 뭐 그런 얘기인 모양이다.

포로로 잡혀 있는데도 이렇게 생각할 정도면 내가 엄청나게 잘해준 것이거나, 얘가 원래 비범한 애여서 전혀 겁을 안 먹었거나 둘 중 하나겠지.

단순히 등용을 권해볼까 했는데 생각이 바뀌었다.

손권 같은 녀석도 제자로 둘 수 있으면 참 좋을 것 같다. 내가 직접 옆에다가 두고서 충실한 일꾼으로 키워낸다면 죽을 때까지 일하고는 거리를 두고 평온하게 놀고먹을 수 있지 않을까? 제자로 있는 애들이 빵빵하면 나한테 잔소리할 수 있는 놈들도 없을 테고.

"음."

"왜 그렇게 보십니까?"

"손권아. 넌 원술을 어떻게 생각하나?"

"주공께서는……."

"뭐야. 너 원술 별로 안 좋아하는구나?"

"예, 예?"

"야. 내가 천문을 읽어서 네 형님이 세양을 공격하려고 움직이는 중이라는 것도 알아내고, 주유의 계책도 꿰뚫어 본 사람이야. 네 머릿속 들여다보는 것 정도야 간단하지."

"저, 정말…… 정말로 그러하십니까?"

살짝 드립 치듯 얘기한 건데 애가 화들짝 놀라며 날 쳐다본다. 마치 생각하면 안 되는 걸 생각하기라도 한 것처럼.

확실히 원술을 안 좋아하는 모양이다. 이러면 가능성이 있겠는데?

"손권아."

"예, 장군."

"너, 내 제자가 되어라."

녀석이 멍하니 날 쳐다본다. 내가 말한 것을 이해하지 못하겠다는 듯.

다시 한번 얘기해 줘야 하나?

"내 제자가 되라고."

"제, 제가 어찌 장군의 제자를……."

"왜. 싫으냐?"

녀석이 입을 다문다. 그러고서 뭔가 골똘히 고민하기 시작하는데 딱 봐도 알 수 있다. 제자가 되는 걸 싫어하는 건 아닌 것 같다.

뭔가 걸리는 게 있는 모양인데 원술에 대한 의리보단 손책이나 주유를 걱정하는 것이겠지.

"내 제자가 된다면 네가 원술을 상대로 싸우게 되는 일은 없을 거다. 그리고 네 형 손책과 주유는 확실히 살려주마. 무슨 일이 있어도 말이야."

"절…… 제자로 삼기 위해 그렇게까지 하시겠다는 것입니까?"

"응."

일말의 고민도 없이 내가 고개를 끄덕이니 손권의 얼굴에 감격스러운 기색이 피어오르기 시작했다.

손권이 날 따르고 있으면 나중에 손책이나 주유를 포로로 잡았을 때 등용하기가 쉬워진다. 그리고 산양에 포로수용소 정도의 느낌으로 만들어둔 장원에 갇힌 정보, 한당 등등도 활용할 수 있겠지.

손권 하나 얻는 거로 줄줄이 굴비 엮듯 얻어올 수 있는데 내가 뭘 못 해주겠어?

"네가 싫으면 뭐 어쩔 수 없고. 억지로 제자가 되라고 강요할 생각은 없다."

"아니, 아닙니다. 다른 분도 아니고 그 위명이 천하에 자자하신 위속 장군이신데……. 하겠습니다. 제자의 절을 받으십시오."

그러면서 손권이 제 옷매무시를 가다듬더니 나를 향해 큰절을 올린다.

흐흐. 이렇게 해서 주유까지 얻으면 진짜 대박이겠는데?

사마의는 아직 어떻게 될지 알 수 없지만, 제갈량에 진궁에 주유까지 있으면 이거 완전 드림 팀이다, 드림 팀.

"다들 고생했다."

태양이 서산 너머로 저물고, 달이 떠오른 지 한참이 지났을 무렵. 나는 공식적으로 업무가 끝났음을 선언하며 자리에서 일어났다.

죽간은 여전히 산더미처럼 쌓여 있고, 그걸 처리할 인력은 턱없이 부족하다. 위월과 후성, 공명까지 모두 피곤한 기색이 역력했다.

"으……."

특히 공명이는 하기 싫다는 티를 온몸으로 팍팍 내는 중이다. 그나마 내가 지켜보고 있으니 억지로라도 하는 거지, 아니었으면 아마 진즉에 다른 일을 하겠다며 도망쳤을 터.

쟤도 어떻게 잘 훈육해서 나 대신 일 처리를 다 해줄 머신으로 만들어야 하는데…… 어떻게 한다?

나는 고민하며 하늘을 올려다봤다.

며칠 전부터 슬슬 달이 차오른다 했는데 드디어 보름달이다. 완연하게 차오른, 둥그런 달이 노르스름한 빛을 뿜어내며 밤하늘에 떠올라 있다.

"후후."

치트 키를 쓸 순간이 돌아온 건가.

무릉도원으로 들어가면 제갈량과 손권에 대해 알아봐야겠다.

이 녀석들을 어떻게 해야 좀 더 좋은 일개미로 만들 수 있을지 그리고 주유를 어떻게 해야 항복시킬 수 있을지 정보를 찾아봐야지.

나는 그렇게 생각하며 내 거처로 마련된 장원으로 돌아가 침상에 누워 눈을 감았다.

얼마 지나지 않아 쏴아아아- 하는, 무릉도원에 들어갈 때 특유의 그 바람 소리가 들려왔다.

눈을 떠 보니 짙은 안개가 내 주변을 가득 메우고 있다.

자연스레 손을 뻗어 머리맡을 더듬으니 핸드폰이 만져졌다.

"흐흐."

무릉도원에 들어오는 것, 전에도 좋았지만 오늘은 특히나 더 기분이 좋다. 여기에 한 번씩 들어올 때마다 평생을 놀고먹을 밑천이 마련되는 것 같은 느낌이랄까?

혼자 기분 좋게 웃으며 지금까지 항상 그랬던 것처럼 여포, 위속 같은 단어들을 키워드로 검색하니 글들이 마구마구 올라오기 시작했다.

'30만 지적을 선언했던 여포가 30년을 존버한 이유', '원소군 30만과 여포군 10만의 싸움 연주 대전', 'if_연주 대전에서 여포가 이겼다면 어떻게 됐을까요?' 같은 제목들이 잔뜩이었다.

지난번에는 원담이더니 이번엔 원소가 직접 쳐들어온다는 건가?

9장
또 내 무덤을 판 거야?

싸하다.

지난번에는 원담이 왔었고, 전풍이 왔다. 안량은 아예 죽기까지 했고. 그랬으니 이번엔 진짜 각 잡고 준비란 준비는 다 해왔을 터.

"하, 이거 진짜."

꿈속임에도 머리가 지끈지끈하다.

방법을 찾아야 한다.

그렇게 연주 대전을 키워드로 두고 검색을 하는데 글 하나가 내 눈에 들어왔다.

'만약 연주 대전에서 여포군이 수성에만 집중했다면?'

이거다.

〈연주 대전 때 여포군이 성양으로 나가지 않고 산양과 제음 같은 성을 지키는 것에만 주력했으면 어땠을까요? 전력이 보존됐으면 수성전으로 원소군이 쳐들어오는 걸 막을 수 있었을까요?〉

└킹왕저수지: 불가함. 야전에서 병력 까먹는 일이 없었다고 해도 홍수가 나서 여포군 전력이 완전 확 깎임여. 군량도 홍수 때문에 다 썩었는데 사전에 미리 준비했으면 또 모를까, 여포네가 어떻게 버팀여?

└패왕유비: 내가 보기에도 좀⋯⋯. 제음, 진류 다 홍수로 식량이 썩어서 도저히 버틸 수 있는 상황이 아니었잖아여. 물론 홍수로 피해 본 건 원소도 마찬가지였지만 여포 쪽에서는 복구 불능이었으니 답이 없어여⋯⋯.

└돌돌허저: 성양에서 손해 봤어도 우리 승상이 범현에 있던 군량을 털었으면 또 모르겠는데 그게 아니어서. ——

└저격수여포: 홍수 때문에 원소가 더 진격할 상황이 안 됐으니 연주로 끝나고 여포가 강남 내려가서 원술 때린 거지, 그거 아니었으면 진짜 ㄹㅇ로다가 망했을 듯. ㅋㅋㅋㅋ

└대군사가후: 제갈량이 이땐 아직 대군을 통솔하는 능력이 부족해서⋯⋯. 솔까 경험 좀 쌓여 있던 상태거나 위속이 원래 폼대로 활약했으면 저수랑 원소가 아마 졌을 거임. 근데 둘 다 이런저런 이유로다가⋯⋯.

└위속위승상: 야전에서 기회가 딱 한 번 있었는데 그거 살리면 어케 버틸 수 있는 거고, 못 살리면 버티다가 홍수로 똥망⋯⋯. 개인적으로 봤을 땐 우리 승상 커리어에서 최악의 오점이 되는 전투임. ㅠ

몇 가지는 확실하게 확인했다.

원소군 군량의 위치, 남하하는 원소를 요격하러 나갔다가 기회를 살리지 못하고 우리가 큰 손해를 봤으며 엎친 데 덮친 격으로 홍수가 났다는 점까지.

"홍수라……"

무릉도원이 녹아내리기 전에 최대한 다른 정보들을 수집해야 한다. 내가 그렇게 생각하며 무릉도원의 글을 마구잡이로 뒤적이고 있을 때.

스르르르르-

세상이 녹아내리기 시작했다.

꿈에서 깨어날 시간이다.

📱

"아오."

블러드 문이 떠올랐을 때처럼 시간이 충분했으면 좀 더 많은 정보를 얻었을 텐데 이건 뭐, 그냥 순식간이다.

새삼 무릉도원의 그 짧은 시간에 마음이 답답해진다.

하지만 더욱 나를 답답하게 하는 건 지금 내가 제음이나 산양이 아닌 예주의 양국에 머물고 있다는 점, 그리고 구체적으로 원소가 언제쯤 공격해 오는 것인지를 알지 못한다는 점이었다.

"장군. 기침하셨습니까?"

내가 인상을 찌푸리며 몸을 일으키는데 밖에서 황 노인의 목소리가 들려왔다. 문이 열리며 황 노인이 들어오고 있었다.

"세안을 준비시킬까요?"

"그것도 그건데 지금 바로 말을 준비시켜 줘요. 공명이랑 위월, 후성한테도 얘길 전해주고. 준비가 끝나는 대로 산양으로 갈 거니까."

"알겠습니다."

이제부터는 시간과의 싸움이다. 원소가 남하해 오는 게 정확히 언제인지는 알 수 없지만 싸움의 와중에서 홍수가 났다는 걸 보니 여름이 끝나기 전일 가능성이 높다.

벌써부터 날이 텁텁한 게 초여름이 되어가는 중이니 원소의 대군이 남하해 오는 건 길어 봐야 보름 정도 이내가 아닐까.

"아, 황 노인! 손권이랑 손상향, 그쪽에다가도 얘기 전해줘요. 같이 데리고 갈 거니까."

"알겠습니다요."

🔲

"오셨구려."

정신없이 말을 달렸다.

그렇게 산양에 도착하니 언제 온 건지 진궁이 날 맞이했다. 그런 진궁의 옆으로 왕삼과 제갈근이 함께 서 있었다.

"어라, 공대 선생께서 어떻게 벌써 오셨습니까? 제가 출발하면서 사람을 보냈으니 아직 진류에 도착하지도 못했을 건데."

"나 역시 장군에게 사람을 보냈는데…… 만나지 못한 것이오?"

"전혀요."

"허허. 서로가 엇갈렸음에도 이리 만나게 되다니 기이한 일이구려. 자, 일단 들어갑시다."

말에서 내리며 태수부 안쪽으로 들어갔다.

자연스레 안내하는 진궁을 따라 외당으로 향하니 향긋한 고기 냄새가 코끝을 자극한다. 고기 위주로 꾸려진 만찬이 외당에 세팅되어 있었다.

그리고 그와 함께.

"고생했다. 급하게 오느라 식사도 못 했을 터인데 일단은 들거라. 들면서 이야기하자."

반가우면서도 믿음직스럽기 그지없는 형님의 목소리까지.

기분 좋게 들어가 형님의 바로 아래쪽에 마련된 자리로 가서 앉는데 진궁이 손권을 쳐다본다. 형님 역시 마찬가지.

"누구야? 저건. 처음 보는 얼굴인데?"

"인사 올리거라. 제가 이번에 새로 들인 제자입니다."

"오정후 겸 장사 태수 손견의 아들, 손권이 사군께 인사 올립니다."

손권이 형님의 앞에서 정중하기 그지없는 움직임으로 읍했다. 형님의 눈이 동그래지고 있었다.

"손견? 그러면 손책의 동생 아닌가?"

"지난번, 수춘을 점령하며 포로가 됐던 녀석입니다. 그런데 가만히 살펴보니 애가 꽤 똑똑해서요. 제가 가르쳐 보기로 했습니다."

"손씨 핏줄이잖아. 그럼 쟤도 싸움 잘하겠는데?"

형님이 씩 웃으며 일어나더니 바른 자세로 서 있는 손권의 주변을 한 바퀴 빙 돌았다.

"아직 운동은 안 하는 모양이네. 만날 책만 본 모양이다?"

"제 형님께서 말씀하시길 제가 원하는 것을 하라 하시어 무예보단 치국을 익히는 것에 집중하고 있었습니다."

"핏줄이 핏줄이니 무예를 익혀도 대성할 수 있을 것 같은데. 흠, 뭐 네가 정하는 거지. 잘 배워라. 내 동생이라 하는 말은 아니지만 쟤 좀 쩔거든?"

"쩌, 쩔다니요?"

손권의 눈이 동그래진다.

형님이 씩 웃으며 녀석의 어깨를 두드려 줬다.

"엄청 잘났다고. 문숙에게 잘만 배우면 너도 쟤만큼은 아니어도 그 반 정돈 가. 쟤 알지?"

이번엔 형님이 턱짓으로 공명을 가리켰다. 공명의 입가에 득의양양한 미소가 피어오르고 있었다.

"쟤도 문숙한테 배워서 잘 됐잖아. 넌 인마, 운이 억세게 좋은 거야."

"가, 감사합니다."

그러면서 녀석이 형님을 향해 다시 한번 읍했다.

아무리 생각을 해봐도 내가 공명에게 가르친 건 딱히 없는 것 같지만 그래도 칭찬해 주는데 굳이 그걸 정정하고 싶지는 않다.

가만히 있어야지. 흐흐.

"괜찮겠소이까?"

내가 그렇게 웃고 있는데 진궁이 다가와 귓가에다가 대고 자그마한 목소리로 말했다.

"뭘 걱정하시는지는 알겠습니다만, 괜찮을 것 같습니다. 확인할 방법도 있고요."

"장군이 그리 말씀하신다면 그런 것이겠지."

그러면서 자신의 자리로 돌아가더니 할 말이 있다는 얼굴로 좌중을 돌아본다.

그 표정이 자못 심각한 게 아무래도…….

"장군께서 이리 급히 달려오신 것을 보니 어쩌면 알고 계실 수도 있다는 생각이 드오. 며칠 전, 원소의 대군이 기주 원성현에서 집결 중이라는 소식을 전해 들었소이다. 그 숫자가 물경 삼십만에 이른다 하오."

무릉도원에서 봤던 내용이다. 내가 고개를 끄덕였다.

"알고 계셨구려."

"그 일 때문에 급히 공대 선생을 산양으로 모시고자 사람을 보냈습니다. 저도 이렇게 달려온 것이고요."

"역시 위속 장군은…… 정보가 참으로 빠르시오. 허면 적의 주장이 누구인지 역시 알고 계시오?"

"원소가 직접 나섰고 군사가 저수 부군사가 전풍이며 장합과 고간, 순우경을 비롯한 여러 장수들이 나선 것으로 압니다."

"허어…… 참으로 대단하시오. 위속 장군은 앉은 자리에서 천 리 밖을 내다보시는구려."

"과찬이십니다."

내가 가볍게 웃으며 물을 한 모금 마시는데 아래쪽에 앉아 있던 공명, 손권과 눈이 마주쳤다.

녀석들이 초롱초롱한 눈동자로 날 쳐다보고 있었다.

귀여운 자식들. 무럭무럭 자라나렴.

"그럼 장군. 원소를 막을 계책도 있으시오?"

진궁이 말했다. 그냥 평소와 같은 얼굴이고, 평소와 같은 목소리다.

하지만 평소와는 뭔가 느낌이 다르다. 약간은 절박한, 그러면서도 간절한 느낌이랄까.

"스승님. 제자의 발언을 허락해 주시겠습니까?"

이곳으로 오며 세웠던 나름의 계획을 이야기하려는데 공명이가 자리에서 일어났다.

내가 고개를 끄덕이니 녀석이 진궁을 향해 포권하며 고개를 숙여 보였다.

"소생 위속 장군의 제자인 제갈공명이라 합니다."

와. 그냥 간단한 자기소개일 뿐인데 포스가 장난이 아니다. 제갈공명이라니.

녀석이 입가엔 여유로운 미소를 머금은 채 백우선을 흔들고 있었다.

"소생이 보기에 원본초는 조맹덕의 영역을 지날 수밖에 없으나 현재 조맹덕은 역적 이각과 곽사를 토벌하는 중이지요. 동군과 제북, 태산에서는 웅크리며 방어에만 집중할 뿐 감히 성 밖으로 나올 엄두를 내지 못할 것입니다."

"그렇겠지."

진궁이 고개를 끄덕인다.

"게다가 현재 우리는 조맹덕과 기묘한 협력 관계에 놓여 있습니다. 동맹도 아니고 적도 아닌, 애매한 관계이지요. 원본초는 필시 우리가 조맹덕의 영역을 범하지 못할 것이라 생각할 터이니 그 허를 찔러야 합니다."

진궁의 눈매가 가늘어진다.

"북연주로 나아가 적들을 요격하자는 이야기인가?"

"예, 물론 우리가 대군을 이끌고 간다면 적들이 사전에 알아차릴 것이니 소수 정예의 기병대로 일거에 들이쳐야 할 것입니다. 그것만으로 대승을 거둘 순 없겠으나 기세를 꺾을 순 있겠지요."

"조맹덕의 영역을 범하는 일일세. 뒷감당을 어찌하겠는가?"

"그와의 관계는 어디까지나 필요에 의한 것이지, 신의에 의한 것이 아닙니다. 원본초를 꺾고, 연주의 지배를 확고히 한다면 설령 불만이 있다 한들 조맹덕은 아무런 말도 하지 않을 것입니다. 그리고 한 가지 더."

공명이 잠시 말을 끊더니 주변을 돌아본다.

그런 공명의 시선이 손권에게 가서 멈췄다. 녀석이 씩 웃고 있다. 마치 자신의 모습을 잘 지켜보라는 것처럼.

뭐야 쟤…… 같은 제자라고 벌써 라이벌 의식을 느끼는 거야?

"뭘 더 말하려는 것인가."

"선생께서도 그러하신 것처럼 저수는 우리가 이렇게 나올 것을 예상하고 있을 것입니다. 그러니 기습했다가 패한 척, 도주해야 합니다. 그러기 위해선 적절한 장소에 아군 병력을 매복시켜 두어야 하겠지요."

그러면서 공명이 처음과 같은, 여유로우면서도 자신감 넘치는 얼굴로 진궁을 쳐다보는데 아직 어리긴 하지만 역시 제갈량은 제갈량인 것 같다.

이런 게 클라스라는 건가?

"허, 허허…… 허허허허. 위 장군의 제자가 참으로 대단하오. 장군께선 어떻게 저런 제자를 키워내신 것이오?"

'키운 게 아니라 발굴이죠. 제 제자랍시고 저쪽에 서 있는 녀석이 역사상 제일 유명한 천재 중 하나라니까요?'

그 말이 목구멍까지 올라왔지만, 꾹 눌러 참았다. 이런 상황에선 그냥 조용히 웃고 있는 게 제일 좋다.

나는 별거 아니라는 듯, 겸손해하는 얼굴로 진궁의 모습을 지긋이 응시했다. 나를 쳐다보는 진궁의 눈동자에 부러워하는 기색이 가득하다.

왕삼이 때문이겠지. 쟤도 애가 착하기는 한데…… 흠흠.

"이 사람이 보기엔 공명의 계책이 참으로 좋은 것 같소. 위속 장군은 어떻게 생각하시오?"

"좋습니다. 다만."

"다만? 여기에서 더할 게 또 있단 말이오?"

진궁의 눈이 동그랗게 커진다.

지켜보고 있던 제갈량 역시 마찬가지. 녀석이 기대감에 가득한 눈으로 날 쳐다보고 있었다.

〈이때 저수가 추격군으로 장합을 보내고 혹시 매복이 있을까 봐 문추를 추가로 더 보냈는데 제갈량이 얘네 둘 다 같이 잡았으면 산양, 제음, 임성 셋 다 포위하기엔 병력이 모자라서 상황이 훨 나았을 거임.〉

무릉도원에서 보고 기억해 놔야겠다고 생각했던 댓글이다. 그 내용을 떠올리며 내가 말했다.

"이미 한 번 크게 패했던 만큼, 저수는 되도록 신중하게 움직일 겁니다. 추격을 해도 매복에 대비해 추가 지원을 뒤이어 보낼 가능성이 높습니다."

"음? 확실히……."

그렇게까지는 생각하지 못했다는 듯 공명이 중얼거리며 백우선을 만지작거린다.

진궁은 아예 빨리 더 얘기해 보라는 듯 내 입만 쳐다보고 있었다.

"한 달에 한 번씩 산양과 임성, 제음이 각각 필요한 물자를 교환하기 위해 우마차 수백 대를 동원하는 것으로 압니다. 마침 전쟁이 코앞이니 이례적으로 병참을 움직여도 이상할 게 없겠죠."

"그러면 장군의 계획은 설마……."

내가 고개를 끄덕이며 말을 이었다.

"그 우마차에 천막을 씌워 내용물을 볼 수 없도록 해놓고 병사들을 옮기다 성에서 멀리 떨어진 곳에서 야음을 틈타 내리게 하면 됩니다. 마침 서주에서 원담과 전풍을 격파하며 노획한 원소군의 군복도 많이 있으니 그걸 입혀서 이동하면 효과는 더 좋겠죠."

"스승님. 그럼 그렇게 위장해서 이동시킨 병력은 매복당한 적병을 구하기 위해 오는 적의 지원군을 섬멸하는 것입니까?"

"그런 거지. 정리하자면 이렇다. 첫째론 기병으로 야습하는 척 공격했다가 거짓으로 패해 일차 매복 장소로 유인한다. 둘째로 매복당한 병력을 지원하고자 온 병력에게 다시 거짓으로 패해 두 번째 매복 장소로 유인하는 거지."

"첫 번째 매복에서 적에게 가하는 피해가 매우 크지는 않도록 조절만 잘하면……"

"초전에 적의 예봉을 완전히 꺾어버릴 수 있소. 적병의 숫자를 확 줄일 수도 있겠군. 참으로…… 참으로 기발한 계책이외다. 이 진궁, 오늘도 위 장군의 지략에 감탄하며 크게 배우오."

진궁이 그러면서 내게 포권하며 고개를 숙이는데 찌릿찌릿한 시선이 느껴졌다. 나도 모르게 그 시선이 느껴지는 곳으로 고개를 돌리니 형님이 날 쳐다보고 있었다.

그것도 매우, 매우, 매우 강력하게 갈구하는 눈으로.

"문숙."

"예, 예?"

"설마. 날 빼먹은 건 아니겠지?"

형님이 자리에서 벌떡 일어난다. 조용히 잠들어 있던 태산이 깨어나는 것 같은 느낌이다.

형님이 내 쪽으로 다가오고 있었다.

"하, 하하……. 그럴 리가 있겠습니까. 형님께서 나서주셔야 하는 계획인 걸요."

"오, 그러냐?"

"아주 위험하고, 어려운 역할이 있습니다. 그래서 차마 형님께 말씀드릴 엄두가 안 났을 뿐이죠."

전쟁치고는 별로 위험하지도 않고, 어려운 역할도 아니다. 하지만 이렇게 밑밥을 깔아놔야 형님의 기분이 좋아질 테니까……

"그런 역할은 이 여봉선이 맡아야지. 말만 해보거라. 무엇이냐."

벌써 스위치가 켜진 것 같다.

"형님께서 두 번째 매복의 지휘를 맡아주십시오."

"뭐야. 그게 왜 위험해? 그냥 가만히 숨어 있다가 공격하라고 명령만 내리면 끝인 것 아니냐. 문숙 너 설마 네가 혼자서 다 때려잡으려고 그러는 거냐?"

형님의 눈매가 가늘어진다.

"아, 형님. 제가 그럴 리가 있겠습니까. 형님이 말씀하신 것처럼 그렇게 보일 수도 있겠습니다만 이차 매복은 적을 섬멸하기 위해 가장 중요한 위치입니다. 기병이 적을 아무리 잘 유인하고, 일차 매복에서 적의 피해가 심하지 않도록 아무리 잘 조절해도 이차 매복에서 제대로 섬멸하지 못하면 말짱 꽝이라니까요."

"그거야 지휘만 잘하는 놈을 써도 되는 거 아니냐."

"아니죠, 형님. 섬멸이라니까요. 처음엔 활을 쏴서 적의 사기를 떨어뜨려야겠지만 그다음부턴 육탄전입니다. 직접 적진으로 파고들어서 싸워야 해요. 오봉곡처럼요."

"오봉곡이라."

안량을 격파했던 그 계곡의 이름이 나와시일까? 형님이 씩 웃는다.

"좋다. 내가 맡아주마."

다행이다.

"장군. 그럼 거짓으로 패해서 적을 유인하는 건…… 직접 할 작정이시오?"

내가 안도하며 미소 짓고 있는데 진궁의 그 목소리가 들려왔다.

"에?"

내가 지금 잘못 들은 게 맞겠지?

"역시…… 장군이 직접 그 까다로운 일을 맡아줄 작정이셨구려. 이 진궁, 위속 장군이 참으로 존경스럽소이다."

"제자 역시 마찬가지입니다. 철저하게 준비하고, 또 준비해서 스승님께서 유인해 올 적들을 확실하게 섬멸토록 하겠습니다. 아, 물론 두 번째 매복에서요."

잘못 들은 게 아닌 모양이다. 진궁에 이어 이번엔 공명까지 존경스럽다는 얼굴로 날 향해 포권한다.

뭐야, 이거. 분위기가 왜 이렇게 돌아가?

"소장. 장군과 함께하겠습니다."

"저 역시 마찬가지입니다. 맡겨만 주십시오. 확실하게 장군을 보조하겠습니다."

그런 와중에서 후성, 위월이 비장하기 그지없는 얼굴로 말하기까지.

아, 시바……. 또 내 무덤을 판 거야?

"제자 역시 스승님의 살신성인에 감탄하고 또 감탄하며 감읍할 따름입니다. 스승님의 무사 귀환 및 성공을 기원하며 멀리서나마 응원하고 있겠습니다!"

"저도, 저도요!"

지금껏 아무런 말도 없이 그냥 지켜보고 손권에 이어 왕삼까지 저러고 있다.

어, 그래. 응원이라도 해줘라……. 아오.

📱

"아오, 진짜."

늦은 밤.

성을 빠져나와 움직이는데 나도 모르게 울분이 치민다.

'또 미끼다, 또.'

그나마도 이번엔 안량처럼 힘만 쓸 줄 아는 놈이 아니라 저수와 같은, 원소군 전체에서 놓고 봐도 군략으로는 최고라고 평가받는 놈을 상대로 하는 거다.

계획도 잘 세웠고, 무릉도원을 통해 놈들이 어떤 것을 어떻게 준비해 두었는지도 대략적으로나마 알고 있기는 하지만 꺼려지는 건 어쩔 수가 없다.

게다가.

"저만 믿으십시오, 장군."

제 가슴을 탕탕 두드리며 말하는 저 녀석 때문에 더 신경이 쓰인다.

"삼십만이라고 했으니까 역사에도 기록은 확실히 남겠죠? 아, 누구처럼 싸워야 허저가 용맹하고 멋있게 잘 싸웠다고 기록이 남을까요?"

저러고 있으니까.

"허저야. 우린 어디까지나 유인하러 가는 거야. 때려잡으러 가는 게 아니라고."

"하하. 알고 있습니다, 장군."

"싸우는 건 두 번째 매복에서다. 기억해 놔야 해. 진짜야."

"예."

녀석이 그 순박한 얼굴로 고개를 끄덕이는데 아, 걱정된다.

진짜 인재를 모으기는 해야 한다니까.

특히 이런 상황에서 내가 믿고 맡길 수 있을, 돌격 대장 겸 현장 지휘관 정도의 역할을 할 수 있을 문무겸전의 장수로.

장료를 데려다가 이 역할을 맡기면 딱일 것 같은데 성을 지켜야 하니 그럴 수도 없고…….

"장군. 곧 적진입니다."

내가 혼자 한숨을 푹 내쉬는데 위월의 목소리가 들려왔다.

위월은 검은색 갑옷에 검은 투구를 쓰고, 검은 털을 휘날리는 말에 올라 기다란 창을 쥐고 있다.

'그래. 지금은 너밖에 없다.'

무예도 어느 정도 되고, 지휘도 잘하고, 행정 업무 처리하는 걸 보니 머리도 꽤 쓰는 것 같고.

"위월아."

"예?"

"너만 믿을게. 내 마음 알지?"

"갑자기 그게 무슨 말씀이신지……."

"널 키워야겠다고."

"저, 저를 말씀이십니까?"

"오냐."

"하, 하하……. 제가 어찌……."

어색하게 웃으면서도 싫지만은 않다는 얼굴이다.

"장군. 저도……."

후성이 잔뜩 기대하는 것 같은 얼굴로 다가오는데 미안. 넌 안 돼.

난 아직도 후성이가 귀신을 쫓는다며 내게 했던 짓을 기억하고 있다. 그런 녀석한테 군대를 어떻게 믿고 맡겨?

"적입니다!"

내가 그렇게 생각하고 있을 때, 위월이 소리쳤다.

저 멀리 앞, 좀 전까지만 해도 어두운 밤하늘 속에서 희미한 불빛만 보이던 원소군의 영채가 수백 미터 거리까지 가까워져 있었다.

"계획대로만 하자. 계획대로만. 알겠지?"

"예!"

"그러면…… 공격하라!"

"원소의 개들을 모조리 쓸어버려라!"

"와아아아아아아아아아!"

내 명령과 동시에 위월의 목소리가, 병사들이 내지르는 함성이 터져 나왔다.

일만 기에 가까운 우리 쪽 기마대가 달려드는 그 소리에 원소군의 영채에서 징 울리는 소리와 함께 북소리가 터져 나오고 있었다.

"크아아악!"

"베어라! 몰아붙이란 말이다!"

"막아라! 무슨 수를 써서라도 막아! 무조건 막아야 한다!"

사방에서 쉴 새 없이 외침이 터져 나온다.

영채의 목책을 무너뜨린 채 돌입해 들어간 우리 쪽 병사들과 원소군 병사들이 완전히 뒤섞인 채 난전을 벌이고 있었다.

"흠, 이건……."

기습이라는 건 상대가 당황하고, 제대로 방비하지조차 못하는 상황에서 불의의 일격을 가하는 거다. 공격하는 측의 피해는 거의 전무하다시피 한 상태로 꽤나 큰 전공을 거두어야 하는 것이고.

하지만 지금, 우리는 기습의 이점을 완전히 잃어버린 것이나 마찬가지의 상황이었다.

"장군. 슬슬 물러나야 하지 않겠습니까?"

백 명 남짓한 호위병들에게 둘러싸인 채 전투를 지켜보고 있던 내게 후성이 다가와 말했다.

"벌써?"

"이쯤이면 기습은 사실상 실패한 거나 마찬가지잖습니까. 그러니까 물러나 줘야 우리가 쟤들의 추격을 유도할 수 있는 거 아닙니까?"

"지금 물러나면 오히려 그게 더 이상할 거다. 잘 봐. 쟤들 계속 밀려나고 있잖아."

내가 손가락을 들어 우리 병사들을 막아내기 위해 사력을 다하는 원소군을 가리켰다.

영채 안쪽에서 방진을 형성하고 있지만 하나같이 어설픈 데다 얇기까지 하다. 한번 뚫리면 그대로 무너지는 거다.

상대가 예상치 못한 상황에서 일격을 날리는, 기습의 본질과는 조금 다르지만 그래도 강력한 한 방을 먹이는 것은 가능할 상황이라는 것.

"조금만 더, 조금만 더를 외치며 우리가 계속 여기에 남아서 공격을 이어가도록 유도하는 거야. 아마 지금쯤 저수가 대기시켜 뒀던 부대가 우릴 공격하려고 달려오는 중일 거다."

내가 딱 그렇게 말함과 동시에.

드드드드드드-

대지가 울린다. 말에 타고 있는데도 그게 느껴진다.

먹구름이 껴서 원소군 영채의 횃불 이외엔 불빛이랄 게 존재하지 않는, 저 칠흑처럼 어두운 동쪽 멀리에서 수도 없이 많은 말발굽 소리가 들려오고 있었다.

"오는 모양입니다."

후성이 살짝 떨리는 목소리로 말했다.

내가 고개를 끄덕였다.

위월도 그 말발굽 소리를 들은 듯, 원소군 영채 안쪽 깊숙이 파고들었던 병력을 뒤로 빼내며 새로운 적군의 등장에 대비하고 있었다.

"장군. 싸울까요?"

그리고 함께 들려오는 허저의 목소리.

한숨이 푹 나온다.

"그냥 한번 부딪치기만 하고 바로 물러날 거야."

"아. 그렇습니까? 아쉬운데……."

아쉽긴 뭐가 아쉽냐.

허저가 점점 형님처럼 변해간다. 이러다가 나중에 무릉도원에서 허봉선 같은 아이디도 나오는 거 아닐까 몰라.

그렇게 생각하길 잠시, 어둠 속에서 족히 일만은 넘어 보이는 기마병단이 그 모습을 드러냈다. 원(袁)과 함께 문(文)이 새겨진 깃발이 휘날리고 있었다.

"하북의 상장, 문추가 여기 있노라! 여포의 개들아, 목을 쭉 빼고 무릎을 꿇어라! 그리한다면 갈 때 가더라도 편하게 갈 수 있을 것이다!"

그 병력의 선두에서 척 보기에도 덩치가 산만 한, 우락부락한 얼굴의 장수가 쩌렁쩌렁한 목소리로 소리쳤다.

저게 문추겠지?

"장군. 어떻게 합니까?"

"어떻게 하긴 뭘 어떻게 해. 작전대로 해야지. 너무 긴장하지 마라. 잘 될 거야."

후성의 어깨를 가볍게 두드려 주고서 나는 말을 몰아 앞으로 나아갔다.

우릴 발견하기가 무섭게 바로 공격해 올 거라고 생각했는데 문추는 의외로 병력을 몰아 우리의 측면 쪽을 점한 채 버티고만 있을 뿐이었다.

'이것도 저수의 책략 중 하나인가?'

뭐 어쨌든 간에, 이제부터 적들을 유인해야 한다.

"네가 문추냐?"

한 차례, 깊이 숨을 들이마시고선 문추를 향해 소리쳤다.

우리 쪽 병력의 모습을 돌아보던 문추의 시선이 날 향했다.

"네놈, 네놈이 위속이구나!"

"올, 바로 알아보네? 네 동생도 그랬는데."

"뭐? 내 동생?"

문추가 고개를 갸웃거린다.

"네 동생말야. 오봉곡에서 죽은 안량. 걔도 날 보자마자 바로 알아보고 꽁지가 빠지도록 도망치더라고."

"개소리하지 마라. 안량은 하북이 자랑하는 맹장 중 하나였다. 그런 자가 어찌 네놈과 같이 나약한 놈을 보고서 도망친단 말이냐!"

안량의 목소리가 파르르 떨린다. 후성의 그것이 떨리던 것과는 또 다른 느낌이다.

'쟤, 지금 빡쳐 하는 것 같은데?'

"뭐야. 너 몰랐냐? 걔 도망치다가 내가 던진 창에 맞아서 죽었는데?"

말을 몰아 조금 더 앞으로 나가며 말했다. 거의 100m는 떨어져 있음에도 어둠 속에서 부들부들 떨리는 안량의 그 얼굴이 보인다. 안량과 함께 있던 병사들 역시 마찬가지.

쟤들, 지금 다 빡쳐 있다. 수천 명의 분노가 오롯이 나 하나를 향해 내리꽂히고 있다.

"하, 쟤들 진짜."

들고 있던 창을 바닥에 꽂으며 투구를 벗어 머리를 쓸어 넘겼다. 지금까지는 많은 사람들의 앞에 나서는 게 별로 좋지가 않았는데 이상하게 지금은 희열이 느껴진다.

나, 은근히 관심 종자였던 건가?

"네놈…… 위속, 네놈만큼은 내 기필코 사지를 자르고 뱃가죽을 갈라 내장을 뽑아낼 것이다. 네놈만큼은!"

"어, 그래. 근데 안량도 그 얘기 하더라."

"뭐, 뭐라?"

"내가 인마. 느그 동생이랑, 어? 유인해서 게네 병력도 다 잡아먹고, 으이? 도망치겠다고 발악하는 거 잡아서 창으로 콱! 인마! 암튼 내가 다했어, 어?"

옛날 옛적에 본 영화의 한 장면을 떠올리며 소리쳤다.

"……."

이게 자극이 너무 컸던 것일까? 문추 쪽의 분위기가 싸하다. 그것도 굉장히 싸하다.

놈들의 눈빛이 점점 변해간다. 그 광경을 마주하고 있노라니 온몸에서 따끔따끔한 뭔가가 느껴지는 것 같았다.

이, 이게 살기인 건가?

"네놈……! 내 기필코 위속 네놈을 잡아 산 채로 포를 뜨고야 말리라. 돌격하라!"

뿌우우우우우-

분노에 가득 찬 문추의 그 목소리와 함께 휘하의 기마가 미친 듯이 질주해 오기 시작했다.

시발. 저 새끼들, 진짜로 눈이 뒤집힌 것 같다.

"위월!"

"퇴각하라!"

"퇴각하라! 물러나랍니다!"

"전군 퇴각하라!"

뿌우우우우-

문추 쪽에서 울려 퍼졌던 것과는 좀 다른, 높은 음색의 뿔나팔 소리가 들려옴과 동시에 대기 중이던 우리 병력이 말 머리를 돌려 도망치기 시작했다.

"위월! 허저를 데리고 후방을 막아!"

"알겠습니다!"

아무리 패배한 걸 가장해서 후퇴하는 거라지만 문추가 저렇게 눈이 뒤집혀서 추격해 오면 우리 쪽 피해도 적지 않을 테니까. 허저가 막아줘야 한다.

"저만 믿으십쇼, 장군!"

"이번엔 진짜로 믿으니까 잘 막아라! 꼭!"

두두두두두두─

쉴 새 없이 들려오는 말발굽 소리, 그리고 어둠 속에서 뿌옇게 피어오른 흙먼지 구름까지.

그 와중에서 문추는 이를 악문 채 말의 배를 걷어차고, 채찍을 휘둘렀다.

위(魏)의 깃발이 저 바로 앞에 있다.

처음엔 병사들의 사이에서 숨어 있던 위속이 후방의 피해가 걱정되는 건지 아예 장수들과 함께 후방으로 내려와 추격군을 쳐내고 있었다.

"이놈 위속아! 나와 자웅을 겨루자고 하질 않았느냐!"

"내가 왜? 넌 가서 일단 허저나 이기고 와라!"

"그럼 허저라는 놈을 보내라! 그만 도망치고 제대로 붙어보

잔 말이다!"

"싫거든?"

"비겁하게 도망치지 말고 정정당당하게 승부를 겨루잔 말이다!"

문추의 외침에 위속이 힐끔 뒤를 돌아보더니 비웃기라도 하듯 피식 웃어 보이고선 다시 앞으로 고개를 돌린다.

"크으으으윽!"

문추가 이를 악물었다. 움켜쥔 주먹이 부들부들 떨리고 있었다.

"위속의 목을 가지고 오는 놈은 내 주공께 아뢰어 상상도 못할 큰 상을 내릴 것이다! 누가 되었건 상관없으니 위속의 목만 가지고 와라! 여포의 휘하에 있던 놈이라 하더라도 개의치 않을 것인즉!"

위속의 휘하에 있는 병력들을 향해 들으라는 듯 문추가 소리쳤다.

하지만 반응은 없었다. 바로 위속을 공격하지는 않더라도 한 번씩 고개를 돌려 뒤를 쳐다볼 만도 하건만 아예 약속이라도 한 것처럼 쳐다보지도 않는다.

그저 다들 앞만 보고 정신없이 달리고, 또 달릴 뿐이다. 마치 자신들이 위속을 해할 일은 없을 것이라는 듯.

그 모습에 더욱더 약이 바짝 오른 문추의 얼굴이 벌겋게 달아오르고 있었다.

그러던 때.

"자, 장군!"

문추의 부장이 그에게 다가왔다. 그 얼굴에 당혹스러운 기색이 가득했다.

"이 길로 계속 따라가다 보면 둔양산이 나오는데 병사를 매복시키기에 안성맞춤인 곳입니다. 속도를 늦춰야 합니다!"

"애초에 적의 매복이 있는 건 예상하고 있던 바, 여기에서 속도를 늦출 필요는 없다. 위속, 저놈만 잡으면 이곳에서 병력 일만을 잃는다고 해도 우리가 이득이야!"

"하, 하지만 장군!"

"나약한 소리 하지 마라! 뒤이어 장합이 올 것이고, 우린 힘으로 매복을 뚫어 위속의 목을 베면 된다. 알겠느냐!"

혹여 저 앞에서 달리는 위속의 귀에 들릴까 자그마한 목소리로 부장을 윽박지르며 문추는 계속해서 말의 엉덩이에 채찍질을 향했다.

그렇게 시간이 얼마나 지났을까?

"원소의 개들이 왔다! 모조리 쓸어버려라!"

둥- 둥- 둥- 둥-

누군가 외치는 커다란 목소리와 함께 천지를 뒤흔드는 북소리가 들려왔다.

산이라고 하기에도 애매하고 언덕이라 하기에도 애매할, 잡초 따위가 무성하게 자란 둔양산 위쪽에서 수도 없이 많은 깃발과 함께 병사들이 그 모습을 드러내고 있다.

문추가 그 모습을 발견했을 때, 여포군 병사들이 그들을 향해 활을 겨누고 있었다.

"쏴라!"

피슈슈슈슝-!

수천 발, 어쩌면 그보다 더 많을 화살이 일제히 하늘을 향해 치솟더니 포물선을 그리며 문추와 그 휘하의 병사들을 향해 떨어져 내렸다.

"산개하라!"

문추 측 장수들의 외침이 터져 나왔지만 때는 이미 늦은 상황.

"끄아악!"

화살에 맞은 병사들이 땅에 쓰러지며 비명을 내지른다. 화살에 맞은 전마들 역시 마찬가지. 말들이 고통에 몸부림치며 다른 말, 기병과 부딪치고 그 여파로 또 다른 이들이 부딪치며 말에서 떨어진다.

쉴 새 없이 화살이 떨어지는 와중에서 족히 수백 명은 될 병사가 허망하게 죽어가고 있었다.

하지만.

"멈추지 마라! 밀어붙여라! 어차피 적들의 숫자는 수천을 넘지 못할 터! 나를 따르라!"

문추가 선두에 서서 용맹무쌍한 모습으로 산을 따라 올라가니 그 위에서 매복해 있던 병사들이 황급히 물러나기 시작했다. 화살의 비가 멎은 것 역시 마찬가지였다.

"퇴각하라!"

텅 빈 문양산에 오른 문추의 시야에 퇴각하는 여포군 병사들의 모습이 들어왔다.

어느덧 어둠이 밀려나고 빛이 하늘을 메우기 시작할 시간이다. 조금씩 밝아오는 하늘 아래 멀찌감치 휘날리는 위속의 깃발이 산에 매복해 있던 병사들을 맞이해 보호하며 함께 물러나고 있었다.

"장군. 어쩌시겠습니까?"

부장이 문추에게 다가와 말했다.

문추가 말없이 손을 뻗어 자신들의 뒤쪽을 가리켰다.

저 멀리에서 또 다른 기마대가 흙먼지를 휘날리며 달려오고 있었다.

"장합의 지원이 오고 있다. 여포군 병력은 아직도 대부분이 산양과 제음에 틀어박혀 있는 와중이고. 매복이 더 있을 리도 없지만, 설령 있다 해도 소수의 병력만이 있을 것이다."

"장군. 그래도 추가로 더 추격하는 것은 너무 위험하지 않겠습니까? 아무리 병력이 적다 하지만 상대는 위속…… 커헉."

걱정스럽다는 듯, 조심스럽게 말하던 부장의 눈이 동그랗게 커졌다.

문추가 그 우악스러운 손으로 부장의 목을 움켜쥐고 있었다.

"위속이 뭐 어떻단 말이냐. 위속이 무슨 한신이라도 되느냐? 주공의 군사인 공명 선생께서 위속보다 못하기라도 한단 말이더냐!"

원소의 군사이자 자신에게 직접 지도를 펼쳐 오늘 해야 할 일들을 하나하나 읊어주던 저수의 그 모습을 떠올리며 문추가 분기탱천한 목소리로 말했다.

목이 졸린 부장의 얼굴이 창백하게 질려가고 있었다.

"죄, 죄송…… 죄송합니다…… 커헉."

"판단은 내가 한다. 다시는 주제넘는 소리를 하지 말라. 알겠느냐?"

"아, 알겠습니다."

자유를 되찾은 부장이 털썩 주저앉아 컥컥거리고 있을 때, 문추는 한심하다는 듯 그 모습을 쳐다보더니 다시 말에 올랐다.

"적들을 추격할 것이다. 나를 따르라!"

"와. 쟤들 계속 따라오는데?"

작전을 세우면서도 살짝 긴가민가하긴 했다.

아무리 내가 직접 움직인다고 해도, 아무리 우리 쪽 병력이 극히 적을 것이라 잘못 판단하고 있다고 해도 그렇지. 그래도 내 이름값이 있으니 조심하는 차원에서 물러갈 가능성도 한 50%는 될 거라고 생각했는데.

"장군의 명성이 아직 별로인 모양인데요?"

내가 인상을 찌푸리고 있으니 후성이 다가와 말했다. 그는 재미있다는 듯, 환하게 웃고 있기까지 했다.

"야! 이게 웃기냐? 이게."

"우리가 이기고 있는데 당연히 웃기죠. 아니, 즐겁죠. 장군이름값이 낮아서 우리가 이길 판인데 웃기면 안 됩니까?"

그러면서 더 환하게 싱글벙글 웃기까지.

오늘 후성에게 진 이 원한을 어떤 골탕으로 되갚아줘야 할까 고민하고 있는데 위월이 다가왔다.

"조금만 더 가면 두 번째 매복지입니다."

"오, 벌써?"

"보십시오."

위월이 손가락을 들어 저 멀리 앞에 있는, 둔양산보다 아주 약간 더 크고 높은 구릉 몇 개가 모여 있는 곳을 가리켰다.

저기에 형님이 있을 거다.

공명이가 직접 설계한 매복일 테니 매복하는 척만 했던 둔양산 때와는 비교도 안 되겠지.

"흐흐."

이걸 때려잡아서 원소군의 예봉을 꺾고, 뒤이어 본대의 공격까지 막아낸다면 내 커리어에 오점이 생기는 건 막을 수 있다.

십만도 안 되는 병력으로 삼십만에 이르는, 원소군 올스타가 출동한 공격을 막아낸 위속.

"캬. 생각만 해도 좋구만."

📱

"또 매복이 숨겨져 있는 것인가."

둔양산만 한 구릉이 여럿 모여 있는 그곳을 응시하며 문추가 말을 멈춰 세웠다.

그런 문추의 옆에서 부장이 입술을 질끈 깨물고 있다. 하고 싶은 말은 있으나 문추의 그 서슬 퍼렇던 엄포 때문에 차마 입을 열지 못하는 얼굴이었다.

"장백, 한송. 너희는 각각 병사를 오천씩 이끌고 저 구릉들의 서쪽과 동쪽으로 돌아 적의 퇴로를 막아라."

"알겠습니다, 장군."

"예."

두 부장이 병사를 통솔해 움직이기 시작했을 때, 문추가 씩 웃으며 말을 몰아 앞으로 나아갔다.

"위속. 이곳이 네놈의 목이 떨어지는 곳이 될 것이다."

원수를 갚을 수 있을 것이라 생각하며 중얼거리는 문추의 그 얼굴에 자신감이 가득하다. 그런 문추군의 바로 뒤로 장합이 이끄는 이만의 병력이 따라붙고 있었다.

"지금쯤 한참 격전이 벌어지고 있겠군."

자신의 막사, 그곳에서 밤새 치러진 전투의 결과가 전해져오기를 기다리며 가볍게 술잔을 기울이던 저수가 말했다. 그런 저수의 시선이 막사 너머, 남쪽 어딘가를 향해 있었다.

"문추, 장합 두 장군이 대승을 거둘 것입니다. 위속 그자가 지금까지는 요행히 성공을 거두었다고 하나 여기까지가 한계이겠지요."

싸늘하기 그지없는 얼굴로 술잔을 기울이던 전풍의 입꼬리가 한쪽으로 치솟아 올라가 있었다.

"암. 지난번에는 그대나 나나 위속이 어떤 자인지 알지 못했으나 이제는 너무도 잘 알고 있으니까. 그 제자로 있다는 제갈량이라는 자에 대해서 역시 마찬가지이고. 지피지기를 하고 있으니 이번엔 우리가 질 리가 없소."

자신감 가득한 저수의 목소리에 전풍이 고개를 끄덕였다. 그러면서 승전보가 전해져 오는 게 기다려진다는 듯 저수가 그랬던 것처럼 막사 너머 남쪽 어딘가를 향해 시선을 옮겼다.

"이번엔 결코 그자에게 휘둘리지 않을 것입니다. 그러기 위해 군사와 제가 함께 나선 것이질 않습……."

"구, 군사! 군사님!"

전풍의 말이 채 끝나기도 전에 저 밖에서 저수를 찾는 목소리가 들려왔다.

전풍이 단번에 술잔을 비우며 자리에서 일어났다.

"승전보가 오는 모양입니다."

그 말과 함께 막사의 휘장이 걷히며 전령이 다급한 모습으로 허둥지둥 달려 들어와 저수의 앞에서 한쪽 무릎을 꿇어앉았다.

전령의 행색은 남루하기 그지없었다. 등에는 화살이 꽂혀 있고, 갑옷엔 검에 베인 자국이 수도 없이 나 있으며, 허벅지 아래쪽으론 아예 붉게 물들어 있다.

그 모습을 지켜보던 전풍의 미간에 주름이 생겨났다.

그것은 저수 역시 마찬가지.

"어떻게 된 것이냐?"

자리에서 벌떡 일어나며 저수가 반문했다.

"무, 문추 장군이…… 문추 장군께서……."

"문추 장군이 뭐? 뭐가 어찌 되었다는 것이냐. 속 시원히 말하라!"

"저, 적의 매복에 걸려 대패를……."

말이 채 끝나기도 전에 전령이 균형을 잃고 몸을 휘청거리더니 간신히 균형을 되찾았다. 상처가 터지기라도 한 듯, 전령의 몸에서 피가 줄줄 흘러나오고 있다.

저수의 얼굴이 딱딱하게 굳어졌다.

전풍은 홍당무가 따로 없을 정도로 얼굴이 벌겋게 변해가고 있었다.

"의원! 의원을 불러오라!"

뒤늦게 정신을 차린 전풍의 외침에 밖에서 분주히 움직이는 소리가 들려오기 시작했다.

전령은 상처를 부여잡고선 힘겹기 그지없는 얼굴로 저수를, 전풍을 번갈아 쳐다보더니 정신을 집중하지 않고선 알아듣기조차 힘들 자그마한 목소리로 마지막 힘을 쥐어짜 내듯 말했다.

"문추 장군께서 적의 매복에 걸려 대패하였습니다. 두 번째 매복에서…… 여포가 지, 직접 크윽."

하지만 그것도 몇 마디가 전부일 뿐이었다.

전령이 의식을 잃고선 그대로 쓰러졌다. 곧이어 달려온 의원이 맥을 짚더니 고개를 절레절레 저으며 병사들과 함께 그를 들고 밖으로 나섰다.

전풍은 험악하게 일그러진 얼굴로 주먹을 움켜쥐고 있었다.

"준예는…… 준예는 패하지 않았을 것입니다."

"정말로 그리 생각하나? 문추가 당했다면 이미 우리가 어떻게 나올지를 위속 그자가 예상하고 있었다는 이야기가 되네."

탁.

텅 빈 술잔에 술을 채우고, 그것을 그대로 입안에 털어 넣으며 저수가 말했다.

"준예는 공손찬을 유주를 제압하며 큰 공을 세운, 역전의 명장입니다. 그자가 그리 쉽게 당할 리는!"

"급보입니다!"

마치 기다리기라도 했다는 듯, 또 다른 전령이 달려 들어왔다.

조금 전의 전령과 다르게 이번엔 행색이 말끔하다. 활에 맞은 자국도 없고, 검에 베이거나 창에 찔린 자국도 없다.

핏방울 하나 없이 깔끔한 그 모습에 전풍이 성큼성큼 걸어가더니 그의 어깨를 붙들었다.

"어찌 되었는가. 준예가 문추 장군을 구했겠지? 위속의 목은 베었는가?"

"그것이…… 크억, 커헙!"

왈칵-!

전령이 피를 울컥 토해냈다. 전령의 얼굴을 마주 보고 있던 전풍의 얼굴을 그 피가 뒤덮었다. 비릿한 혈향이 전풍의 후각을 가득 집어삼킨다.

전풍의 얼굴이 또다시 험악하게 일그러졌다.

"워, 원호! 괜찮은가!"

저수가 화들짝 놀라며 전풍에게 다가왔다.

전풍은 한 걸음 뒤로 물러나며 옷깃으로 제 얼굴에 묻은 피를 닦아내더니 이를 악물고선 전령의 모습을 다시 살폈다.

아까는 보이질 않던 모습들이 그 시야에 들어왔다. 전령의 가슴팍과 복부의 갑옷이 주먹으로 맞은 듯, 심각하게 찌그러져 안쪽으로 푹 패여 있었다.

"자, 장합 장군께서도…… 대패하셨습니다."

"대패라니! 그게 무슨 소리인가!"

"첫 번째 매복을 돌파한 문추 장군이 두 번째 매복까지 돌파하겠다고 들어가시는 것을 구하려다……."

피를 토한 이후론 서 있는 것조차 힘들다는 듯, 창백하게 변해가는 얼굴로 간신히 말하던 전령이 채 말을 끝내기도 전에 실신하며 쓰러졌다.

전풍이 이를 악물었다.

그런 전풍의 머릿속에서 전황이 어떻게 전개되었던 것인지, 그 흐름이 마치 자신이 직접 보기라도 한 것처럼 자연스레 영상으로 만들어져 재생되고 있었다.

"위속…… 이 씹어 먹어도 시원찮을 놈이!"

가슴 속 깊숙한 곳에서부터 뜨거운 뭔가가 치밀어 오른다.

그러던 찰나.

"커억!"

전풍이 피를 울컥 토해냈다.

세상이 빙글빙글 도는 게 그 시야에 들어왔다. 전풍이 뭔가 이상하다는 것을 느꼈을 때, 세상이 위아래로 뒤집히듯 땅바닥이 그의 얼굴을 향해 다가왔다.

그것이 전풍이 기억하는, 실신하기 직전의 마지막 기억이었다.

📱

"으흐흐."

전투가 끝난 지 벌써 이틀이 지났다.

문추와 장합, 둘을 베지는 못했지만, 그놈들이 데리고 왔던 병력은 모조리 쌈 싸 먹어 털었다. 아마 모르긴 몰라도 살아서 돌아간 것은 사만 명 중에 일만 명이나 될까 한 수준일 터.

"그리도 좋으냐?"

성벽 위에서 광활하게 펼쳐져 있는 저 대지를 응시하고 있는데 형님의 목소리가 들려왔다.

형님은 뭔가 마음에 들지 않는다는 얼굴로 날 쳐다보고 있었다.

"아무리 생각을 해봐도 마음에 걸린다."

"예? 뭐가요?"

"장합과 문추를 격파하는 것 말이야. 네가 공을 세웠는데 어째 내가 그걸 뺏은 것 같아서 말이지."

"에이, 형님. 절대 아닙니다."

"아니다. 전에도 말했듯, 이 여봉선은 공정한 군주다. 지난번에는 피치 못할 사정으로 네 공을 뺏었으나 언제고 기회가 온다면 다시 네가 공을 세울 수 있도록 해줄 것이다. 그러니 걱정하지 말거라."

형님이 내 어깨를 툭툭 두드리고선 그대로 몸을 돌려 성벽 아래로 내려갔다. 내가 뭐라고 말할 틈도 주질 않는다.

하, 진짜.

"난 진짜, 진짜, 진짜로 괜찮은데."

전장으로 나가는 게 뭐가 좋다고 저러시는 건지 모르겠다. 안전한 곳에 숨어서 작전 세우고, 남들이 앞에 나가서 알아서 잘 싸워주면 얼마나 좋아. 다칠 일도 없고, 몸이 고생하지도 않고.

"주공께서 장군을 참으로 아끼시는 모양이외다."

내가 혼자 그렇게 생각하며 투덜거리고 있는데 이번엔 진궁의 목소리가 들려왔다.

언제 구한 건지 공명이의 것과 같은 모양새의 백우선을 팔랑이며 진궁이 내 쪽으로 걸어오고 있었다.

"두 번만 더 아꼈다간 아주 전장에서 뼈를 묻겠네요. 그나저나 그건 뭡니까?"

"장군의 제자가 들고 다니는 데 꽤 좋아 보여서 말이오. 요즘 날이 덥기도 하고. 해서 하나 만들어봤소이다. 괜찮지 않소?"

그러면서 내 쪽으로 부채를 흔드는데 살랑살랑 바람이 불어오기는 한다.

또 내 무덤을 판 거야? 329

바람은 바람이니 나쁘지는 않은데…….

아, 이러고 있으니까 진짜 에어컨이 그리워진다. 더운 날엔 에어컨 빵빵하게 틀어놓고서 이불 덮고 자는 게 최곤데.

"장군의 제자가 참으로 지혜롭소. 적들을 어찌 상대해야 할지 계책을 구상하던 때에도 감탄했으나 지난번, 장합과 문추를 격퇴할 때엔 직접 옆에서 지켜보고도 믿을 수가 없을 정도였소이다."

"제 제자라서 하는 말이 아니라 공명, 그 녀석이 정말 뛰어난 놈입니다. 보통 천재를 두고 하나를 가르치면 열을 안다고 하잖습니까?"

"보통은 그렇지."

"그놈은 열이 아니라 백을 아는 놈입니다. 장난 아니라니까요?"

"허허, 그 정도이외까?"

"제가요. 진짜 걔한테 거는 기대가 큽니다. 걔가 다 크고 나면 제가 일선에 나갈 필요가 없을 거예요. 지가 다 알아서 할 테니까. 그때가 되면 전 그냥 집에서 취미 생활이나 하며 편안하게 지낼까 합니다."

진짜 생각하는 것만으로도 행복할, 그 시기를 떠올리며 내가 말하고 있는데 진궁이 재미있다는 듯 쿡쿡 웃는다.

뭐야, 남은 진짜 진지하게 얘기하고 있는데.

"아, 미안하오. 장군이 공명을 정말 끔찍이도 아낀다는 생각이 들어서 말이외다. 왜 제자는 또 다른 자식과도 같다질 않소."

"예? 자식요?"

"장군의 입장에선 공명이 딱 아들뻘이기도 하니 그리 애정하는 것도 무리는 아니지. 참으로 보기 좋은 사승 관계요."

"선생께서 뭔가 오해를 하시는 것 같은데……."

"그리 민망해하실 필요 없소이다. 나 역시 우리 왕삼이를 아낀다오. 아들이 없으니 더더욱 친자식처럼 느끼는 게지. 어찌 보면 아픈 손가락이기도 하고, 뭐 그렇다고 할까?"

진궁이 쓰게 웃는다.

아, 왕삼이 얘기가 나오니까 뭐라 말을 못 하겠다. 내가 공명이를 아끼는 건 어디까지나 내가 할 일을 대신 해줄, 훌륭한 대체 인력이기 때문이었던 건데 진궁은 진심인 것 같다.

여기에서 뭐라고 더 얘길 하면 괜히 나만 이상한 놈이 되겠지.

우리가 그렇게 가만히 서서 성 밖에서 불어오는 바람을 느끼고 있을 때.

다각다각-!

저 멀리에서 전령 하나가 다급하게 성 쪽으로 달려오는 모습이 시야에 들어왔다.

우리를 발견한 건지 녀석이 성문 앞에서 목이 터져라 소리치고 있었다.

"원소, 원소의 대군이 성을 향해 접근해 오고 있습니다!"

📱

"와……."

이렇게 보니 진짜 많다.

대지를 완전히 뒤덮다시피 한 느낌이다. 어딜 봐도 시커먼색 갑옷을 입은 원소군이 보인다.

십만을 면전에서 만나 상대해 본 적은 있지만 이만한 규모의 적군을 이렇게 위에서 내려다보는 건 이번이 또 처음인데 진짜…….

"좋지?"

질려서 쳐다보고 있는데 형님의 목소리가 들려왔다.

"예?"

"나도 기분이 좋다. 때려잡을 놈들이 저렇게 많으니 말이야."

"하, 하하……."

얼마 전에 태어난 아기를 봐야 한다며 잠시 태수부로 돌아갔던 형님이다. 그런데 언제 준비를 다 끝마친 건지 갑옷에 방천화극을 들고, 어깨엔 커다란 활에 이어 화살통까지 메고 있다.

혹시나 싶어 성문 쪽을 보니 적토마와 함께 허저가 기마대를 데리고 대기하고 있었다.

"형님. 설마 나가서 싸우시려고요?"

"적들이 왔으니 가서 인사 정도는 해줘야지. 저것들하고 싸워서 이기면 삼십만지적이 되는 거잖아?"

"사, 삼십만지적이요?"

"그래. 아, 아니다. 내가 이십만지적을 하고, 네가 십만지적을 해라. 공을 나눠주겠다고 했으니 나 혼자 해서는 안 되지. 어때. 막 가슴이 두근거리지 않으냐?"

형님이 내 어깨에 손을 올리며 웃는다.

이 양반, 진심이다.

"안 됩니다, 형님."

"안 돼?"

"어지간하면 제가 형님이랑 같이 나가겠는데요. 이번엔 상황이 안 좋습니다. 지금 나갔다간 적들의 계책에 우리가 말려버리고 말 겁니다."

"흠. 그래? 아쉬운데."

형님이 방천화극을 고쳐 잡는다.

"그래. 그러면 이렇게 하자. 지금은 참고 있을 테니 밤에 야습을 나가는 거야. 간단하게 가서 조금만 휘젓고 돌아오마."

"안 된다니까요."

"그럼 동이 틀 때는 어떻겠냐. 원래 그때가 제일 피곤한 법이잖아. 경계도 제일 소홀할 거다. 그때 가서 몇 놈만 때려주고 오마."

"절대 안 됩니다. 저수, 전풍이 지금 완전 독이 바짝 올랐을 거예요. 모든 방향에서 대비하고 있을 겁니다. 기습은 안 돼요."

"흠."

성에서 방어만 해야 한다는 게 별로 마음에 들지 않는다는 눈치다.

형님이 팔짱을 낀 채, 미간을 찌푸렸다.

"진짜 어지간해선 형님 말씀에 제가 이렇게 반대하지 않겠습니다만, 지금은 진짜 안 되니까요. 차라리 성내에서 할 수 있는 걸로 하시죠."

"오, 그래? 밖으로 나가지만 않으면 괜찮다 이거지?"

"예."

성문 굳게 닫고, 안쪽에서 단단하게 지키는 거다. 홍수가 나는 그때까지.

빵끗 웃는 형님의 저 표정을 보니 살짝 불안하기는 하지만, 뭐…… 별일이야 있겠어?

to be continued

무공을 배우다

목마 퓨전 판타지 장편소설
WISHBOOKS FUSION FANTASY STORY

"무(武)를 아느냐?"

잠결에 들린 처음 듣는 목소리에 눈을 떴을 때,
눈앞에 노인이 앉아 있었다.

"싸움해 본 적 있나?"
"없는데요."

[무공을 배우다.]

20년 동안 무공을 배운 백현,
어비스에 침식된 현대로 귀환하다!

'현실은 고작 5년밖에 지나지 않았다고?'

9클래스 소드 마스터

이형석 퓨전 판타지 장편소[설]
WISHBOOKS FUSION FANTASY STO[RY]

검성(劍聖), 카릴 맥거번.
검으로 바꾸지 못한 미래를 다시 쓰기 위해
과거로 돌아오다.

이민족의 피로 인해 전생에 얻지 못한 힘.

'이번 생에 그걸 깨주겠다.'

오직 제국인들만이 사용할 수 있었던,
그 힘을!

'나는 마법을 익힐 것이다.'

이제, 검(劍)과 마법(魔法),
두 가지의 길 모두 정점에 서겠다.

9클래스 소드 마스터: 검의 구도자

崑崙 곤륜패선
覇仙

윤신현 신무협 장편소설
WISHBOOKS ORIENTAL FANTASY STORY

선대의 안배로 인해 시공간의 진에 갇힌
곤륜의 도사 벽우진.

"……뭐야? 왜 이렇게 되어 있어?"

겨우겨우 탈출해서 나온 그의 눈에 보이는 것은!

"정말, 정말 멸문했다고? 나의 사문이? 천하의 곤륜파가?"

강자존의 세상, 강호.
무너진 곤륜을 재건하기 위해 패선이 돌아왔다!

곤륜패선(崑崙覇仙)

'이왕 할 거면 과거보다 더 나은 곤륜파를 만들어야지.'

막장 악역이 되다

크레도 **퓨전 판타지 장편소설**
WISHBOOKS FUSION FANTASY STORY

자고 일어나니 소설속. 그런데……

[이진우]

재벌 3세, 안하무인, 호색남, 이상 성욕자, 변태.
가장 찌질했던 악역. 양판소에나 등장할 법한 전형적인 악인.

"잠깐, 설마…… 아니겠지."

소설대로 가면 끔찍하게 죽는다.
주인공을 방해하면 세계는 멸망한다.

막장 악역이 되다

흙수저 이진우의 티타늄수저 악역 생활!

밥만 먹고 레벨업

박민규 게임 판타지 장편소설

WISHBOOKS GAME FANTASY STORY

바사삭, 치킨, 새벽 1시에 먹는 라면!
그런데 먹기만 해도 생명이 위험하다고?

가상현실게임 아테네.
먹고 싶은 음식을 먹을 수 있는 유일한 방법!

[식신의 진가가 발동됩니다.]
[힘 1, 체력 1을 획득합니다.]

「밥만 먹고 레벨업」

"천년설삼으로 삼계탕 국물 내는 놈이 세상에 어디 있냐!"
"여기."